爆肝工程師的異世界狂想曲

19

愛七ひろ

Death Marching to the Parallel World Rhapsody

Presented by Hiro Ainana

Kadokawa Fantastic Novels

插畫／shri

C O N T E N T S

觀光副大臣

「我是佐藤。雖然平時生活的時候不會注意到，但在因為升學或轉職等事務前往新地點時，才會發現自己是如何和各式各樣的人有所關聯。」

「佐藤．潘德拉剛子爵，我希望你能擔任觀光省的副大臣。」

拍賣會之後過了幾天的早上，我來到王城。

原本只是來向國王領取討伐「樓層之主」的獎金而已，在那之前卻不知為何被傳喚到宰相的辦公室。聽完渾身肌肉的宰相冗長的開場白之後，他便說出剛剛的提案。

「很抱歉，但我恐怕無能為力。」

當然，我立即就拒絕了。

觀光這個詞彙很有吸引力，但這怎麼想都是諜報機關的偽裝。

「而且我無法在尚未得到家主穆諾伯爵的許可之前，直接擔任王國要職。」

雖然對穆諾伯爵有點抱歉，但還是讓我用來當作拒絕的藉口吧。

「沒問題。我已經知會過穆諾伯爵會向你發出邀請——雖然被妮娜那傢伙藉此要求說要多關照一下穆諾伯爵領。」

宰相後半說得很小聲，但我依然用順風耳技能聽見了。

看來宰相和穆諾伯爵領的精明執政官妮娜．羅特爾子爵感情好到能直接用名字稱呼。

「可是比起我，應該讓身分高貴且經驗更加豐富的人來——」

「你是最適合的。」

打斷我話語的宰相斬釘截鐵地說。

不，你要這麼說是無所謂，不過請別擺出展示肌肉的奇怪姿勢。

「觀光省很不錯喔。雖然目前只有身為大臣的我和事務員，但會配發能夠不畏疲勞跑完長距離的魔巨人馬，以及足以承受蠻族襲擊的裝甲馬車作為補給品。雖說要等製作完成，但陛下也打算出借觀光省專用的小型飛空艇喔。」

宰相用一臉已經坐過的表情對我說。他似乎意外地喜歡那種交通工具。

願意提供觀光用的代步工具的確不錯，但我自己有魔巨人和飛空艇所以並不覺得特別開心，唯一的好處應該是能公開使用吧？

「另外，也把貴重的長距離魔信祕寶借給你吧。雖然使用時需要高等級的魔核，但隨時都能跟王都取得聯絡喔。」

長距離魔信似乎是希嘉王國現今技術無法製造的通信用魔法裝置，聽說能在旅途中發生糾紛時進行商量或收集情報，就像信用卡的全球服務那種感覺吧。

雖然很方便，但總覺得會節外生枝，令人很想拒絕。

「更何況，透過身為大國的希嘉王國國威，還能在訪問國參觀一般民眾見不到的設施或儀式，或者品嘗只有各國宮廷才能享用的特別料理。」

唔唔唔，那的確讓人有點食指大動。

就算是禁止進入的場所，只要用單位配置或亞里沙的空間魔法就能悄然入侵，但那麼一來就會有所顧忌而無法好好享受。

「此外，就算將今年觀光省的年度預算金幣一千枚花個精光也無所謂。當然，儘管還是要報告使用方式，但那只是走個形式罷了。」

由於最近比起花費反而是收入增加了不少，所以錢的事一點都不重要。倒不如說，我一直在找能夠投資的項目。

不過，居然提出這麼多誘餌，宰相究竟想得到什麼呢？

「——當然，這些權利伴隨著義務。」

宰相在會讓人誤以為內心被看穿的時機轉移話題。

好了，接下來才是重頭戲。

緊接著應該就是諜報相關話題了吧。

在他進一步說下去之前，巧妙地轉移話題溜走吧。

「請你在造訪其他國家或都市的時候，撰寫有關名勝及名產等項目的報告書。特別是易於保存的名產，要確保樣品並確實帶回來。」

——咦？

「另外，確保名產或特產的烹調食譜時，必須附上你或者你的私人廚師寫的食譜考察。若是希嘉王國沒有的材料，也必須尋找代替品。如果是植物的話，希望能夠確保種子和培養方法。」

稍等一下——

難不成，宰相只是因為無法隨便去國外旅行，所以要我替他跑一趟吧？

或許是察覺到我的想法，宰相輕咳一聲後，有所掩飾般地說出自己的主張。

「一切都是為了在本次不尋常的『魔王季節』中避免文化消失，保護各國培育起來的文化，絕對不是為了滿足我的興趣和食慾。」

……你把食慾講出來嘍。

雖然宰相的確會認真地說這種話，但也有可能是在演戲。還是再確認一下吧。

「那麼，不需要在各國進行諜報行動嗎？」

「那當然。需要諜報的國家早就以數十年為單位，根據不同國家甚至在百年前就派遣了諜報員。事到如今，把臨時訓練的貴族派過去也毫無意義。」

原來如此，已經有像忍者的「草」一樣融入當地的人員了啊。

「會把這份職務交給你，首先是你屬於能有效率地收集飲食文化的人才；接著是期待你在收集的過程中，能增加對希嘉王國抱持好感的國家。」

「對希嘉王國抱持好感？我不認為自己做得到那種事……」

「這點你無須特別在意。只要將用餐——保護文化的事放在心上展開行動就行了。」

雖然不是很懂，但只要這麼做的話就挺輕鬆的。

對了，再問一件事吧。

「要是造訪的國家被魔物或魔王侵略的話呢？」

「如果對方是魔王或龍的話就立刻逃脫。此外若是你能贏得了的對手，無論你想拯救當地的人施恩圖報，還是見死不救都行。」

雖然不知道哪邊才是宰相的真心話，但他似乎不打算限制我的行動，於是我坦率地點了點頭。

「如果是國家之間的戰爭，則禁止以**希嘉王國人員的身分**幫助任何一方。」

也就是說如果想介入人類間的戰爭，就必須不借助身分且在不曝光的情況進行吧。

——唉呀。

思緒不知不覺間朝著接受邁進了一步。

不愧是大國的宰相，很擅長誘導對方的想法。

「請問有辭職的規定嗎？」

「提交完訪問國家的報告書之後，隨時都行。」

從他回答問題的方式看來，似乎真的沒打算讓我進行諜報或外交活動。

「這還真是……對被委任的人也太有利了吧？」

面對我的問題，宰相嗤之以鼻。

「你太爛好人了。雖然慎重很好，但要是沒有利用他人失言做事的氣概，前往沙珈帝國或加爾雷恩同盟之類的古老國家可是會任人擺布喔。」

宰相語氣真摯地說。

「而且——妮娜和歐尤果克公爵也說過，只要不設制約讓你放手去做，你便會自發性地做出對王國有利益的行動。」

隨後如此小聲地喃喃自語。

雖然我的順風耳技能有捕捉到，但這種音量一般而言聽不見。

由於有印象的事情還不少，因此無法反駁。

「那麼，讓我聽聽你的答覆吧——」

我短暫沉思一會兒。

的確很有魅力，但是接受的好處實在太少。

雖然接受也幾乎沒有風險……

既然覺得猶豫，乾脆拒絕好了。

出人頭地只會惹來麻煩，我也沒必要硬找理由當這個副大臣。

當我準備開口拒絕的瞬間，或許是察覺到我沒那個打算，宰相拍了拍放在辦公桌上的幾本書。

並將那本放在最上面，綁著繩子的書遞給我。

「這個是？」

「那是我所收集，囊括了各國名產和美食情報的書。」

——你說什麼！

「像你這種喜歡旅行的人，對這種東西應該是求之不得吧？」

唔，沒想到最後還藏了這麼一手……

宰相，你挺厲害的嘛！

「如果你願意擔任副大臣，不僅是這些書，還會給你各國的有力人士寫的介紹信。這樣即使面對難以應付的廚師也能免去交涉的工夫吧。」

——GJ！

既然做到這個地步，那就沒辦法了。

雖然宰相那滿臉笑意令人有點不甘心，但還是給他面子吧。

在想了一陣子後——

我答應了宰相。

◆

「陛下授予潘德拉剛子爵率領的潘德拉剛小隊金幣八千七百枚，作為討伐賽利維拉迷宮上層『樓層之主』的獎賞。」

「謝陛下賞賜。」

接受宰相的副大臣委託之後，我和夥伴們一同前去晉見國王，接受討伐「樓層之主」的獎賞。

雖說是獎賞，但大部分都是前陣子在拍賣會售出戰利品的錢。

這筆獎金比起討伐中層「樓層之主」的「紅色貴公子」傑利爾先生等人的獎金多出了將

近四千枚。這並非是傑利爾先生他們拿得太少，而是我們的獎金太多了。應該是託了我在拍賣會全力哄抬價格的福吧。

這筆錢我打算平分給夥伴們，畢竟等大家長大之後應該都會用到錢。

「授獎儀式到此結束。」

在宰相的催促下，我們離開謁見大廳。

忙碌的國王在這之後似乎還要召見各式各樣的人。

「金額還挺驚人的呢。又要投資給越後屋商會嗎？」

走出謁見大廳後，用金色假髮遮住淡紫色頭髮的幼女亞里沙這麼向我詢問。

「這些錢我打算平分給大家。」

「咦，那樣不行啦！培育我們已經花很多錢了吧？就拿去補貼嘛，我已經都跟大家商量過了。」

是那樣嗎？我朝走在亞里沙身邊的橙鱗族莉薩看了一眼，她語氣平淡地點頭說了句「是的」。從那手腕和脖子發出鮮豔光芒的橙色鱗片以及猛力晃動的尾巴看來，對此她沒有任何不滿，反而還顯得有些自豪。

「那並不算是投資大家，而是養育費的一部分，所以不必在意。」

「雖然是那樣沒錯啦～」

亞里沙仍顯得有些難以接受。

「那麼，大家一起決定要用在哪裡怎麼樣？」

畢竟每個人都能分到超過一千枚金幣，我想應該能做到不少事。

「主人，請用在幼生體的養育費上，我這麼推薦道。」

外表看似高中生，有著一頭金髮的巨乳美女娜娜用獨特的說話方式面無表情地說。

幼生體——雖然娜娜這麼稱呼年幼的小孩子，但由於她是僅出生一年左右的人造人，因此年紀比他們更小。

「嗯，理應如此。」

蜜雅點了點頭，她那綁成雙馬尾的淡青色頭髮隨之晃動，從中能夠窺見精靈標誌性的稍尖耳朵。雖然看起來很年幼，但她和娜娜相反，年紀已經超過一百歲。

「既然機會難得，露露也在迷宮都市辦個料理學校吧？」

「嗯，或許不錯！迷宮都市也有很多想要學料理的孩子。」

臉上掛著燦爛笑容這麼說著的，是連太陽在她面前都會相形失色的超級美少女露露。每當她踏出步伐，陽光就像十分愉悅似的劃過她那柔順的黑髮表面。

「波奇覺得教很多很多肉料理比較好喲！」

留著褐色鮑伯頭短髮，犬尾犬耳的幼女波奇眼睛發亮地迅速舉起手來。

「招牌店也很有趣～？」

在波奇身旁表情顯得我行我素的，是一頭白色短髮的貓耳貓尾幼女小玉。

身為隱藏繪畫高手的小玉幫迷宮都市的攤子畫了招牌，為提升銷售額做出了巨大的貢獻。雖然畫材較為昂貴，但在迷宮都市應該也能降低成本。等完成用迷宮素材製成的畫材配方，再提供給商業公會看看吧。

「——潘德拉剛卿，能打擾一下嗎？」

這麼向我搭話的，是穿著紅色鎧甲的「紅色貴公子」傑利爾先生。

他的腰間掛著冰之魔劍「冰樹之牙」。明明在謁見大廳的時候沒有帶在身上，看來是已經拿回來了。

「請問有什麼事嗎？」

「關於你和黑槍大人辭退希嘉八劍候補的事，現在想法依然沒變嗎？」

「是的，我和莉薩不打算成為希嘉八劍。」

畢竟他也是希嘉八劍候補，會在意也很正常。

「**不打算成為**嗎……你想說的是：只要有那個意思，自己隨時都能成為希嘉八劍嗎？」

傑利爾先生的語氣蘊含著些許怒意。

沒想到還會抓人話柄，真不像是理性的他。

看來他變得相當神經質。

「如果您覺得不高興，我先在這裡道個歉。我和莉薩判斷自己沒有成為希嘉八劍候補的資格，所以才辭退。」

我利用詐術技能和解釋技能安撫傑利爾先生。

「身為希嘉八劍候補的資格？」

雖然傑利爾先生對此似乎很在意，但要老實說出「我們缺乏對希嘉王國的忠誠心」實在太沒神經，於是我只是面帶苦笑避開進一步的說明。

傑利爾先生也沒有繼續追問，於是我說完「我真心希望傑利爾閣下能獲選為新的希嘉八劍」這般場面話後便與其道別。

畢竟從實力看來，他也算是最有力的候補。現在「剛劍」葛延先生因為對比斯塔爾公爵暗殺未遂而被開除，希嘉八劍空出了三個位置，所以可能性很高。

「——潘德拉剛閣下。」

這次是王城的侍從。

原以為是蜜雅和亞里沙的朋友希斯蒂娜公主派來的人，沒想到對方來自軍務大臣凱爾登侯爵麾下。

這位侍從身上似乎有凱爾登侯爵的信和留言。

「誰送來的？」

「是凱爾登侯爵。畢竟他是小琪娜的爺爺，這是為了感謝我們救了小琪娜，邀請我們去家裡玩的邀請函喔。」

這句話前半段是對亞里沙，後半段則是對被邀請的小玉和波奇說。

「被叫去死黨的家喲！」

「哇～期待～」

波奇和小玉兩人轉圈跳起舞來。

看來她們對於能去好友琪娜小姐的家裡玩，期待得不得了。

在那之後我們依舊被各式各樣的人給叫住，最後希斯蒂娜公主的侍者到訪後，我便與大家一同被邀往公主的沙龍。

「——佐藤大人、蜜雅大人、亞里沙，歡迎你們光臨。」

來到沙龍後，希斯蒂娜公主面帶笑容地前來迎接我們。

她不光只對王國普遍尊崇、出自波爾艾南之森的精靈蜜雅，就連爵位低於她的我也一起加上尊稱，是因為她對我的咒文開發能力很感興趣。

「誰？」

站在偏過頭的蜜雅面前的，是個長得很像希斯蒂娜公主的小女孩。

「蜜雅大人，容我向您介紹。這孩子是我的同母妹妹多莉絲。」

希斯蒂娜公主這麼介紹完，多莉絲公主便起身向蜜雅行禮。

「初次見面，波爾艾南之森的蜜薩娜莉雅大人。我是希嘉王國的十二公主多莉絲·希嘉，今年十歲。」

由於她的外表十分稚嫩，原以為年紀會更小一點。

「我是波爾艾南之森最年幼的精靈，拉米薩伍亞和莉莉娜多雅的女兒，蜜薩娜莉雅·波爾艾南。」

「波奇叫波奇喲！」

「小玉是小玉～？」

受到蜜雅正式自我介紹的影響，波奇和小玉也報上自己的名字。

「哎呀！兩位是耳族呢！」

在多莉絲公主的請求下，兩人讓她撫摸耳朵。

事情告一段落之後，我作為代表向公主們介紹剩下的成員。

多莉絲公主似乎相當喜歡波奇和小玉，讓她們坐在自己兩旁一起快樂地享用點心。

「明明撒嬌說想跟蜜雅大人見面，才把她帶過來的……」

真是個令人困擾的孩子——希斯蒂娜公主雖然嘴上這麼說，看著多莉絲公主的眼神卻充滿憐愛。

我和希斯蒂娜公主討論咒文愉快地聊了一段時間。雖然亞里沙和蜜雅相當放鬆，但讓莉薩和露露一直維持緊張狀態實在讓人於心不忍，因此決定在不失禮的情況下儘早離開。

另外無庸置疑的是，一如既往我行我素的娜娜從一開始就習慣了這個氛圍。

「對了，佐藤大人。要是您願意的話，我把您介紹給索多利克王兄怎麼樣？」

「說到索多利克大人，是指那位王太子殿下？」

「是的。王兄與我和多莉絲是同母兄妹，如果是我的請求，我想他會見您的。」

雖然希斯蒂娜公主好意想幫我和會成為下任國王的索多利克第一王子攀關係，但如果可以，我打算婉拒。

說老實話，因為拍賣會的那件事，我對他印象不太好。

「感謝您難得的好意，但像我這種不成熟的人不該浪費王太子殿下寶貴的時間。殿下的時間應該用在希嘉王國的事務上。」

「哎呀，佐藤討厭王兄呢。」

多莉絲公主直截了當地說。

「並非如此喔，多莉絲。佐藤大人是認真又謙遜的人，他是不想打擾到王兄的工作。」

「——是這樣嗎？」

「是的，正如希斯蒂娜殿下所言。」

因為希斯蒂娜公主替我打圓場，我便全力配合她。

「您今天預計要好好放鬆是嗎？那麼要不要共進晚餐呢？聽奶媽說買到了品質不錯的霜降奧米牛肉喔。」

雖然獸娘們聽見希斯蒂娜公主的話眼睛一亮，但遺憾的是之後還有事情要辦。

「非常抱歉，我有點事要前往離宮。」

「是葛——不，我明白了。既然如此也沒辦法。下次——在您離開王都之前，再一同共進晚餐吧。」

我笑著答應希斯蒂娜公主的邀約後，便帶著夥伴們離開了。

接下來的目的地，是王城區域內用來幽禁貴人用的離宮。

「露露老師！娜娜老師！」

「妳好，雪琳。」

「有好好訓練嗎，我這麼提問道。」

「當然有！」

面帶笑容前來迎接我們的，是前希嘉八劍葛延・羅義塔先生的長女雪琳。

她在露露和娜娜的指導下進行訓練，已經確定今年春天將正式進入王立學院的騎士學校學習。

「哈囉～？」

「你你好好喲。」

「小玉和小波奇也是啊！」

雪琳帶著與年齡相符的表情跟小玉和波奇擊掌。

她是因為在騎士學校的特別課程和幼年學校的春季教室共同舉行的春季遠征實習中與兩人一同跨越了險境，才會變得這麼要好。

「佐藤。」

正當我守望著這些孩子和樂融融的對話時，一位帶著美女和小女孩的壯漢——葛延先生從院子的方向朝我走來。一同現身的是他的妻子和次女。

「謝謝你照顧雪琳。」

「不不不，我沒做什麼大不了的事。您該感謝的是那些孩子——」

葛延先生聞言，微微苦笑地說了句「那就這麼辦」，便朝正在和雪琳小姐暢談的夥伴們走了過去。

「露露小姐、娜娜小姐。託兩位的福，雪琳才能冷靜地應對戰鬥，並得以生存下來。包括成功考上騎士學校的事，感謝兩位的指導。」

「哪裡，才沒有——」

「是的，葛延。我接受你的感謝，我這麼告知道。」

不知所措的露露與坦然的娜娜呈現出鮮明的對比。

「那些人是姊姊的老師？」

「是呀。別看露露老師那副打扮，其實非常有實力喔。」

「哦～這麼厲害啊～」

雪琳回應次女的悄悄話。

「父親，波奇和小玉也是喔。」

「說得也是——波奇小姐、小玉小姐。因為妳們打倒了強大的魔物，我才能夠再次見到女兒。妳們的英勇值得稱讚，請接受我的感謝。」

「喵嘿嘿～」

「總覺得讓人難為情喲。」

兩人先是害羞地不斷扭動身體，隨後波奇補充一句：「給巨大魔物最後一擊的人，是小光喲。」

「小光——指的是光囿女公爵大人嗎？」

葛延先生向我問道，於是我點了點頭。

他似乎早就知道小光的事。

「我已經向大人道過謝了，不必擔心。」

小玉和波奇聞言點了點頭。

據說事件發生的隔天，小光曾來這裡玩。

暢談關於小光和雪琳小姐的事一陣子後，我們在離宮監督官的示意下準備離開。

「佐藤，等你有空的時候就行了。希望你關照一下索米葉娜大人。」

葛延先生能夠不殺死自己的主公比斯塔爾公爵就讓事情落幕，都是多虧公爵最小的女兒索米葉娜小姐挺身而出制止了他。他應該認為對方對自己有恩吧。

「我明白了。雖然無法保證能幫上忙，但聆聽她的煩惱這點小事還是沒問題的。」

「這樣就夠了。謝謝你，佐藤。」

我無視開口催促的監督官和葛延先生握手，並向雪琳小姐和夫人她們揮手告別後，便離開離宮。

◆

「那麼，畢竟也收到了國王陛下的報酬，來決定使用『祝福寶珠』的人選吧。」

因為今天的事情是機密中的機密，我們便來到了祕密基地。當然，娜娜的姊妹們和小光也跟了過來。

「在拍賣會得到的寶珠是『麻痺耐性』和『水魔法』吧？」

「沒錯。」

我們從「樓層之主」身上得到的優先戰利品「物品鑒定」寶珠，已經用來讓露露取得技能了。

「照之前討論過的方式做就行了吧？讓擔任坦克的娜娜或負責恢復的蜜雅學習『麻痺耐性』，而『水魔法』就由坦克娜娜或後衛的露露來學。」

「妳們誰要學麻痺耐性？」

「娜娜。」

蜜雅立刻回答。

「讓坦克學確實比較好呢。」

由於其他夥伴們沒有提出異議，因此麻痺耐性決定由娜娜來學。

「水魔法呢？」

「放棄，我這麼告知道。」

「我也不用了。畢竟我幾乎不會用術理魔法，從恢復方面看來，亞里沙無須詠唱就能使用，由她來學會不會比較好呢？」

「嗯～從我的立場來說，如果是技能等級1就能用的魔法，只要忍耐輕微的頭痛，就算不學技能也能使用所以不需要。給愛汀她們用怎麼樣？她們沒有會用恢復魔法的人吧？」

夥伴們互相推辭，最終亞里沙把話題甩到一號，也就是娜娜姊妹的長女愛汀身上。

「用在我們身上真的好嗎？我們雖然不會用恢復魔法，但所有人都會使用像止血，或是提升自癒速度的理術……」

「我想要！給我、給我！維兔想用用看恢復魔法，我這麼主張道。」

八號維兔打斷愛汀本想拒絕的話語說道。

「反對。」

二號伊絲納妮立刻開口否決。

「為什麼，我這麼提問道。」

「維兔可能會忘記治療擅自行動，我這麼告知道。」

「同感。給穩重的菲兒比較好，我這麼推薦道。」
五號風芙同意伊絲納妮的話，而六號西絲推薦了四號的菲兒。
「那特麗雅也要！特麗雅也對恢復魔法有興趣！」
「妳經常因為偵察和設置陷阱而離開，所以不適合。」
三號特麗雅蹦蹦跳跳地自我推薦，但也被愛汀提出理由打了回票。
「傷心，特麗雅很遺憾。」
「美都——小光怎麼看？」
「我也認為菲兒很合適。菲兒，妳覺得呢？」
被愛汀提問的小光確認菲兒的想法。
「……可以試試看。」
菲兒小聲地說。
這孩子意外地沉默寡言。
「主人，可以讓菲兒使用水魔法嗎？」
「當然可以，我相信妳們的選擇。」
我朝娜娜的姊妹們點了點頭。
於是麻痺耐性技能給了娜娜，水魔法技能則由菲兒來學習。

「也給菲兒幾本水魔法的魔法書吧。這三本是普及於希嘉王國的水魔法，而這個是軍用水魔法，最後一本是我製作的原創書籍，別拿給其他人看喔。」

「是的，主人。」

菲兒點點頭，將魔法書收進自己的妖精背包。

在波爾艾南之森的修行結束後，我也給了她們專用的妖精背包。

當露露說要準備晚餐而先回宅邸的時候，我給出了自由行動的許可。

獸娘們似乎打算在晚餐前做點運動，而娜娜的姊妹們則要支援菲兒的水魔法訓練。

「主人，那個難不成是在拍賣會買到的卷軸？」

「對，我想趁現在用掉。」

我和亞里沙一邊聊天一邊走向開闊場所，蜜雅和小光也跟我們在一起。

從拍賣會買到的卷軸有三個。

「物質傳送」這項空間魔法能夠傳送小型的非生物體。原本雖是一種只能用來傳送小石頭尺寸物品的魔法，不過只要從主選單的魔法欄使用，就算是岩石也能傳送，感覺可以用來發射小規模的隕石。

「好厲害。」

「用物質傳送發射隕石……」

「佐藤能夠單獨進行攻城戰呢。」

在一旁參觀的蜜雅、亞里沙和小光輕聲說出感想。不過攻城戰原本就能做到，現在說這也沒什麼意義。

接下來使用的是召喚魔法「傳信鴿召喚」。

效果是召喚傳信鴿，將信件送去特定地點或給特定人物。遺憾的是就算從魔法欄使用，效果也沒有任何變化。

「很普通呢。」

「還以為能召喚到古代鴿。」

「可愛。」

雖然亞里沙和小光覺得非常無趣，但是面對很親近人的鴿子，蜜雅瞇起眼睛將臉頰湊了過去。

接著使用的「臭氣空間」實在很不妙。出自繁茂迷宮，屬於水與風的複合魔法。

雖然用卷軸施展只會產生放屁般的噁心氣味，但是從主選單使用卻會有匹敵催淚彈的效果。假如使用最大威力施放，甚至能臭死達米哥布林，看來必須小心使用。

「簡直就像生化武器。」

「嗯，有點同情那些達米哥布林。」

「過分。」

旁觀者們紛紛給出差評。

把威力壓制在最小範圍的話，似乎能用來引開一般人的注意力，在習慣之前就請迷宮的達米哥布林幫忙調整威力吧。

聽亞里沙這麼說我才想起來，也把西門子爵給的神祕卷軸拿出來用吧。

「只有這些？印象中西門子爵不是還給了一些很詭異的卷軸？」

「是什麼樣的咒文呢？」

「是一種叫做『影鏡』的影魔法，咒文效果還不清楚。」

在托拉札尤亞的搖籃中，從「不死之王」賽恩身上得到的影魔法魔法書中沒有記載。

「小光光知道嗎？」

「嗯，雖然不太有名，但在孚魯帝國曾有一些很擅長的人。」

據說是一群名叫幻桃園，令人困擾的傢伙。小光回憶過去並生起氣來。

「那麼會有什麼樣的效果呢？」

「能透過影子映照出其他影子見到的景象。雖然也聽得見聲音，但由於是雙向傳遞，因此不適合偵察。硬要說的話，感覺像是視訊通話型的『遠話』。」

雖然根據使用者不同，似乎還能進行都市間的通信；不過大多施術者的通話距離只有數

公里，就已經是極限的樣子。

「不過就算是這樣，由於能面對面通話的魔法相當稀有，所以孚魯帝國的掌權者相當重用能施展『影鏡』的人。這也是導致麻煩集團幻桃園專橫跋扈的原因。」

小光表情苦澀地補充後半段的話。

看來她曾經因為那個叫幻桃園的組織吃了不少苦頭。

因為露露在進行正式的實際測試前來呼喚我們，因此今天只把魔法登錄在魔法欄上就告一段落。另外也把仰賴宰相門路得到的軍用土魔法「鐵筍」和風魔法「亂流」、「落氣槌」之類的卷軸一併用掉了。

至於向西門子爵追加訂購的商品應該來不及在啟程離開王都前收到，到時我再看準時機假扮「潘德拉剛子爵家御用商人亞金多」去拿吧。

◆

拜訪離宮的隔天，我陪獸娘們造訪軍務大臣凱爾登侯爵的宅邸。

在符合軍閥家族的莊嚴大門內，有座四處開滿可愛花朵的美麗庭院。

「波奇、小玉！」

「是死黨喲！」

「小弟們也在～？」

庭院裡似乎正在舉辦園遊會，除了波奇和小玉的摯友凱爾登侯爵孫女琪娜小姐之外，現在還有既像朋友又像跟班，被兩人稱作小弟的少年少女們。

由於波奇和小玉抬頭看著我尋求許可，我便點頭同意她們放手去玩。

「佐藤。」

當我守望著兩人離去的身影時，一道性感的嗓音叫住了我。

回頭一看，便發現是渾身充滿獨特女性魅力的拉優娜·樂活子爵夫人。其身後還有她的好友，對王都名門貴族擁有極大影響力的艾瑪·立頓伯爵夫人。

「午安，拉優娜大人、艾瑪大人。」

在我打完招呼後，周遭的貴族間起了一陣騷動。

從至今參加過茶會的經驗看來，應該是對我直呼她們的名字感到驚訝。

「你會來凱爾登大人的宴會還真稀奇呢。都已經成為觀光副大臣了，還想在軍隊擴展人脈嗎？」

不愧是立頓伯爵夫人，消息真靈通。

「因為佐藤認識的希嘉八劍很多，接下來找高級武官或近衛騎士團的幹部比較好喔。」

由於此行並非為了拓展人脈而來，於是我對兩人的忠告表示感謝後，便訂正她們對我的誤會。

「因為琪娜小姐和我的夥伴在幼年學校的春季教室中成為了好朋友，因此今天才會前來拜訪。」

「哎呀，是這樣啊。比起那個，你快看這條項鍊。」

「我的是這個耳環。」

立頓伯爵夫人和樂活子爵夫人向我展示拍賣會的戰利品。

兩者都是用越後屋商會拿到拍賣會販售的魔法寶石製成。

我將珠寶首飾與她們本身稱讚過一遍後，把過幾天將離開王都周遊各國的事告訴她們。

「唉呀，難得變得這麼要好，真遺憾呢。」

「預計要旅遊到什麼時候呢？」

「非常抱歉，我預計等兩位委託的物品送到時才返回王都。」

由於由她們委託、以佐藤為仲介刻上家紋的寶石，表面上聲稱是由南洋島國的寶石師負責製作，所以還有半年以上的時間準備。

儘管依依不捨，身為情報專家的她們依然告訴我鄰近各國已知的有趣地點。

在話題快要結束的時候，園遊會的角落忽然傳出歡呼聲。

「怎麼回事？」

「是軍隊的人呢。難道是希嘉八劍的人來了？」

我們一邊閒聊，一邊以看熱鬧的心情走過去。

「實在是太出色了，凱爾登閣下！」

「這正是高手的證明！竟能將鐵製的鎧甲一刀兩斷！」

凱爾登侯爵手持魔劍站在人群中央，正受到四周軍閥貴族們的熱烈恭維。

「是凱爾登侯爵？」

「那個人的劍術有那麼高明嗎？」

立頓伯爵夫人和樂活子爵夫人交頭接耳地說。

「閣下！請再來一次，拜託了！」

「請務必讓我也見識一下！」

「唔嗯，既然你們這麼說的話。」

凱爾登侯爵將魔力注入魔劍。

發出黯淡紅光的魔劍上，浮現出蘊含著些微紅光的刀刃。

「——是魔刃。」

「是在拍賣會買下來的吧。」

立頓伯爵夫人和樂活子爵夫人猜中紅光刀刃的真面目。

「真是的，爺爺又在做那種事了。」

出現在我身旁的少女一臉傻眼地將手交扠在胸前。

這名少女長相跟琪娜小姐十分相似，從AR顯示的情報看來，她是凱爾登侯爵家的千金，名叫杜茉麗娜。

「主人～？」

「是主人喲。」

從後方出現的小玉和波奇抱住我的腿，她們似乎是和琪娜小姐一起來的。

或許是因為琪娜小姐的個性很認真，她以符合淑女禮儀的方式向我打招呼。

「妳聽我說，琪娜。這人明明不久前才剛因為旁人的請求過度，使用魔刃導致魔力用光而暈倒，現在又得意忘形了。一想到他是軍閥的首領就覺得好丟臉。」

身為姊姊的杜茉麗娜小姐似乎與她那可愛的外表不符，說話相當刻薄。

「哈哈哈，杜茉麗娜還真嚴厲呢。」

說出這句話的人是琪娜小姐和杜茉麗娜小姐的父親，也就是凱爾登名譽子爵。他是凱爾登侯爵的次子，擔任王國軍的主計局長，長得和侯爵十分相像。

「父親，這位就是潘德拉剛子爵大人。」

「哦，你就是傳聞中的那個人啊。比聽說的還要年輕，真令人吃驚。」
彼此打過招呼之後，琪娜的父親為波奇和小玉救了琪娜小姐一事向我道謝。
他似乎已經向兩人道過謝了。
「收到了這個～？」
「快看、快看喲！」
小玉和波奇笑容滿面地將從琪娜父親那裡領到的花籃拿給我看。
裡面放著包裝精美的高級火腿和香腸，這應該是身為「死黨」的琪娜小姐所挑選的吧。
「正式禮物已經送去你宅邸了。我沒有其他意思，你就儘管收下吧。」
琪娜父親小聲地對我這麼說，隨即動身去呼喚侯爵，接著把他帶了回來。
「潘德拉剛卿也看到了嗎？」
「是的，我在此見識到了閣下的魔刃。」
凱爾登侯爵的心情很好。
「波奇也可以做到喲！」
「小玉也會～？」
我還來不及阻止，她們兩人已經從琪娜父親給的籃子裡取出香腸擺好架勢，同時施展出魔刃。

「居、居然用魔劍以外的物品使出魔刃！」

凱爾登侯爵受到了打擊。

然而不愧是軍務大臣，站在軍閥頂點的男人。他立刻振作起來。

「不愧是祕銀冒險者！年紀輕輕就是高手呢！」

凱爾登侯爵摸著小玉和波奇的頭這麼說。

「潘德拉剛子爵，感謝你的家臣拯救老夫身陷險境的孫女。假如有什麼事老夫的凱爾登家能幫得上忙，請儘管說沒關係。」

聽到凱爾登侯爵充滿熱情的發言，四周的軍閥貴族躁動起來。

我在無表情技能的幫助下，僅用一句無關痛癢的「感謝您的盛情」當作回答。

「雖然希嘉八劍的候補選拔已經結束，但最終選拔會在啟程前往比斯塔爾公爵領的第二次叛亂鎮壓軍進行。」

這麼說來號外中似乎曾提到，第一次的叛亂鎮壓軍在奪回比斯塔爾公爵領地的一座都市之後就遭到殲滅。

「雖然出發日期是明天，但潘德拉剛卿若是有此打算，老夫可以引薦你參戰喔？」

「不必了，沒有從軍經驗的我只會礙手礙腳罷了。」

「無論是誰都有第一次。乾脆老夫讓你進入王國騎士團享有軍官級待遇——」

凱爾登侯爵這麼有幹勁真讓人困擾。

「——慢著，到此為止！」

「說得沒錯！竟然想浪費我們的佐藤去從軍，實在荒謬至極！」

幫我解圍的是公都的貪吃鬼貴族——

「是羅伊德侯爵和何恩伯爵啊。看到你們感情變得這麼好，老夫都開始擔心天上會不會下起槍雨了呢。」

凱爾登侯爵表情一臉微妙地看著他們兩人。

「哼，在炸蝦天婦羅面前，爭吵只能算是瑣事。」

「對於知曉紅薑天婦羅偉大的人，無聊的權力鬥爭毫無意義。」

——聽不懂他們在說什麼。

「兩位，我也明白潘德拉剛卿的料理有多出色，不過對武人而言，推薦其擔任希嘉八劍難道不是最高的榮譽嗎？」

我對這位朝兩人做出此番發言的武人有印象。

他是在海龍群島遇難時被我所救的歐尤果克公爵領的貴族吉德貝爾特男爵。

「好久不見，吉德貝爾特閣下。」

「還沒來得及打招呼真是失禮了。你近來——您近來可好，潘德拉剛子爵。您不必稱呼老夫為閣下，恭喜您晉升子爵。」

吉德貝爾特男爵在中途改變用詞，同時祝賀我晉升爵位。

「約好要在王國會議再見卻來遲了，在此致上歉意。」

這麼說來，在歐尤果克公爵領的貿易都市蘇特安德爾道別時，他似乎說過這樣的話。

「雖然算不上賠罪，但我按照約定湊齊了希嘉王國沿岸與半島的名作珍品，過幾天就送去您府上。」

真是個一板一眼的人。

吉德貝爾特男爵和琪娜父親好像是王立學院騎士學校的同學，或許是想起了學生時代，他們在園遊會的一角舉行了比腕力大會。

另外，還要把獲得優勝的是不小心使出全力的莉薩這件事給記下來。

◆

「陛下，臣來向您報告即將返回領地的事。」

雷奧・穆諾伯爵正在王城的小型謁見廳裡晉見國王。

我今天作為穆諾伯爵的隨從，和妮娜・羅特爾執政官一同前來。

罕見的是，宰相並不在國王身邊。隨侍在後方的只有希嘉八劍第三位的「聖盾」雷拉斯先生以及侍從而已。

「報告辛苦你了。為了希嘉王國和領民們，繼續為了領地發展努力吧。」

國王說到這裡停了下來，雙眼注視著穆諾伯爵，接著繼續開口說：

「——雷奧。穆諾伯爵領地就拜託你了。」

「是、是的！臣知道了。」

穆諾伯爵深深低下頭。

之後才聽說，將當初以多那諾準男爵身分研究勇者的雷奧先生提拔為前穆諾侯爵領領主的人，似乎就是現任國王。也是因為如此，國王才會這麼照顧穆諾伯爵吧。

謁見時間在我這麼想的時候宣告結束，隨後我們離開小型謁見廳。

「穆諾伯爵，你也要搭乘下一班飛空艇返回領地嗎？」

說出這句話的是在走廊上遇見的庫哈諾伯爵。

他接下來似乎也要向國王報告返回領地的事。

「是的，你說得沒錯。庫哈諾伯爵也是嗎？」

「嗯，途中還請多多指教。」

如果想去王國東北部旅行，必須搭乘飛空艇前往歐尤果克公爵領，抵達後乘坐大河的船隻前往公爵領北部，接著再換搭馬車北上，因此庫哈諾伯爵在抵達穆諾市之前也會經過相同的路線。

「潘德拉剛卿也會跟穆諾伯爵同行嗎？」

「不，我預計先去一趟迷宮都市，然後周遊各國。」

「這樣啊，趁年輕時去旅行很好。多增加一些見聞，將來成為穆諾伯爵的好幫手吧。」

我對庫哈諾伯爵的鼓勵點了點頭，接著向「驅魔儀式」時他把愛劍借給我一事道謝。

「哪裡，那沒什麼。劍對領主而言只是裝飾，比起那個，你還給我的劍究竟是在哪間工房保養的？」

「保養是拜託熟人做的，有什麼問題嗎？」

「不是，劍的打磨出色到令人欽佩，我試用了一下才發現劍刃比以前鋒利一倍。所以說，我想請你把那位名匠介紹給我。」

抱歉，因為打磨的人是我，所以沒辦法介紹。

「這是拜託一位名為赫菲斯托斯的鍛造師打磨的。雖然他的確很有本事，但個性反覆無常經常更換住所，因此我也不清楚他的去向。」

「流浪的天才鍛造師嗎——潘德拉剛卿的人脈總是令人吃驚哪。」

託詐術技能的福，庫哈諾伯爵坦率地相信了我。

「那麼假如那位天才鍛造師造訪庫哈諾伯爵領的話，請你拜託他來我的城堡露個臉。是叫赫菲──」

「赫菲斯托斯。」

「──赫菲斯托斯嗎。我明白了，我會事先把赫菲斯托斯大人的姓名告訴領內守衛和太守們。」

「那麼，當我跟赫菲斯托斯大人取得聯絡時，我一定會如此轉達。」

看他似乎挺中意的樣子，如果有機會造訪庫哈諾伯爵領，再準備個新的變裝面具去打擾一下吧。

畢竟我還沒去過領都庫哈諾市嘛。

與庫哈諾伯爵道別之後，我和妮娜女士等人閒聊著漫步在走廊上。

「剛剛你說打算周遊各國，那是觀光副大臣的職務嗎？」

「對，那也是其中之一。」

基本上是遊山玩水。

「話說回來，沒想到你會接受副大臣這種職位。拜此所賜，穆諾伯爵領在王國的關照下得到優先使用小型飛空艇的權利，以及合計十把的英傑劍與長槍。除此之外，免稅特權還延長了兩年。」

不愧是妮娜女士，似乎狠狠敲詐了宰相一番。

「話說你如果要出門旅行，卡麗娜大人怎麼辦？要一起帶去嗎？」

「不，卡麗娜大人想在迷宮都市修行。因為我的夥伴——娜娜的姊妹們也會在迷宮修行，所以我打算讓卡麗娜大人跟她們一同行動。」

「那位娜娜的姊妹嗎……實力如何？」

「畢竟她們在精靈村落修行過，實力應該和剛抵達迷宮都市時的夥伴們差不多。況且卡麗娜大人還有拉卡。」

卡麗娜小姐獨自行動的情況姑且不論，有「擁有智慧的魔法道具」拉卡輔助的話應該能度過大部分的難關。畢竟也有著銅牆鐵壁般的防禦能力嘛。

「……唔嗯，伯爵您覺得如何？」

「身為父親，我不希望卡麗娜去做些危險的事情；不過假如那是她的願望，那麼我想替她實現。」

「您還是老樣子，很寵她呢。」

妮娜女士一臉受不了地看了穆諾伯爵一眼，接著朝我看來。

「要是卡麗娜大人能跟你共組家庭安定下來，那就再好不過了。」

「假如強迫卡麗娜大人這麼做，她又會逃出城堡喔。」

「……嗯，我被關在牢裡時，她也曾離開城堡去向巨人求助呢。」

因為已經跟卡麗娜小姐約好要協助她回迷宮都市修行，所以我努力地說服妮娜女士。

「我明白了，那接下來一年我們就靜觀其變吧。伯爵也沒有意見吧？」

「嗯，沒問題。」

穆諾伯爵點頭同意妮娜女士的話。

如果有一整年的話，大概能升到五十級左右，屆時她也會對迷宮修行感到無聊吧。

「佐藤，既然你已經成為了上級貴族，要在一年內找好老婆喔。」

「那對我還太早了——」

「這是國法規定的。沒有嫡子的未婚上級貴族家主，必須在一年內找好嫡子。所以，無論是正妻還是納妾都行，你都得成親生個孩子。」

「請別開玩笑——」

「怎麼可能是開玩笑？事先聲明，要是三年內沒有生出孩子，就必須找第二夫人或納入新妾。」

——真的假的。

一夫多妻——如果家主是女性，就會因為法律而強制多夫一妻嗎……希嘉王國還真令人畏懼。

不過，既然是以「沒有嫡子」為前提，那麼只要有繼承人就沒問題了才對。要是被強制要求結婚的話，我就去找個想當貴族家主的聰明小孩，將其當作潘德拉剛子爵家的養子就行了吧。

「根據艾瑪和拉優娜的說法，你在她們的交流會和茶會上不是挺受歡迎的嗎？就沒有看上哪個女孩，或是想帶回家的女僕嗎？」

妮娜女士似乎也認識身為名門貴族的立頓伯爵夫人和樂活子爵夫人，人脈還真廣。

「很遺憾，並沒有。」

「什麼嘛，真不中用。不過，要是一年之後還沒找到妻子，就娶卡麗娜大人吧。大姊姊系的妻子也不壞喔。」

雖然我喜歡年長系的，但就我個人看來卡麗娜小姐還太年輕了。

我用「我會考慮的」這種能把問題往後延的老套臺詞敷衍過去後，陪著穆諾伯爵等人一同前去確認國王賜給他們的宅邸。

◆

參觀完新穆諾伯爵府的當天晚上，為了完成離開王都前的工作，我來到越後屋商會。

「歡迎回來，庫羅大人。」

「掌櫃，有勞妳迎接了。」

金髮美女掌櫃艾爾泰莉娜用燦爛的笑容前來迎接我。

「庫羅大人委託的各類金屬鑄塊，以及碎寶石與精煉碎屑已經收集完畢。貴金屬的鑄塊放進地下金庫，其他物品因為數量龐大，均安置在工廠的空倉庫裡。」

「工作真是有效率，蒂法麗莎。」

身為掌櫃祕書的銀髮美女蒂法麗莎將目錄遞給我。

因為可以用來進行各種煉成和製作魔法道具，所以我大量收購了鑄塊。碎寶石則是魔法寶石的材料，而精煉碎屑可以用來精製稀有金屬，最後這一項似乎成功以賤價大量收購了。

我利用無表情技能壓抑臉上的喜悅，開始檢查目錄。

「白金和鉱還真難得，是開發了新的交易對象嗎？」

「是的。是沙北商會打聽到我們在收集金屬鑄塊之後前來推銷的。」

說起沙北商會，就是那個鼬人族霍米姆多利先生擔任會長的商會。

據說那些鑄塊很難加工，找不到買家，因此才能以跟黃金鑄塊差不多的價格購入。另外他們還想來販售三個死靈魔法卷軸，但購入一事暫且保留了。

「死靈魔法卷軸？是拍賣會上展示的那個能召喚不死族的？」

「恐怕是。」

雖然對方也曾經向佐藤（我）推銷，不過死靈魔法卷軸在希嘉王國的風評不太好，所以我拒絕購買。

因此他們這次才會跑來越後屋商會進行推銷的樣子。

「保留是什麼意思？」

「因為買賣死靈魔法卷軸乃是禁忌，所以打算有庫羅大人的許可再下決定。」

「這樣啊。不過，假如買下那些卷軸，有地方可以銷售嗎？」

畢竟留在商會也沒什麼用。

「聽說潘德拉剛子爵是位卷軸收藏家。」

「打算賣他人情嗎？」

「不，真要說的話，我們欠的人情還比較多，因此想稍微做點回報。」

——奇怪了？我有賣那麼多人情嗎？

「這樣啊。購入沒有問題，最終決定權就交給掌櫃妳吧。」

我其實對恐怖的東西沒有抵抗力，所以不太想用操縱不死族的死靈魔法。

不過「骨頭加工」這項死靈魔法用起來倒是很方便就是了。

「其他物資也放在倉庫裡嗎？」

「是的，需要冷凍保存的物品已經放進二號倉庫了。」

我大量購買了以穀物與調味料等即將用光的物資為中心的各式商品。雖然以個人身分購買會太顯眼，但越後屋商會就能輕鬆買齊。

另外也買了很多市面上罕見的沙珈帝國咖啡豆，以及一般店鋪找不到的奧米牛特等肉。創立商會真是太好了。

「另外關於潘德拉剛子爵委託的遺物一事，最後一個認領人找到了。由於釐清那是卡格斯女伯爵家親屬的遺物，因此已經送往伯爵家的王都宅邸了。」

「這樣啊，辛苦妳了。」

遺物是指從砂糖航路的漂流船與沉船裡回收的物品。

由於用佐藤的身分一一送還給原主很麻煩，於是委託越後屋商會悄悄地送回去。至於原主送來的禮品和謝禮，就在扣掉越後屋商會的手續費之後，當作慈善事業的基金來用。

「不過，隱瞞潘德拉剛子爵的姓名真的好嗎？」

「這是那小子的條件吧？」

「是的，雖然是那樣沒錯，但感覺就像是我們搶走向眾多貴族賣人情、攀關係的絕好機會一樣，總覺得有點良心不安。」

「別在意，掌櫃。」

要是隨便攀親帶故導致增加一堆不想遇到的親事，只會徒增困擾。

「若是會覺得可惜，他一開始就不會要求『隱藏姓名』了。」

「……好的。」

掌櫃真是一本正經。

蒂法麗莎代替一臉無法理解的掌櫃，單手拿著文件開始說起下一件事。

「庫羅大人，宰相大人詢問我們是否願意接納人才。」

「什麼人才？」

「那個……」

「是怪盜皮朋和怪盜夏露倫這兩位。」

見掌櫃有些難以啟齒，蒂法麗莎便接了下去。

我是以庫羅的姿態與皮朋見面，夏露倫則是和佐藤有些因緣。皮朋是在拍賣會場盜取「祈願戒指」時被我逮到，夏露倫則是在王城偷取祕寶「龍瞳」的事件中被抓住。我將兩人交給希嘉王國的治安機關，他們應該在經歷審判之後成了奴隸才對。

「怪盜？那種人來商會有什麼用？」

不如說，加入宰相麾下的諜報部隊才更有地方發揮。

「宰相大人提議讓他們協助勇者無名大人收集情報，或是執行各種工作。」

原來如此，我確實缺乏那方面的人才。不過，總覺得要指使那兩個感覺很自我中心的人沒那麼容易。如果要承擔多餘的辛勞，我寧可用空間魔法和那些多得一塌糊塗的技能來處理事情。

「無名大人不需要那種人才。」

「除此之外，像是在開分店時收集情報以及聯繫犯罪公會等事情上，在許多方面都能派上用場。」

「如果能夠替商會做出貢獻倒是無所謂，但是這兩個傢伙逃得很快，別讓他們接近機密情報。」

「我明白了。不過，要接收奴隸有個條件……」

「——條件？」

「聽說皮朋和夏露倫各自都有個請求。」

「什麼請求？」

「他們說要跟庫羅大人當面談。」

「我明白了。」

感覺有點在意，等搞定越後屋的工作和回收物資之後跑一趟吧。

我先是確認開拓村和礦山的進展，接著收取日本轉移者葵少年，以及他的師傅旋轉狂賈哈德博士的研究報告。

「不愧是賈哈德博士，已經開始著手進行新型的試作了嗎？」

「是的。助手葵少年好像也在開發被稱為『無人機』，使用雙重迴轉式空力機關製作的物品。」

真是符合日本人轉移者風格的構想。

如果可以，希望他別開發能挪用到軍事方面的技術，而是按壓瓶這類能在日常生活派上用場的東西。

我已經將從迷宮下層的轉生者那裡聽來、關於被眾神視為禁忌技術的相關事宜告訴葵少年，所以最糟糕的情況應該不會發生。但是，科學家這種生物往往會順著自己的好奇心一股腦地栽進去，或許該設立能頻繁進行檢查的制度比較好。

另外關於怪盜兩人的請求，夏露倫希望能救出被犯罪公會擄走的弟弟，皮朋則希望我能擊潰玩弄，甚至殺害他姊姊的缺德貴族。

由於透過地圖搜索馬上就能找到，於是我迅速救出她弟弟，順便物理性地毀滅了犯罪公會。同時我也調查出缺德貴族的惡行，令其再也無法在社會上立足。

隔天將事情告訴他們之後，他們與那位弟弟一起鄭重地向我表示感謝。雖然因為這些小事被人感謝並不壞，但看見他們表情異常認真地向我宣誓效忠實在有點敬謝不敏。

我已經把越後屋商會掌櫃是我的代理人一事告訴他們，之後掌櫃和蒂法麗莎應該能夠巧妙運用原本身為怪盜的兩人才對，我也指定掌櫃負責擔任兩名前怪盜的主人。

◆

「……人為什麼要爭鬥呢？」

渾身散發倦怠氛圍站在比斯塔爾公爵府陽臺上仰望夜空的，是公爵最小的女兒索米葉娜小姐。

「真是令人困擾呢～」

「是、是什麼人！」

我站在黑暗中向她搭話，只見索米葉娜小姐面帶警戒地直接伸手握住匕首。

「晚安，月色真棒呢。」

「——勇者大人！」

她似乎還記得我們在比斯塔爾公爵府襲擊事件中見過面，真是太好了。

雖然原本打算以佐藤的身分前來，但由於比斯塔爾公爵才剛跟第二次反叛鎮壓軍一起離開王都，對方也因此回絕了我與其千金見面的事。

「您怎麼會來找我呢？」

「嗯——其實是某位朋友很擔心妳。如果妳有什麼煩惱的話，就算只是聆聽也行，他拜託我來陪妳談心。」

「朋友——這樣啊，是那個人嗎？」

索米葉娜小姐雙手交握默默禱告。

「若是勇者大人，能夠阻止戰爭嗎？」

「我已經決定不會介入人類間的糾紛了。」

雖然對索米葉娜小姐很抱歉，但我實在不想前往連頑強的職業軍人都可能陷入創傷後壓力症候群的地方。即使精神耐性和恐怖耐性技能應該有辦法應付，但我實在不喜歡那種充滿鮮血和殺戮的場所。

「說得也是呢……那麼可以請您幫我送信給哥哥大人——圖里葉哥哥嗎？如果是那位溫柔的哥哥大人，一定會設法停止戰爭。」

「我知道了，這點小事我可以幫妳。」

我不認為像他那種為了成就自己的理想，不惜向親生父親下手的人，會聽從溫柔的索米葉娜小姐的請求。不過，要是這樣能讓她心情好轉倒也無妨。

我等待索米葉娜小姐寫好信件，然後把附上她愛用緞帶的信收進道具箱裡。

「我確實收到了。我一定會將這封信交到圖里葉手上，放心吧。」

「好的，勇者大人。」

索米葉娜小姐點點頭，我用手指拂去她眼角浮現的淚光，朝她揮揮手便飛上夜空。

在下方的她則是不斷地注視著我。

等優沃克王國的事情解決後，為結束戰爭貢獻一點力量或許比較好。

◆

「希斯蒂娜殿下，感謝您特地前來送行。」

「哪裡。身為弟子，這是理所當然的事。在老師回到王都之前，我會把課題練熟。」

啟程當天，希斯蒂娜公主特地來到我的王都宅邸送行。兩名護衛女僕和「守櫻人」雅典娜小姐也在。

「波爾艾南的蜜薩娜莉雅！雖然我之前慘敗了，但下次我可不會輸。」

「嗯，期待。」

蜜雅一派輕鬆地帶過雅典娜小姐發起的挑戰。

「卡麗娜姊姊大人，請妳絕對要攻陷佐藤大人。」

「我、我已經被佐藤甩過一次了。」

「怎麼可以這樣示弱呢！被甩一次又怎麼樣！只要姊姊大人用美貌與身體發起攻勢，年輕男性馬上就會投降。只要不斷挑戰，就算是佐藤大人也會被攻陷。」

我的順風耳技能捕捉到梅妮亞公主小聲煽動卡麗娜小姐的話語。

卡麗娜小姐的魔乳攻擊力十足，感覺我真的可能會被攻陷，實在好可怕。

——除此之外還有很多訪客。

雕刻工房的人也前來替小玉送行。

「雖然還只是內定，但妳的雕刻已經在鑑賞會上獲得評審特別獎喔。」

「噢，Great～？」

那還真是厲害呢，之後慶祝一下吧。

「少爺，這是掌櫃送過來的。」

「這些是所有員工一起送的。」

騎著石狼的貴族女孩魯娜以及紅髮少女妮爾，代表掌櫃從越後屋商會趕了過來。

「謝謝妳們，魯娜小姐、妮爾小姐。幫我向艾爾泰莉娜掌櫃還有大家說，佐藤非常感謝她們。」

「嗯，我會轉達的。」

「知道了！」

雖然已經打包好了，不過這份餞別禮是以庫羅身分前往商會時提到的三個卷軸。在必須使用之前先封藏起來吧。

妮爾這邊則包了烘焙點心和櫻花鮭魚骨仙貝，正好能當作旅途中的點心。

道別告一段落後，我們分別搭上以觀光省的裝甲馬車為首，額外追加的三輛租用馬車。

「那麼，我們出發了。」

看見小光一臉寂寞的表情，我坐上馬車前再度叫住她。

「晚上我會發遠話給妳。」

「嗯，希望你們旅途平安。」

「謝謝。我也會祈禱小光能儘早見到『小光的鈴木一郎』。」

「……嗯。」

確認小光的表情變得略為開朗後，我坐上馬車。

雖然還有點留戀，我們依然朝送行的人揮手啟程。

「「「蜜雅老師——！亞里沙老師——！」」」

仰慕蜜雅和亞里沙的魔法學校校長、教師以及學生們正在王都南門等候著。

其中也包含了波奇和小玉的死黨及小弟。

在她們好好地道別過後，馬車有些依依不捨地駛了出去。

「啟程之歌。」

蜜雅仔細聆聽外頭傳來的曲子。

樂聖一行人正在王都的外牆塔上，為蜜雅和我們演奏送行的曲子。

還真是華麗的啟程呢。見到這華麗的送行陣仗，王都的人們也興致勃勃地看了過來。

「露露老師——！娜娜老師——！」

「小雪琳……」

「學生雪琳在下次再會之前要多加精進，我這麼告知道。」

雪琳小姐追著正在跑動的馬車，一邊奔跑一邊向這邊揮手。她似乎也是趕來送行的。

「波奇、小玉——！」

「「「波奇——！小玉——！」」」

「死黨～」

「小弟們也下次再見喲！」

見到被稱作小弟的少年少女們用一副隨時會跌倒的模樣追趕馬車，以及被強壯騎士抱著追趕馬車的琪娜小姐，小玉和波奇從窗口探出身子向他們揮手。

隨著馬車加速，孩子們的身影最終消失在街道的另一頭。

雖然和關係良好的人分別很寂寞，不過隨時都能回來玩，而且旅途中也會有新的邂逅。

我認為與其為分開感到悲傷，不如為了能在重逢時愉快地分享見聞，好好地享受旅程。

溫暖的春天陽光，令我有了愉快旅行的預感。

迷宮都市

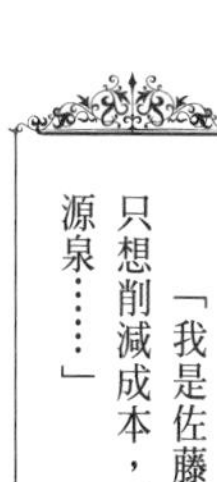

「我是佐藤。雖然改善業務和效率化是社會人士的必修課程，但要是上司只想削減成本，反而會作繭自縛。畢竟我認為能輕鬆度日才是構思出色商品的源泉……」

「好久沒像這樣搭乘馬車旅行了呢。」

從王都出發的我們分別搭乘四輛馬車行進著。

「主人，離開南門時我就有點在意了，莫非我們不打算直接去迷宮都市嗎？」

這麼說來我好像還沒跟她們說明。

「這次先坐馬車到南邊的米瑪尼鎮，接著再從那裡泛舟順流而下前往分歧都市。」

「哦～要泛舟啊。總覺得會很有趣呢。」

過去我往來迷宮都市和王都之間基本上都是透過空路或轉移，但在立頓伯爵夫人的沙龍聽聞之後，我就很想試試看這種交通方式。

聊著這些話題的時候，我們的馬車已經抵達位於湖畔的米瑪尼鎮。

我讓租借的馬車在鎮上折返，隨後找了個能避開卡麗娜小姐她們耳目的地方，將觀光省的魔巨人馬以及裝甲馬車裝進由亞里沙的空間魔法「萬納庫」創造的亞空間裡。

「湖。」

「這裡是度假勝地喲！」

「琪娜說過～」

米瑪尼鎮離王都很近，因此成為了以貴族為首，富裕階級們的度假勝地。

波奇和小玉兩人參加幼年學校的郊遊時來過這裡，似乎就是在當時從凱爾登侯爵家的千金琪娜聽說了度假勝地的事。

「嗯——真不愧是度假勝地，真漂亮的街景呢。」

「是的，亞里沙。裝飾房屋陽臺上的花朵嬌小可愛，我這麼告知道。」

「湖面吹來的風好涼爽。」

亞里沙、娜娜和露露似乎也很喜歡這座城鎮。

「維兔很在意那個不斷旋轉的東西！」

「那是風車，我這麼報告道。」

「想靠近點觀看，我這麼宣言道。」

以最小的妹妹維兔為首，娜娜的姊妹們紛紛朝著位於城鎮中心的風車塔跑了過去。

「——慢著！妳們幾個等一下！」

長姊愛汀為了阻止姊妹們也連忙追了上去。

看來有常識的人無論在什麼時代都很吃虧。

我守望娜娜姊妹們的背影，同時利用空間魔法「遠話」告訴愛汀不用緊張。

「湖岸附近停著很多小船呢。」

「那是漁船～？」

「能用網子抓到很多魚喲！」

小玉和波奇兩人對莉薩的發現加以補充。

「這樣應該能期待吃到美味的魚了。」

「餐點似乎值得期待呢，卡麗娜大人。」

卡麗娜小姐以及擔任護衛的女僕艾莉娜眼中充滿期待。

「兩位，這是看到如此美麗的風景該說的話嗎……」

新人妹聽見主人和前輩的對話，面帶苦笑地小聲說。

不過，有食慾是件好事喔。

「真令人意外，不是櫻花鮭，而是鱒魚料理啊。」

「鱒魚也很美味喲！」

「Yes～？」

遭到波奇和小玉抗議後，亞里沙連忙補充一句：「當然，我也覺得很好吃喔。」

這間在王都沙龍的傳聞中得知的鎮上最佳餐廳，味道確實符合它的評價。

「雖然烤魚也不錯，但奶油風味濃厚的香煎魚排也相當美味呢。」

「是啊，那個真是極品。」

莉薩對露露的說法表示贊同。

「特麗雅很好奇香煎魚排的作法！」

「等到了迷宮都市之後，再一起做做看吧。」

「是的，露露。特麗雅很期待！」

娜娜姊妹的三女特麗雅和露露立下這樣的約定。

「烤蘑菇很美味。」

「是的，蜜雅。飯後甜點也很美味，我這麼告知道。」

「那個烤蘋果的美味程度能匹敵露露和佐藤做的呢。」

「嗯，同意。」

「如果是甜點，維兔無論多少都吃得下，我這麼告知道！」

小妹維兔這麼說完，其他姊妹也一起點點頭。

這裡的料理會在新鮮的食材中加入大量當地盛產的奧米牛奶油，以及拉拉基生產的砂糖，是十分奢華的味道。

由於大家看起來都很喜歡，在離開鎮上前去採購一些米瑪尼湖新鮮的碧玉鱒和奧米牛的奶油吧。

◆

「在市場裡花費太多時間，還以為會趕不上船呢。」

「勉強趕上了呢。」

不過就算真的趕不上，也只要在米瑪尼鎮住一晚就好。

雖然每艘小船只能載八個人，由於年幼組身材嬌小，因此兩艘船就能裝下我們所有人。

第二艘船由娜娜在內的八位姊妹乘坐，其他人則和我一起搭乘第一艘船。

「船長的人是用棒子戰鬥喲？」

「這條河鮮少會出現魔物，這根水竿是用來讓船前進，和代替船舵調整行進方向用。」

「哦，Great～？」

船夫爽快回答波奇的問題。

後面船上的年輕船夫同樣也被好奇心旺盛的維兔和其他姊妹詢問，紅著臉做出回答。

「悠閒地搭船旅行也不錯呢～」

「嗯，雅致。」

風也很涼爽，選擇泛舟順流而下是正確的。

「啊！看到魚了喲！」

「抓得到嗎～？」

「小妹妹，探出身子的話會掉下去喔。」

「木問題～？」

「沒錯喲！波奇才不會掉下去喲。」

「妳們兩個，不要為難船夫。」

莉薩抓起小玉和波奇的腰帶，將她們拉回座位上。

順道一提，受到兩人影響的卡麗娜小姐原本也打算探出身子，但由於我能預見她因此落水的未來，便向艾莉娜和新人妹使眼色阻止了她。

「差不多要進入急流了，請各位抓緊船上的扶手或安全繩。哥哥姊姊記得抱緊小孩。如果不想被濺起的水花弄溼，各位的腳下有防水布。」

船夫發出提醒。

優雅的泛舟旅程似乎要暫時中斷了。

「嗯，抱抱。」

「蜜雅，不能獨占！」

「分一半。」

雖然我認為比起坐在大腿上，坐在我左右兩側的穩定性更高……

小玉雖然也想參加大腿爭奪戰而不斷扭動身體，但最後還是敗給莉薩牢固固定的手臂，於是便放棄了。她垂著耳朵低頭的模樣很可愛。

「要進入急流嘍！」

船夫讓船滑進水面，使得急流翻著白色浪花。

「「「呀啊啊啊！」」」

每當船隻轉向，划槳聲響徹山谷時總會引發陣陣歡呼，而當水花越過船沿噴進船內時，山谷中也總會聽見愉快的慘叫聲。

雖然也曾想過用風魔法或術理魔法擋下這些水，但考慮到被水花濺溼也是急流泛舟的樂趣後，我便打消使用魔法的念頭。反正等結束之後再用生活魔法烘乾就可以了。

「哇啊啊，好開心！」

原以為是亞里沙在說話，結果是露露。

她現在臉頰泛紅、眼神閃閃發光。要是把她帶去現代的遊樂園，感覺她會對雲霄飛車和自由落體入迷。

「再來一次！波奇想再來一次**急急**滑行喲！」

「小玉也One more chance～？」

「有機會的話，我也想再坐一次。」

「新人妹真堅強呢。」

「我搭一次就夠了，感覺頭昏腦脹的。」

小玉、波奇與新人妹三人似乎也和露露一樣，覺得急流泛舟很有趣。

雖然卡麗娜小姐好像也玩得很開心，但船體搖晃時她太過用力而捏碎了扶手，結果差點掉進河裡。

意外的是，艾莉娜和亞里沙似乎都覺得一次就夠了。

「河岸雖然沒有魔物，但有不少崖鹿和灰熊，岩石底下也有不少魚類，沿著河岸旅行說不定也很有趣。」

莉薩似乎透過優秀的動態視力物色了各種獵物，實在很有她的風格。

我也覺得很開心，或許之後邀請小光和王都的熟人來一趟也不錯。

急流泛舟過了半個小時左右，船隻抵達碼頭。接下來我們將會分別搭乘驛馬車前往分歧都市凱魯通。

在當地貴族專用的旅館住了一晚後，隔天早上我們每個人都騎著用土魔法製作、偽裝成普通馬匹的魔巨人馬趕往迷宮都市。不會疲憊的魔巨人馬速度很快喔。

◆

「抵達～？」

「好久沒來迷宮都市了呢。」

我們抵達迷宮都市後，從東側的貴族專用大門進入城內。

「這裡也聞得到肉串的香味喲！」

「我要先去問候太守大人，大家可以去自己喜歡的地方玩喔。」

我面帶苦笑地看著瞇起眼睛用力聞個不停的波奇，同時給大家晚飯之前能夠自由行動的許可。

雖說要去問候，但身穿沾滿砂子和塵土的旅行裝過去很失禮，因此我打算先回宅邸整理儀容再去拜訪。

「啊！是少爺！」

「歡迎回來，少爺！」

走在有如迷宮般的迷宮都市街道上，不時會有行人和冒險者向我們揮手打招呼。

我和夥伴們一邊回應，一邊返回宅邸。

「「「歡迎回來，老爺。」」」

由於抵達迷宮都市時就請新人妹先去通知，因此以女僕長米提露娜女士為首，宅邸的少女女僕及年幼的女僕們已經排好隊來迎接我們。

「波奇要去跟基和達利打招呼喲。」

「小玉去跟索和琉說回來了～？」

波奇和小玉兩人跑去探望在廏舍的馬和走龍。

「「「士爵大人──！」」」

「「「歡迎回來──！」」」

是發現我們回來的孩子告訴他們的嗎，孤兒院的孩子們跌跌撞撞地衝進宅邸正門向我們打招呼。

「「「少爺──！」」」

接著是冒險者學校的畢業生「筆龍」一行人。由於有生面孔，看來在校生也跟著一起來了。他們身後還能見到擔任老師的卡吉羅先生和綾女小姐，以及「美麗之翼」的伊魯娜與捷娜的身影。

「佐藤先生！」

「潘德拉剛士爵——不對。子爵大人，恭喜您加陞進爵。」

「對對對，妾身差點忘了。祝賀佐藤先生升為子爵。」

諾羅克王國的米提雅公主和杜卡利準男爵的千金梅莉安也出現了。另外以太守三男蓋利茲以及托凱男爵家的魯拉姆為首的少年們也緊跟其後。

「米提雅殿下和梅莉安小姐，非常感謝妳們。也恭喜兩位成年了。」

我的祝福讓兩人露出有點害羞的微笑。

由於就連附近鄰居以及簽訂契約的農家那些人都來了，因此應付完所有人時已接近日落時分。

實在沒辦法，明天再去問候太守吧。

因為沒預約突然拜訪不太好，於是我請米提露娜女士先送了封信過去。

孩子們在庭院開烤肉派對的聲音，傳進了正在辦公室處理緊急工作的我耳裡。

「亞里沙！我看得懂文字了！」

「小亞里沙，我連計算都學會了喔！」

較為年長的孤兒院孩子正在向亞里沙展示留守期間的成果。

「嘿嘿嘿，我可是已經能夠詠唱了喔！」

哎呀，那還真厲害。

說話的並不是我們離開迷宮都市時用生活魔法掀裙子的男生，而是另一個女孩子。

看樣子大家都相當努力，或許讓成績優秀的孩子們前往王都的幼年學校留學也不錯。

「如果家裡有小孩子寄宿，也能排解小光的寂寞吧？」

我一邊自言自語，一邊隨便找了張筆記紙把這個想法寫上去。

「主人！快點下來！肉要被吃光了喔！」

我用一句「馬上來」回應在庭院呼喚我的亞里沙後，便離開辦公室。

原本也派人邀請潔娜等那些待在聖留伯爵領的各位來參加烤肉派對，但她們正在迷宮進行遠征，實在有點遺憾。改天再邀請她們吧。

在那之後，單手拿著酒瓶的公會長和喜歡喝酒的公會職員們出現，艾魯達爾將軍也在狐將校與隊長先生的陪同下悄悄來訪。還發生了祕書官烏夏娜小姐以及顧問賽貝爾凱雅小姐連忙阻止因為喝過頭開始用火魔法表演戲法的公會長，以及說錯話的狐將校吃了一記隊長先生的拳頭等事件，真是個熱鬧的夜晚。

◆

「潘德拉剛卿，為你的升爵獻上祝福。」

在太守的宮殿中，我再次見到原本被稱作綠貴族的波布提瑪前伯爵。

與被魔族的精神魔法操控時不同，現在的他不再畫上綠色的妝，說話也不會加上「的啦」作為結尾，看起來就只是個普通的貴族。

「恭喜波布提瑪閣下完全康復。」

「嗯，但這也是多虧潘德拉剛卿討伐『樓層之主』得到萬靈藥，並讓太守夫人買到的緣故啊。」

雖然上次見面時他因為魔族魯達曼的那場騷動失去下半身，處於得靠太守宮殿的魔法裝置勉強維繫生命的狀態，但藉由太守夫人在拍賣會上買到的萬靈藥，現在已經恢復健康。

「呵呵呵，你們兩個別站著聊天，先坐下來吧。」

在心情愉悅的太守夫人催促下，我們坐上沙龍舒適的沙發。

「今天就來聊聊關於潘德拉剛卿從名譽士爵一口氣晉升成子爵的奇跡，當作茶會的話題怎麼樣？」

「那是在我沒有參與的情況下被人擅自決定的事，因此我也沒什麼能說的——」

我姑且以此當作開場白，把我知道的一切都說出來。

「哎呀，上奏的是準男爵，卻成為了子爵嗎？」

「那還真是厲害。那麼應該就是陛下判斷準男爵或男爵有所不足，才決定將你升為子爵吧。據我所知，過去從未發生過這種事。」

「孤陋寡聞的我也從未聽說過。」

既然連波布提瑪前伯爵這個情報專家以及太守夫人都這麼說，那麼這種情況應該相當罕見吧。

由於也被問到曾在國王面前做過些什麼，我就將自己跟夥伴們曾在聖騎士團總部與希嘉八劍的成員一起訓練，以及協助消滅闖入驅魔儀式的大型魔物之類的事如實說出來。

雖然我也以庫羅和無名的身分暗地裡做了不少事，但由於那些不是「佐藤」的功績，因此並不算在內。

「原來如此。既然立下如此多的功績，也難怪陛下會對潘德拉剛卿的將來有所期待。」

「要不要趁現在申請成為希嘉八劍的候補呢？我認為潘德拉剛卿和基修雷希嘉爾扎小姐應該非常有資格才對喔？」

我帶著笑容否決太守夫人半開玩笑的慫恿。

像希嘉王國的守護者這種地位，對於想要環遊世界的我來說只會成為枷鎖。

這種事還是交給更有愛國情操或野心的人吧。

「況且我已經聽任宰相大人的命令成為觀光省副大臣了，目前打算暫時專心履行那方面的職務。」

太守夫人和波布提瑪前伯爵互看一眼，擺出一副在說「喔，是那個啊」的表情。

「潘德拉剛卿或許很適合也說不定呢。」

「既然潘德拉剛卿就連勢如水火的羅伊德侯爵和何恩伯爵都能居中調解，那麼應該沒問題吧。」

「這麼說來，艾瑪寄來的信上提到，你和那個以反覆無常出了名又愛挑剔的布萊布洛嘉王國王子斯馬提特也能打好關係。你究竟用了什麼方法和他打成一片的啊？」

我將怪盜夏露倫盜取布萊布洛嘉王國祕寶一事告訴興致勃勃的兩人。

雖然內容基本上大受好評，唯獨談到布萊布洛嘉王國的料理很美味的部分時，兩人的表情有些微妙。看來那個國家的料理不太被大眾接受。

「既然擔任了觀光副大臣，還有打算去王都嗎？」

「不，我不打算返回王都，而是打算等新的夥伴們做好修行準備之後，就到各個國家去旅遊。」

「各個國家——如果你打算去大陸西方，記得好好收集情報以免被捲入戰亂，尤其是巴里恩神國一帶總是紛爭不斷。雖然該國總是利用巴里恩神的威光介入周邊各國的紛爭進行仲裁，但對周圍國家而言並不是什麼好事。經過那附近時務必留意。」

波布提瑪前伯爵這麼對我提出忠告。

我們的目的地暫時是位於希嘉王國北邊的中央小國群，還要過一陣子才會前往巴里恩神國觀光，不過還是先把剛才的話記在筆記中吧。

「這趟旅行卡麗娜小姐也會同行嗎？」

「不，她似乎打算留在迷宮都市繼續修行。」

我順便拜託太守夫人幫忙照顧卡麗娜小姐以及娜娜的姊妹們。

看在太守夫人馬上就答應的分上，我順勢提出要拿出她購入萬靈藥的同等金額來投資迷宮都市的事業，結果被罵說我太見外了。

因為說的順序不對，她似乎以為這是付給她的照顧費。

在我重新改口後，她便接受了投資。

投資的資金似乎會用來擴大實驗農場，以及貸款給見習工匠與想開始創業的年輕人。總覺得就像創業公司的支援金一樣。

◆

向太守夫人打完招呼後的當天下午，我帶著娜娜的姊妹們來到西公會。

「我們想登錄，我這麼告知道！」

姊妹中的小妹維兔充滿自信地向櫃檯提出申請。

「她們是少爺家的新人嗎？」

「全都是美女耶。」

「你們的眼睛是裝飾品嗎！她們全都和盾公主長得一模一樣啊！」

「盾公主有那麼多個？少爺打算下次只靠自己的隊伍討伐『樓層之主』嗎！」

周圍的冒險者七嘴八舌地談論著姊妹們。

維兔看著櫃檯小姐放在托盤上遞出來的冒險者證，不解地偏過頭。

「不是木證嗎，我這麼提問道。」

「因為佐藤在昨天的宴會上幫妳們的實力掛了保證，所以從青銅證開始也沒關係。赤鐵證就得靠妳們自己定期繳交魔核才能得到。」

維兔從公會長那裡收下青銅證。

因為我在昨天的烤肉派對上提過姊妹們要來做冒險者登錄，所以他們才貼心地事先準備了吧。

「感謝公會長的關照。」

「妳的說話方式跟一般人差不多呢，努力時儘量小心別受重傷啊。」

公會長對大姊愛汀這麼建議。

我讓娜娜和蜜雅兩人帶領想立刻進入迷宮的姊妹們，而獸娘們應該一大早就陪卡麗娜小姐她們進入迷宮了才對。

一起進入迷宮後，我和亞里沙兩人便和她們分頭行動。

「要照慣例設置在第十一區嗎？」

「不，因為最近那裡的人也開始變多，還是設在不受歡迎的第九區吧。」

我們正在討論設置轉移鏡的地點，想藉由設置轉移鏡來讓娜娜的姊妹們能夠進入迷宮的最深處。

「沒有任何人耶～這區域還是老樣子人煙稀少呢。」

「所以才選這裡啊。」

我們先用亞里沙的空間魔法抄捷徑來到第四區和第九區的交界處，接著再由我用天驅抱著亞里沙移動。

「這附近嗎？」

「再往深處走一點吧。」

會這麼說是因為從地圖上看來，能知道這前方的死路有個不錯的斜坡，正好適合用來偷偷設置轉移鏡。

於是我們憑藉天驅迅速移動。

待會兒找個通道側看不到的位置，用土魔法「石製結構物」做個樓梯吧。

「真虧你找得到這種地方呢。」

「亞里沙用空間魔法應該也能發現吧。」

「咦～要不是特殊情況，誰會來調查這種複雜的地方啊。」

我一邊和亞里沙閒聊，一邊將轉移鏡拿出來。

「好大。」

亞里沙見到大型轉移鏡吃了一驚。

這個轉移鏡與連接王都宅邸和祕密基地的那個不同，是個不僅體積巨大，而且只能在成對的裝置之間轉移的次級品。取而代之的是製作成本較為低廉，巨大的體積也有助於防盜，所以並非只有缺點。

由於預計要從這裡轉移到迷宮裡的三個地點，因此我準備了三組轉移鏡。

接著用土魔法「石製結構物」在轉移鏡的正前方製作寫著使用說明的石碑。內容在亞里沙的提議下採用「猜謎」風格，顯得相當有氣氛。

「該怎麼去轉移地點？」

「那是我們之前狩獵的地方，所以正常使用歸還轉移就能前往。」

我挑選了存在大量低危險性魔物的地方作為轉移地點。分別適合十級、二十級和三十級左右的程度進行狩獵。

我們迅速移動，並在亞里沙的協助下依序設置了與剛才那些成對的轉移鏡。只要將魔核丟進轉移鏡上安裝的投入孔，鏡子就會隨之啟動。

「這裡只打算讓卡麗娜大人和姊妹們使用嗎？」

「不是，我預計也讓潔娜小姐和筆龍他們也一起使用。」

「聖留伯爵領的士兵也是？」

「那當然，畢竟最終也打算對一般冒險者開放啊。」

為了限制使用，一開始我預定只讓擁有特定道具的人通過。

只要利用管理者權限將道具登錄到轉移鏡上，無論要用藍色緞帶還是跳舞青蛙的玩偶都可以。

「只有三個地方的話，不會馬上就人滿為患嗎？」

「沒問題，因為這三個地方也能通往鄰近區域。」

雖然途中也有「區域之主」會經過的危險地帶，但牠們的身材都很龐大，只要移動時不要太過吵鬧，應該就能避免接觸。

我們聊著這些話題，輾轉在各個轉移地區製作讓潔娜小姐她們用過的狩獵設施。

今天已經很累了，明天再把這些事情告訴姊妹們和卡麗娜小姐吧。

◆

到了隔天，姊妹們立刻在娜娜及獸娘們的護衛下，前往轉移鏡的迷宮地區探索。卡麗娜小姐她們也一起同行。

等級十的路線有迷宮蛙的區域，因此今天的晚飯應該就是油炸蛙肉了吧。

由於潔娜小姐她們似乎也還在迷宮探索，於是我決定去王都找小光談談讓小孩子們留學的事。

才剛轉移到光圀公爵府，小光就帶著笑容迎接我。

女僕們也在場，因此我披著能擋住眼睛的兜帽前來拜訪。

「一郎哥！」

她之前明明還叫我「佐藤」，現在又變回「一郎哥」。

在小光示意女僕們離開後，我就摘下兜帽。

「今天怎麼過來了？難道才沒過幾天，就想見我了嗎？」

「我是來分享鱒魚料理，還有跟妳商量點事情。」

小光先是開心地說：「這是米瑪尼湖的碧玉鱒料理！超好吃的耶～」隨後便詢問我：

「要商量什麼？」

「之前我提過自己在迷宮都市建了個孤兒院對吧？我想讓那裡成績優秀的孩子來王立學院留學，所以想拜託小光照顧那些孩子以及擔任宿舍的女性管理員，可以嗎？」

「好啊、好啊！我想當管理員！」

她非常有興趣。見到她反應這麼熱烈，讓我對於將她留在王都這件事感到有些內疚。

雖然看起來無憂無慮，但她其實是個怕寂寞的人，因此肯定很期待能照顧小孩子吧。

「雖然也想過把我的王都宅邸當作宿舍，但還是在幼年學校附近租個地方比較好吧？」

「嗯——畢竟潘德拉剛宅邸有點遠，還是這麼做比較好吧？」

「那我就寫封信給越後屋商會，請她們安排吧。」

「這點小事我來做就好了啦。」

我把三兩下寫好的安排委託信以及裝有預算金幣的袋子，遞給似乎正在用手勢說著

「Come on」的小光。

「對了！還要準備有小雞跳躍圖案的圍裙和竹掃帚才行！」

那是公寓管理人穿的。

我一邊在內心吐槽，一邊從儲倉中拿出圍裙和竹掃帚送給她。

小光老是會在奇怪的地方提起古老名作漫畫的橋段呢。

她好像說過是受到伯母的影響吧？

「準備還挺周到的嘛？」

「圍裙是娜娜的興趣啦。」

因為娜娜很喜歡小雞圖案，所以儲倉內存放了好幾條。

我就這樣和小光一起度過三點的下午茶時光，隨後陪著依依不捨的她一起在王都街上閒逛。由於只戴兜帽非常有可能暴露身分，因此我戴著變裝面具。

如果做這點小事就能排解小光的寂寞，以後還是多來找她玩吧。

◆

「主人，我們出發了，我這麼充滿活力地宣言道。」

「特麗雅也是！特麗雅會努力。」

見維兔如此宣言，特麗雅也不服輸地主張。

從王都回來之後的第三天早上，娜娜的姊妹們在卡吉羅先生的指導下嘗試出發探索。

本來卡麗娜小姐應該也要同行，但因為收到了穆諾伯爵領寄給她的行李已經送到太守公館的報告，所以這次無法參加。

不過多虧如此，我才能和卡麗娜小姐一起重現潔娜小姐從迷宮回來之後送給我，標題寫著「幻之宮廷料理」的古文書食譜，所以並非全是壞事。

尤其是卡麗娜小姐引發的奇跡，在很大程度上幫助了料理的重現。

這一天雖然只重現了「龍排」、「貝希摩斯與曼德拉草燉肉」以及「鳳凰沙拉」三道菜，但全都非常美味。

當然，享用到這三道料理的不僅是前往迷宮的娜娜姊妹們，還分送給王都的小光、波爾艾南之森的高等精靈和心愛的雅潔小姐，甚至包含拉庫恩島的蕾依和優妮亞，所有人都讚不絕口。

「主人，我們委託的人願意來料理教室擔任老師，待會兒能請您檢查料理教室要用的食譜嗎？」

「嗯，當然可以。」

「主人，有人詢問是否也能幫退休的冒險者們辦個跟孤兒院一樣的木工教室，我這麼報告道。」

「如果老師們覺得可行就沒問題，需要資金或場地的話記得告訴我。」

「佐藤，音樂教室。」

「那方面已經準備好了。我在露露舉辦料理教室的那棟建築物裡蓋了隔音教室，也向商會訂了樂器以及練習用的樂譜。」

「老爺，泥蠍史考畢大人派人來詢問有關平民區的職業訓練設施一事。」

「我馬上回信給他，請使者稍等一下。」

我馬不停蹄地處理工作。

這些工作不僅是地面上的，也包含迷宮內的。

「主人，維兔想要走龍，我這麼告知道。」

「妳打算用來做什麼？」

「要用在迷宮內的移動上，我這麼報告道。偵查很方便，我這麼主張道。」

我考量起維兔的提議。

走龍不僅擅於跨越障礙還具備夜視能力，或許很適合帶進迷宮裡。

不過迷宮都市內幾乎沒有地方能讓走龍們發揮，因此過去只能讓牠們在宅邸後面的牧場跑一跑。

「知道了，可以試一次看看。但要是走龍不願意，這個方案就不通過，沒問題吧？」

「好的，主人。走龍很有幹勁，我這麼告知道。」

看來她已經嘗試過了。

我再三叮嚀她注意安全後便給出許可。

留在迷宮都市的這一個星期，每天都像這樣過著非常忙碌的日子。

於是，終於來到從迷宮都市啟程的日子——

「佐藤先生，這是我在巴里恩神殿求來，能祈求旅行安全的護身符。」

「謝謝妳，潔娜小姐。」

我從前來送行的潔娜小姐手中收下類似保障交通安全的護身符。

「雖然我們預計在迷宮都市待上一年左右，但下個月或許會為了送出期中報告而收到返回聖留市的任務也說不定。」

「那樣的話，當我們前往聖留市附近的時候，也去城堡或兵營露個臉吧。」

如果依照現在的預定，我打算在造訪優沃克王國後前往中央小國群四處旅遊，接著去參觀沙珈帝國的勇者召喚陣。不過根據潔娜小姐的標誌位置，或許順路去趟聖留市也不錯。

畢竟那裡有很多朋友；波奇和小玉是門前旅館的悠妮，蜜雅則是萬事屋的店長和娜迪小姐。莉薩應該也想跟老朋友見面吧。

「佐藤，這個給你。」

「這個是——」

卡麗娜小姐遞出的東西令我十分意外。

「——『封魔之鈴』嗎？」

「是的。拉卡先生說佐藤可能會在旅途中遭遇魔族，所以交給你比較好。」

『佐藤大人或許用不到，但在魔族附身在無辜民眾身上時，有個將其驅趕的手段會比較好吧。』

原來如此，有能夠驅逐魔族的方法確實比較方便。

畢竟迷宮都市周邊的魔族已經掃蕩完畢，魔族們暫時也不會對這邊出手吧。

「非常感謝妳，卡麗娜大人。也謝謝拉卡的關心。」

我道謝之後朝鈴鐺伸出手。

但卡麗娜小姐一把將我拉了過去。

「——咦？」

臉頰上傳來柔軟的觸感。

雖然只有一瞬間，但卡麗娜小姐似乎親了我的臉頰。

「有罪！」

「等等！妳在做什麼啊！」

鐵壁組合拉開卡麗娜小姐。

「這、這只是在祈禱旅途安全而已。」

卡麗娜小姐紅著臉找起藉口。

「也親小玉～？」

「波奇也想要祈願安全的親親喲。」

小玉和波奇向卡麗娜小姐撒起嬌。

「卡麗娜大人，了不起！」

「哎呀～還以為卡麗娜大人會在中途放棄呢。」

「等等，艾莉娜。別突然一副生無可戀的樣子啦。比起嫉妒，不如給子爵大人一個擁抱怎麼樣？」

卡麗娜小姐的護衛女僕艾莉娜和新人妹這麼交談。

「喂喂喂，潔娜！還在發什麼呆，快點去親另一邊的臉頰啊！」

「沒錯！要是現在不好好努力，就要出局嘍！」

「慢著，妳們幾個……」

「——好！」

被同事莉莉歐和魯鄔煽動的潔娜小姐下定決心似的衝到我身邊，還真的親了我另一邊的臉頰。

我不自覺與潔娜小姐四目相交。

「……這是祈禱你旅途安全。」

潔娜小姐低著頭，說出跟卡麗娜小姐一樣的藉口。

因為是一時衝動做出的行為，她現在似乎覺得很難為情。

「快走，出發！在其他女孩也展開行動之前！」

「嗯，趕快。」

亞里沙大吼著，向擔任車夫的露露發出指示。

蜜雅拉著我的手坐上馬車，也催促露露趕快出發。

「「「一路順風，少爺。」」」

「「「老爺，路上小心。」」」

「「「希望主人的旅途充滿幸福！」」」

前來送行的人們熱鬧地目送我們匆忙的啟程。

潔娜小姐和卡麗娜小姐也用不輸給其他人的聲音大喊著「佐藤先生」、「佐藤」並不斷揮著手。

我們也為了讓他們看見而用力揮手。

出發時偶爾這麼熱鬧也挺不錯。

回來時再帶著美味的異國山珍海味，跟大家好好聊聊旅行見聞吧。

荒蕪的領地

「我是佐藤。一旦立場不同，思維跟追求的事物也會不一樣。透過站在對方的立場來思考，藉此察覺自己的不足與對方產生的誤解，我認為正是互相理解的第一步。」

「無論是迷宮都市還是山路頂端的瞭望臺，應該都看不到這附近對吧？」

「嗯，附近也有小路，應該挺適合的吧？」

「——那麼，要轉移嘍。」

我們在越過盆地四周山脈的途中將馬車收納起來，然後用空間魔法「歸還轉移」抄近路前往分歧都市凱魯通不遠處的轉移點。雖然我的方針是要好好享受地上旅行，但往返無數次的道路應該不太會遇到新鮮事，就跳過了這段。

我們預計不進入分歧都市，而是從王家直轄領的中央道路北上，穿過傑茲伯爵領、庫哈諾伯爵領和卡格斯伯爵領，前往吞併了亞里沙和露露的故鄉，也就是舊庫沃克王國的優沃克王國旅行。

「這裡還挺深山的呢。」

走出當作轉移點的半地下建築之後，亞里沙環顧四周小聲地說。

「因為不想遇到獵人，我才會把轉移用的刻印板設置在會飛才到得了的地方啊。」

這裡距離山頂很近，能夠俯瞰位於遠方的分歧都市。

我們分別騎著偽裝成真馬的魔巨人馬下山，途中還確保了午餐用的山鳥和綠葉豬。綠葉豬像沒有腥味的豬肉一樣好吃。

「山葡萄。」

「好酸～？」

小玉將蜜雅發現的山葡萄一口吃下，隨即因為受不了酸味導致整張臉皺成了米字形。

「那個紫色的不行喲，紅色的這種才是甜的喲。」

「真的耶，不愧是波奇。」

香氣大師波奇憑藉氣味篩選出香甜的山葡萄。

就像剛開始旅行時發現棘甘草那時一樣，波奇的貪吃鬼雷達看來挺優秀的。

「摘一些當作點心吧。」

「好的！剩下的我會曬成葡萄乾。」

大家開心地摘起山葡萄，收集足夠的量後，我們再次開始移動。

由於騎馬長距離移動意外地累人，於是我從儲倉拿出裝有簡易空力機關來降低振動的半浮游馬車，然後跟馬匹裝在一起。因為這是六人乘坐的箱型馬車，所以輪流分出兩人騎馬擔任護衛。

「果然，魔巨人馬速度很快呢。」

亞里沙誇獎起魔巨人馬。

不僅不需要休息，而且就算拖著馬車也能接近一般馬兩倍的速度奔跑，一天的路程可以增加五到十倍。

「基和達利也不會輸喲。」

「嗯嗯嗯～」

波奇和小玉擁戴起留在迷宮都市宅邸的拉車用馬基和達利。

「主人，路上有很多疲勞的人，我如此告知道。」

騎馬的娜娜靠近馬車這麼向我報告。

正如她說得一樣，路上有許多身材瘦弱，走路搖搖晃晃的人正朝著分歧都市的方向徒步前行。

看來他們是列瑟烏伯爵領的難民。

「主人，好像也有很多傷患和病人。」

莉薩從另一側的窗戶這麼對我說。

那些待在路邊樹下休息的人之中，不乏有一些身上纏著滲血繃帶與紗布，或是臉色蒼白的人。

「佐藤。」

蜜雅和其他孩子都盯著我看。

看來大家都無法對有困難的人視而不見。

「雖然時候還早，但我們就在這附近午休吧。」

我把馬車停在路邊，接著拜託露露和莉薩準備午餐。

當然，不止準備我們自己的份，也包含要給那些感覺營養不良的人們的份。只靠剛才狩獵的綠葉豬和山鳥分量不夠，所以也加入大量囤積的魔物肉。

「蜜雅，拜託妳用魔法治療傷患，娜娜擔任蜜雅的護衛。亞里沙跟我一起去治療病人，波奇和小玉去路上告訴大家這裡有飯吃。如果發現無法動彈的病人或傷患，就把他們送到這裡來。」

我下達完指示後，夥伴們紛紛展開行動。

此時我想到光靠小玉和波奇來宣傳或許會有很多人不相信，於是便請娜娜協助轉述。

「路上的行人啊！穆諾伯爵的家臣潘德拉剛子爵大人將會提供食物和治療，我這麼宣言道。如果需要幫助的話就過來集合，我這麼告知道。」

娜娜高聲宣言。想出這段臺詞的人是亞里沙。

雖然這很明顯是在自我宣傳，但亞里沙說這是為了給難民們一個容易接受的理由，所以我同意了。

「要用魔法藥醫治嗎？」

我點頭同意亞里沙的問題。

「除了幾個人之外，大多都只是因為感冒、過度疲勞和營養不良引發的身體不適，我認為手上的藥應該夠用。」

那幾個例外應該也能用稀釋的萬靈藥治好。

「我的女兒一直高燒不退。」

「奶奶一直咳個不停，請你救救奶奶吧，少爺。」

「我兒子的神色——」

我把魔法藥大量分送給像這樣前來求助的人們。

「主人，分送得這麼大方沒問題嗎？」

「嗯，這點程度沒問題。」

我在迷宮都市的「蔦之館」用大型煉成鍋量產了各式各樣的魔法藥，以桶為單位囤積了不少，這種程度的消耗毫無問題。

假如數量不夠，再回去「蔦之館」重新生產就行了。只要一個晚上我就能補充完畢。

「非常感謝，我女兒退燒了，實在不知道該怎麼感謝你才好。雖然不是什麼貴重物品，但這是我為了拿去城裡賣而編的草鞋——」

「謝謝你，少爺。奶奶不再咳嗽了。自從離開村子之後，我就沒見過奶奶的精神這麼好過了哩。」

「我兒子醒了！謝謝您，貴族大人。真是太感謝您了！」

恢復健康的孩子與父母接連向我道謝。由於出身地不同，他們說話的腔調也不一樣。

其中有些人還想將僅存的物品送我當作謝禮，但我只是心領並鄭重拒絕了他們的好意。

「媽媽，我肚子餓了。」

「你這孩子真是的。」

看來是恢復精神之後就有了食慾。

「幼生體，這邊有賑濟食物，我這麼告知道。」

「各位也請用。請享用能補充體力的食物，為旅途養精蓄銳吧。」

娜娜和露露向不知所措的人們分發碗，裡頭裝有用大量食材做成的燉菜。

「好吃——」

「真好吃，媽媽。這個好好吃。」

「就算在收穫祭，也沒吃過這麼好吃的東西啊。」

人們流淚滿面地享用著燉菜和肉串。

看來他們之前的食物都相當粗糙。

「食物還有很多，請別著急慢慢吃。」

「待會兒還會分發乾糧，所以請把這些料理全部吃光喔。」

莉薩和露露逢人就這麼說。

自從做好烹調用的乾燥魔法道具之後，我就用魔物肉做了大量的肉乾和海怪乾，所以不需要顧慮。

尤其是用來製作海怪乾的章魚型海魔和烏賊型海魔，兩種都具有超過一萬噸排水量的龐大身軀，即使抽乾水分之後肉量也十分驚人。老實說，我正在反省做太多了。

「貴族大人真是位仁慈的大善人啊。要是那位少爺領主也能稍微替領民們著想一下就好了哪。」

「他要是那種人，咱們也不需要拋棄村子了。」

「穆諾伯爵領在哪裡啊？咱們也移居去那裡吧。」

「是啊，就算稅金很高，還是有人情味的領主大人比較好。」

雖然反應有點誇張，不過暫且不論對我的評價，他們願意移居到人口較少的穆諾伯爵領對雙方來說都有好處。

「不過，從來沒聽過叫做穆諾伯爵領的領地呢，距離比王都更遠嗎？」

「從這裡看來，正好在富士山山脈的對面吧。」

「山的對面！」

「那樣子不行哩，只有龍和飛龍才能越過山脈哩。」

人們原先開朗的神情再度蒙上陰影。

要王都和希嘉王國西部的人移居到穆諾伯爵領確實很辛苦，乾脆製造移民用的大型飛空艇來進行運送好了？

等運送完畢後，再讓越後屋商會用來開創貿易事業也不錯。

下次造訪王都的越後屋商會時，再跟掌櫃談談這件事吧。

「想遇到好事果然沒那麼容易哩。」

唉呀，正當我思考起這些多餘的事時，周圍開始散發出服喪般的氣氛。

「雖然穆諾伯爵領很遠，不過王都的越後屋商會也在募集開拓村的居民喔。」

「開拓村嗎……我爺爺也曾經開拓過村子，據說非常辛苦，直到能自給自足為止，每到冬天都會有人死去。」

老人講起應該是從祖父或父母那兒聽過好幾次的事。

「沒問題的，越後屋商會募集移民的，是已經開拓完畢的村子。」

「開拓完畢？真有這麼好的事？」

大概是因為條件太好，人群中開始萌生了猜疑。

「是的，畢竟越後屋商會是希嘉王國的勇者無名大人所創辦的商會，因此也有進行慈善活動。」

「勇者大人嗎！」

「那樣的話，一定沒問題啊。」

「似啊，似啊。」

勇者的名字真有分量。

大概是託了沙珈帝國歷代勇者的福吧。

「只要能吃飽，要咱當佃農也行。」

「這樣就能懷抱希望前往王都了。」

「似啊，這樣也能讓孩子們有個好未來。」

難民中的年輕人與老人表情充滿希望地討論著。

雖說不是佃農，而是擁有土地的農民，不過現在說出來也很難讓他們相信，所以我並未糾正。

由於像這樣持續賑濟和做善事，我們比預計得晚一點才抵達王家直轄領地北邊的傑茲伯爵領。

這個領地似乎不打算接收難民，以至於他們都被扔在都市外面。

「不打算在這裡賑濟嗎？」

「畢竟不想惹到傑茲伯爵，我打算捐錢給都市裡的神殿，讓他們去進行賑濟和治療。」

我們聊著這些話題走進佛鎮。

今天打算在小光和娜娜的姊妹們打工過的餐廳享用午餐。

那是一間歷史悠久的餐廳，在建國之初似乎就已經成立。據說招牌菜是王祖大和喜歡的炒飯，飯裡加了切碎的橘子皮，還用小山羊的內臟來代替燒肉。

因為我們點的是炒飯套餐，所以還附上了烤河魚和川燙時蔬。

雖然味道不像我所熟悉的炒飯，但相當美味。不僅跟河魚的肉很搭，裹蛋的米飯也相當鬆軟，口感十足；小塊的橘子皮去除了內臟腥味，留下清爽的後勁。

吃飽之後，我們前往佛鎮的市場閒逛。

「橘子。」

見到裝滿橘子的載貨馬車，蜜雅拉住我的袖子。

「傑茲伯爵領的橘子挺好吃的，滯留期間多買一點吧。」

「嗯，贊成」

除了普通的橘子，似乎還有好幾種像八朔（註：日本原產的柑橘，果實帶有特殊的苦味與酸味）那樣的大型種類。

「除了橘子之外，這座城鎮沒什麼特色呢。」

「建築物感覺跟王都不太一樣。」

或許是附近森林資源豐富的緣故，這裡的房屋大多是平房或兩層樓的木造建築。

當我們像這樣觀察佛鎮街景散步時，對面的道路似乎發生了某種騷動。

「小偷！幫我抓住他！」

一名骨瘦如柴的少年鑽進人群衝了過來，試圖逃離舉起拳頭的攤位老闆。

雖然少年距離老闆越來越遠，但他應該無法成功逃脫。

「抓到你了，臭小鬼！」

在烤雞串攤前發呆的衛兵用手上的長槍柄絆住少年的腳使他跌倒在地，並在他起身前一腳踩在他身上將其壓制。

「把這個貧民窟的小鬼趕出城鎮！」

「說得沒錯！」

追趕過來的攤位老闆以及周圍的攤位老闆紛紛發出怒聲斥責少年。

「我、我不要去外面！」

少年臉色蒼白地說。

「如果不想被放逐，就給我當奴隸！」

「比起去那裡橫死街頭，當奴隸還比較好。」

城鎮外面那麼慘烈嗎……

「主人，你不打算插手嗎？」

「反正他並沒遭到太過分的暴力處置——等他受罰之後再插手吧。」

我看著被衛兵帶走的少年並回答亞里沙。

隨後我們前往鎮上的神殿捐獻，並且將大量的食材以及各種魔法藥贈送給立刻答應去賑濟難民與貧民窟，以及協助治療的神殿。

令人驚訝的是，有幾座神殿立刻就著手開始賑濟。不曉得是因為捐獻金額太高，還是神殿的人從以前開始就很在意難民和貧民窟的事，但能迅速採取行動的確不錯。

「這裡有孤兒院吧？」

「每個地方都已經塞滿了。」

大多數神殿都有設立孤兒院，不過規模都很小，沒能被接納的孩子會淪為流浪孩童，其中似乎也有像剛才的少年一般做出犯罪行徑的人。

「他們有工作嗎？」

「依照神殿長的說法，貧民窟的職業介紹所似乎會幫忙介紹臨時工。」

似乎是原本工作機會就不夠充足。

「要是能幫他們創造工作機會就好了……」

「主人，您覺得製作橘子的水果乾之類的怎麼樣呢？」

正當我為亞里沙的喃喃自語煩惱時，露露提出這樣的建議。

「水果乾……這裡沒人這麼做嗎？」

「從剛才經過的市場看來，那裡只有販售普通的橘子，並未見到水果乾。」

雖然那些可能只是當季剛摘的新鮮橘子，但水果乾不僅容易保存，更重要的是很輕便。要是拿去迷宮都市或貿易都市賣，應該能大量銷售給冒險者和水手。

「只要擁有烘乾用的魔法道具，任何人應該都能製作吧？」

「就算給他們那麼貴重的東西，也只會被壞大人偷走吧？」

「說得也是……」

此時在環顧四周的我眼前，出現了越後屋商會的招牌。

這麼說來，我好像曾經要她們在希嘉王國的都市或城鎮著手進行開分店的準備。

「畢竟還需要進貨和販賣，就讓越後屋商會也參一腳吧。」

「原來如此，就是把麻煩事全部交給別人處理吧。」

說得真難聽，我只是想在商會創辦新的事業而已。

「嗯，傑茲伯爵領的橘子收穫似乎不錯，很適合賣給冒險者和水手吧？」

「——水果乾工廠嗎？」

我趁著夜晚造訪越後屋商會的王都總部，並向艾爾泰莉娜掌櫃及祕書蒂法麗莎提出在傑茲伯爵領創辦水果乾事業的建議。

由於在量產肉乾和海怪乾時我就已經製作過烘乾用的魔法道具，因此我將為了壓低成本重新設計的設計圖，以及幾個完成品樣本提供給越後屋商會。

「明天我會將設計圖及樣本交給簽約的魔法道具工匠進行估價。」

「庫羅大人，我認為應該找個地方實際運營，來確認是否有利可圖。」

因為蒂法麗莎提出的建議不錯，於是我向她們下達了在距離王都最近，同時也是橘子產地的佛鎮試營運的指示。

「您是說佛鎮吧。剛好從那裡收到了分店已建設完成的報告，我會轉告準備分店的負責人進行水果乾工廠的試營運。」

雖然正式開工應該是一個月之後的事，但我希望準備分店的負責人能努力增加貧民窟的就業機會。

這下貧民窟的事就搞定了。

接著我以「這不是件急事」作為前提，將自己打算用大型飛空艇展開移民事業的事情告訴她們兩人。並且還想把調查問題點，以及跟各處溝通交涉的事情交給她們。同時也將事情結束後把大型飛空艇用來貿易的事也一起提了出來。

總覺得她們兩人的表情有些僵硬，但應該是錯覺吧。

從王都返回佛鎮後，我維持庫羅的打扮，前去造訪生活在城鎮外頭的難民。

難民營地並未升起火堆或篝火，黑漆漆的場所並排著大量簡樸的帳棚，難民們就躺在下方肩並肩地睡著覺。

「站住！你往前打算做什麼！」

此時從帳棚背後冒出一群拿著棍棒的男人。

他們雖然身材消瘦，但務農時鍛鍊出的肌肉似乎還健在。

「我是商人，是來向各位推銷商品的。」

「哈，你在開什麼玩笑？如你所見，我們盡是些連入城稅都交不出來的窮人。女人們也因為生病和過度疲勞，甚至連賣身都做不到。像我們這種人，你打算賣什麼啊？」

「希望和未來。」

這是在路上拯救的難民們說過的話，不過我還挺喜歡的，於是就借來用了。

「希望？這裡只有絕望！未來？這裡有的盡是些未必能看到明天太陽的病人和半死不活的人！」

男性中的一人發火似的怒吼。

或許是聲音太大，原本在帳棚裡睡覺的人紛紛起身看了過來。

大概是因為已經接受過神殿的賑濟，他們的神情稍微好了一些。

「去王都吧。王都的越後屋商會就是你們的希望。去應徵成為開拓村的移民就行了，開拓村的生活就是你們的未來。」

我有意識地使用說服技能，朝向那群男性以及他們背後的難民發表演說。

「面具老哥，我的曾祖父曾在列瑟烏伯爵領開拓過村子。雖然我沒親身經歷過那個時代，但我是從曾祖父那裡聽過好幾個關於開拓的壯烈故事長大的。開墾山丘和森林建造村子堪稱地獄，不光只是工作辛苦那麼簡單。在能夠種植農作物之前，持續好幾年連像樣的食物都沒有，每到冬天就會有小孩和老人餓死或凍死。」

路上拯救的老人好像也提過同樣的事。

不用魔法的話，開拓似乎比想像中更加嚴苛。

「這點不必擔心。村子已經開拓完畢，接下來只要把能耕田的人送過去就行了。」

「你以為我們會相信那種荒謬的事嗎！」

「就是說啊！」

嗯，不相信也是當然的。

因為這次跳過了賑濟與治療疾病的步驟，所以光是端出勇者的名號，總覺得他們也不會相信。

「那麼，我就讓你們相信吧。」

我環顧四周，接著指向位於難民營地不遠處，有著岩石和樹木的地方說：

「那個地方正好，我來示範給你們看吧。」

我帶著男性們朝那裡走去，其他難民們也離開床鋪跟了過來。

雖然嘴上說這是難以置信的白日夢，但他們內心某處依然想相信我說的話。

我在適當的地方停下腳步，用魔法發出光源抹去黑暗。

「『耕耘』。」

接著舉起用石製結構物製造的大型魔法寶石，低聲擺出詠唱的模樣。

算準時機從主選單的魔法欄使用土魔法「農地耕耘」。

將範圍設定為二十米的正方形並加以實行。

「「「噢噢噢噢噢噢噢噢噢噢噢！」」」

男人們發出來的叫喊聲逐漸擴散到難民們那裡。

「造、造出田地了！」

「岩石和樹木也都變成田地了！」

「怎麼可能有這種蠢事！這是幻覺！他在用魔法欺騙我們！」

有個疑心病很重的傢伙在。

「那麼就去觸摸確認看看吧。」

「好啊，我就摸給你看！我絕對不會被騙！」

擺架子的男人將手戳進化為田地的地方。

男子將土放在手掌上，喃喃自語地說出：「好柔軟的土，而且還很肥沃。」

或許是聽見了他的聲音，其他男性與難民們一個接一個地走到變成田地的場所摸起土來。他們隨即興奮地聊起來，並且要仍然半信半疑的人去觸摸土壤。

當大多數人都表示理解時，難民們以剛才的男子為首朝我走了過來。

隨後所有人都跪倒在我面前。

「錯的是我，把你當成騙子的只有我和這兩個人，跟後面的傢伙們無關。所以，要罰就罰我們幾個吧。希望你能把後面的傢伙帶到你所說的開拓地去——拜託你了！」

說完之後，眼前的三個男人猶如叩首般低下頭。

「我不打算處罰你們，我明白這本來就難以置信。」

我以此當作開場白，說出自己本來就打算把他們所有人帶去開拓村的事，並把裝有前往王都所需的乾糧及道具的背包送給他們。為了避免暴露身分，內容物與佐藤分送的東西有所區別。

順便也準備了幾輛給老人與小孩搭乘的載貨馬車，以及用「石製結構物」及「地隨從製作」魔法製造的幾頭牛魔巨人，還追加了護衛用的石狼。

「請、請把我一起帶走吧！」

如此大喊衝到我面前的，是白天時被抓住的貧民窟少年。衛兵似乎如同宣言地把他趕出了城鎮。

「好吧。你如果有打算認真幹活，我就帶你走。」

雖然務農很辛苦，但我希望少年能好好努力。

「把這封信送去王都的越後屋商會。要是在王都的大門或關口被擋住，把信拿給他們看即可。」

我把寄給掌櫃的信，以及由越後屋商會擔任他們監護人的文件遞了過去。
同時也告訴他們，假如在前往王都的途中遇到其他難民，可以自行判斷是否接納對方。
「這將是一條困難的道路，但也別拋下弱者，要把他們全都帶去王都。」
不使用轉移一口氣把他們送過去是有原因的。
我認為人類這種生物，比起被輕鬆「贈與」的東西，靠自己辛苦「贏來」的事物更加有價值。
「知道啦——不對，我明白了。我摩特即使賭上性命，也一定會把大家帶去王都。然後在開拓村竭盡全力幹活，以報答庫羅大人的恩情。」
雖然是初次得知這位男子的姓名，不過總覺得他能把大海一分為二。
「嗯，期待你的表現。」
我將再次跪下的難民留在原地，用歸還轉移回到夥伴們身邊。

V獲得稱號「帶來希望之人」。
V獲得稱號「占卜師」。
V獲得稱號「預言家」。

雖然我沒有印象自己成了占卜師，但稱號系統奇怪也不是一天兩天的事，於是我看了一眼便無視內容。

隔天早上，我從鎮上出發前再次前去難民營地確認情況，但那裡已不見人影。

他們現在一定正為了邁向充滿希望的未來，朝著王都前進吧。

◆

「終於抵達領都了。」

即使是傑茲伯爵領的領都，外頭也到處都是難民。

打從我們一開始造訪佛鎮之後，接下來在幾乎所有城鎮與都市都不斷在做善事。由於難民們遭遇的問題都大同小異，因此我以至今所遇到的事情當作參考，讓夥伴們也一起幫忙。

「沒個性。」

「是的，蜜雅。地方色彩沒有其他城鎮或都市那麼明顯，我這麼告知道。」

「店裡的料理很有王都風格呢。」

「雖然肉的種類很少，不過建築物還挺壯觀的，幾乎沒有平房。」

有種建築技術正是領地之最的感覺，但我也同意除此之外沒有其他特色。

「這裡的特產也只有橘子嗎？」

「傑茲伯爵領地有種清爽的葡萄酒很出名，我想應該有種植葡萄。」

這裡的葡萄酒並非特別好喝，卻是容易入口的入門款，於是我們前往酒類批發商買了幾桶喜歡的款式。

或許是稍嫌誇張的行動引起了注意，當我們買完東西回到旅館時，領主傑茲伯爵送來了晚餐邀請函。

「時間所剩不多呢……」

由於事發突然，沒時間準備伴手禮令人有點困擾。

因此我隨便挑了一些上級貴族會喜歡的珠寶飾品與美術品，不過只有這些稍嫌無趣，於是我也從旅途中跟露露一起開發的橘子甜點裡挑了幾樣符合貴族風格的品項。剩下的大部分種類我打算跟食譜一起提供給越後屋商會。

「歡迎光臨，潘德拉剛子爵。」

傑茲伯爵領的領主是一名身材矮小的男性。

「什麼嘛，不就是個小孩嗎？聽說是退龍者的祕銀冒險者，還很期待會是個什麼樣的肌肉猛男呢。」

對我做出如此評價的是傑茲伯爵的三女。

她有著一副完全不像是十七歲的成熟外表，以及如同摔角手般的壯碩體格。

「太失禮了，荷露娜！他可是一名不穿鎧甲就直接挑戰巨大飛龍的出色劍士啊。潘德拉剛卿，我為女兒的無禮道歉。」

外表神似女兒的領主夫人用粗壯的手臂強行壓下女兒的頭，自己也朝我一起低頭致歉。

看來她和傑茲伯爵一起參加了年底的驅魔儀式，似乎還見到我和希嘉八劍的盧歐娜女士協力打倒邪王飛龍的場面。

雖然稍微起了點小爭執，但我攜帶的橘子甜點大受好評，最後因為敗給夫人的請求，將其中幾項橘子甜點的食譜告訴了她。

傑茲伯爵似乎十分鍾情於夫人，託夫人幫忙說話的福，傑茲伯爵跟我約好會援助在領地內流浪的難民來當作提供食譜的代價。這樣就算我離開了，行動不便的人應該也會減少吧。

◆

「該怎麼說呢，這荒涼的程度會讓人想起以前的穆諾領呢。」

「既然居民大量出走，會變成那樣也是理所當然的。」

離開傑茲伯爵領之後，我們來到列瑟烏伯爵領。如同亞里沙說得一樣，這裡會讓人想起過去的穆諾領，荒涼與寒冷的程度一模一樣。後者應該是用來調整氣候的都市核力量不足所導致的吧。

途中不僅數次經過廢村，或遭到拋棄、只剩下老年人的高齡村莊，好像還有不少人因為生活無以為繼而成為盜賊。

由於王國軍不久前才經過這裡，因此雖然聽過傳聞，實際上還沒有遇過盜賊——

「把值錢的東西全部交出來！」

「食物也是！」

「女、女人也留下！」

幾支箭射向我們前方的地面，接著幾名身穿破爛皮甲，手上拿著劍和長槍的男性擋住了我們的去路。前方有六人，後方則是五人。

『真是典型的盜賊呢。』

亞里沙用「戰術輪話」連接所有夥伴。

『兩點鐘與十點鐘方向各有三個拿弓的敵人，八點鐘方向也有兩個。左右兩側的草叢裡各躲著五名伏兵，小心一點。』

『主人，伏兵正準備撒網，我這麼報告道。』

當我把地圖情報告訴夥伴之後，正用理術透視草叢的娜娜這麼補充。

『左側。』

蜜雅用袖子遮住嘴巴，小聲地開始詠唱「急膨脹」的魔法。

她似乎想對付左側的伏兵。

『右側的網子由我抵擋，我如此告知道。』

『那我就負責防禦弓箭吧。』

『那麼，我來對付前方射手。』

『後面的射手交給小玉~？』

『波奇要肉林（蹂躪）前面的敵人喲！』

『那後方的敵人我來處理。』

夥伴們迅速完成對付盜賊的分工。

『各位，這些盜賊已經相當虛弱，別忘了手下留情。』

為了慎重起見，我這麼叮嚀。

波奇和小玉開始操作起力量抑制手環，武器也換成發動了「柔打」的木製魔劍。

「喂喂喂，嚇壞了嗎？」

「呀哈哈哈，我們會好好疼愛妳們的。」

此時可以看見其中一名盜賊向伏兵發出暗號。

『來了。』

跟我說的話幾乎同步，蜜雅發動「急膨脹」轟飛位於左側的盜賊。

「可惡！被發現了！」

右側的盜賊們撒出網，但全部被娜娜施展的「自在盾」擋下，緊接著被自在盾趁勢發起的盾擊一網打盡。

「射手！快解決魔法使！」

「——休想得逞。」

亞里沙用「隔絕壁」擋住飛過來的箭矢。

而那些弓箭手也——

「嘿、嘿！」

「咻噠噠噠噠。」

露露雙手握著手槍大小的魔法槍解決躲在前方樹上的弓箭手，而潛伏在後方草叢中的射手則被小玉從妖精背包中不斷補充的礫石給排除了。

「制裁。」

「喲！」

莉薩和波奇解決位於前後方的敵人。

「唔！」

姑且不論用手環搭配柔打木製魔劍的波奇，莉薩的手下留情似乎稍嫌不足，盜賊受的傷比預期來得重。

雖然盜賊不值得同情，但若是從領地荒廢的情況看來，應該有酌情量刑的餘地才對。就用魔法藥讓他們恢復到不會留下後遺症的程度吧。

「主人，抱歉給您添麻煩了。」

「這沒什麼大不了的，不用在意。比起那個，還是先處理完盜賊的事吧。」

盜賊們被我們沒收武器防具吊在附近的樹上，同時我已經用傳信鴿寄信給附近的要塞，讓他們前來逮捕盜賊。「傳信鴿召喚」或許是種意外有用的魔法。

盜賊的事這樣就搞定了吧。

於是我們上馬回到旅途中。

「——對了。莉薩、娜娜，如果下次戰鬥需要手下留情，就用這個吧。」

我把小玉和波奇用過的舊型力量抑制手環交給莉薩和娜娜。

「一樣～？」

「是一對喲！」

雖然四個人不算是成對，但我了解波奇想表達的事，所以還是別吐槽這種小事吧。

「我也想要跟蜜雅一樣，能壓制人的魔法呢。」

「如果是用空間魔法，壓縮空氣把人吹飛怎麼樣？」

「不錯耶。那樣的話應該能用現有的魔法做到。」

亞里沙說完之後，用空間魔法發出「啪咻啪咻」的聲響。

我們離吊著盜賊的地點已經有段距離，路上沒有人影，暫時也不會被人看到，所以我並未制止她。

「——完成了！」

亞里沙使用空間魔法，在伸出的手前方創造出猛烈壓縮的空氣，往附近的樹上一扔。

直徑如同人類腰圍的樹木應聲折斷。

「威力太大了，我這麼評價道。」

「只是有點失敗啦，還要多練習才能實際運用。」

亞里沙對著樹木展開練習。

獸娘們與娜娜也在她身旁開始練習手下留情。

「主人，請問有威力較低的風杖嗎？」

當我守望著她們的練習狀況時，露露怯生生地這麼詢問我。她似乎也想要不具殺傷力的武器。

雖然風杖的殺傷力不如火杖，但打中一般人也會造成全身瘀青的重傷，要是擊中的位置不好，通常還是會致死。

我從儲倉中拿出短杖，用細針般的魔刃在前端挖出細長的小孔，接著嵌入風石。

雖然沒有收束迴路，但只要注入魔力應該就能產生風才對。

「這個怎麼樣？」

露露隨即試了一下。雖然能產生風，但很快就會散開，而且不具備壓制人的威力。

但在我將空洞改為螺旋狀，並將風石刻上符文做調整後，情況便好上許多。

「哇哇哇喲。」

波奇用手戳了戳調整時削落的風石粉末，卻因為不小心注入魔力，被突然颳起的風吹倒在地上。

「喵～？」

小玉把粉末捧在手上，好像在思考些什麼。

「喵哇哇～」

試著用魔力掀起大風後，小玉藉此讓自己跟波奇的衣服隨風飄蕩，玩得不亦樂乎。

「風遁之術～？」

小玉用風石粉末掀起娜娜和露露的裙子。

「呀，小玉！惡作劇的壞孩子沒有點心吃喔。」

「對不起～」

露露用手按著裙子斥責小玉。

「哈哈哈。那不是風遁，而是神風呢。」

亞里沙說出某部有圓滾滾忍者出現的名作漫畫招式名，並且笑了起來。

「似乎還能用火石使出火遁呢。」

「想試試～」

「波奇也想試試喲！」

讓小孩子獨自玩火感覺很危險，所以我來到小玉和波奇身旁看著她們練習。

「火遁之術～？」

小玉用火石的粉末對用來當作標靶的魔巨人使出火遁之術。

「波奇也施展火遁之術喲——哇哇哇哇哇！」

不出所料，波奇差點因為火石粉末全身著火，我用單位配置立刻拉開她才沒釀成大禍。

「——喲。波奇是武士，不適合用忍術喲。」

或許是嚇了一大跳吧，波奇開始進行居合拔刀的練習。

我是不是也該增加一些對人壓制的手段比較好？

畢竟臭氣空間要是控制不好會致人於死，如果沒事先戴上防毒面具，連自己人也會受到傷害，非常不方便。雖然能用來壓制歹徒的據點，但不適合應付緊急情況。

——對了。

雖然新的風魔法「落氣鎚」也能擊落飛在空中的飛龍，因此用在人類身上甚至可能會把人打扁；然而另一項「亂流」只會擾亂氣流，說不定可以用來當作無須多做鎖定的對人壓制手段。

「稍微試試看吧——」

我走向與夥伴正在練習的森林相反處，從魔法欄使用「亂流」。

將魔力壓到最低限度，並且控制威力——

首先森林的樹木發出搖晃聲，隨即物體倒塌的聲音傳來，最後演變成能將整排樹木連根拔起的風暴。

我迅速中斷魔法，並且用風魔法「密談空間」與「空氣牆」抑制亂流的影響。

「慢、慢著！你在做什麼啊，主人！」

「原本想確認能否用來壓制他人，稍微試一下而已……」

看著眼前宛如大型颱風經過的景象，我不禁流下冷汗。

「這要是對剛才的盜賊使用，會屍橫遍野吧。」

「說得也是……」

因為只是擾亂氣流，原本以為應該沒問題，沒想到竟能產生匹敵風系攻擊魔法的威力。

果然，對人壓制只能透過把威力固定的原創咒文做成卷軸才能實現。今後還是繼續用「追蹤震撼彈」來進行對人壓制吧。雖然很在意鎖定目標的時間，但需要進行無差別壓制的情況相當罕見。

我懷著反省的心情，用「理力之手」將森林的破壞痕跡盡可能地恢復原狀。另外還用上偽裝技能，從路上看過來應該沒那麼顯眼。

此時路上已經開始出現人影，因此我和在練習手下留情時被吸引了注意力的夥伴們結束訓練，再次踏上旅途。

「魔物沒有路上聽說得那麼多呢。」

莉薩騎在馬上環顧四周。

「因為那是前往比斯塔爾公爵領遠征軍的工作啊。」

正如同在王國會議上的決定，王國軍似乎完成了掃蕩途中魔物的任務。

因為不包含主要幹道以外的地方，所以每當我們野營時，我都會用閃驅前往各個村落，並且用「追蹤箭」掃射討伐大部分的魔物。

不知為何，中途經過的領都似乎都還尚未收復。由於列瑟烏伯爵領的軍隊正在拚命討伐領都內的魔物，我尊重他們的名譽因此並未出手相助。

依照從附近村落聽到的說法，這是因為王國軍雖然提出幫忙掃蕩領都魔物的申請，領主方卻強硬地主張要只靠領軍奪回領都的結果。

正當我騎著馬想著這些事的時候，與我並行的小玉和波奇指向前方。

「閃閃發亮～？」

「主人，山那邊亮晶晶喲！」

「看來已經追上了呢。不必擔心，那是正在前往比斯塔爾公爵領的王國軍。」

那應該是翻山越嶺中的王國軍的長槍或鎧甲正在反射光芒吧。

享用完能暖和身體的火鍋午餐後，我們在追上王國軍之前收起馬車，分別騎著五匹魔巨人馬朝王國軍的隊伍追過去。

「佐藤。」

「主人，前方出現了使者，我這麼告知道。」

去前方偵查的蜜雅和娜娜這麼向我報告。

不過，要是有複數馬匹高速接近王國軍隊伍，任誰都會提高警戒嘛。

「在下乃王國軍聖騎士團第八中隊的成員包延——莉薩閣下！」

使者在自報名號的途中叫出莉薩的名字。

大概是造訪聖騎士團駐地時遇到的人吧。

「莉薩認識他嗎？」

「是的，在王都交手過幾次——」

「那位少年是『不見傷』閣下嗎！在下乃『風刃』包延．甘利烏——雖然是沙珈帝國邊境出身，但跟閣下同為希嘉八劍候補之一是也。」

雖然亞里沙對包延先生的「是也」語尾有了反應，但要是搭理她的話，事情會變得很麻煩，因此我決定無視。

他的名字跟原希嘉八劍的「剛劍」葛延．羅義塔先生發音有些相似，容易搞混；不過包延先生和滿身肌肉的葛延先生不同，是個體型纖細的劍士。背上的武器也不是大劍，而是彎曲的長刀。

他大概和正在迷宮都市冒險者學校擔任老師的示現流卡吉羅先生相同，也是沙珈帝國的武士吧。

「初次見面，包延閣下。您也打算前往比斯塔爾公爵領遠征嗎？」

「正是如此是也。雖說如此，聖騎士團主要的工作乃狩獵沿途的魔物是也。聽說叛軍裡面還有勇猛的騎士及優秀的魔物使，或許會與其交手是也。」

包延先生所屬的聖騎士團第八中隊隊長，好像是希嘉八劍的末席「割草」盧歐娜女士。

「本次遠征似乎也同樣是在下等希嘉八劍候補的最終選拔，因此希望能與強勁的對手交戰是也。果然，閣下等人也是為參加最終選拔而來的嗎？」

雖然他面帶笑容地提問，眼裡卻沒有笑意，感覺十分認真。

「不是的，我和莉薩已經辭退希嘉八劍候補。我們的目的地也不是比斯塔爾公爵領，而是位於卡格斯伯爵領另一端的中央小國群。」

「這樣啊……不能與初次見面就識破在下『風刃』的莉薩閣下一決雌雄實在可惜是也，下次若有機會——」

見我乾脆地否定之後，包延先生終於露出真正的笑容。

我拿出觀光副大臣的徽章似乎也起了效果。他大概認為我並非想成為武官，而是想以文官的身分飛黃騰達吧。

我們騎著馬與包延先生閒聊，隨後在山頂附近追上王國軍的隊伍。

「主人，軍隊中間有疑似平民的馬車，我這麼指謫道。」

「嗯，那些是順勢跟著軍隊的商人是也。」

畢竟只要跟軍隊同行，就不用擔心遇到的魔物或盜賊了。

根據包延先生的說法，似乎是以不妨礙行軍為條件默認了他們的行為。

因為道路上都是軍隊，我們騎馬奔馳在路肩的草地上。

不知為何，包延先生回去原來的隊伍之後，又得到小隊長的許可而來與我們同行。

「機會難得，容在下向你介紹司令部的比斯塔爾大人和將軍們是也。」

——不，還是免了吧。

雖然想叫他別多管閒事，但既然成為了上級貴族，如果不打招呼直接從比斯塔爾公爵和將軍們身邊離開，足以被視為不敬。

於是我們無可奈何地與包延先生一同前往司令部。

唯一值得慶幸的是他們正在行軍，所以這場會面應該能在短時間內搞定吧。

「來得正好，潘德拉剛子爵。閣下果然也想參戰獲取功勞嗎？」

「在此祝賀比斯塔爾閣下能在戰場上立下豐厚戰功。由於下官正在執行陛下賜予的觀光副大臣職務，請原諒下官無法加入閣下的軍隊參戰。」

我回想著符合宮廷禮儀的說詞，委婉地向比斯塔爾公爵表明：「我還有其他工作，所以不參戰」。

「哼～比起榮譽的希嘉八劍之路，寧可選擇奉承宰相嗎——莫撒多男爵，你似乎看走了眼呢。」

隨侍在比斯塔爾公爵身邊的希嘉八劍候補「紅色貴公子」傑利爾．莫撒多男爵簡短地回了一句「是」，便低下頭去。

雖然剛來這裡的時候，他與其他希嘉八劍候補都把我當成競爭對手，但在聽完剛才的說明後，他和「風刃」包延先生一樣露出安心的表情。

明白我無法成為他的助力之後，比斯塔爾公爵說完「有勞你問候，可以退下了」，便允許我離開。個性面姑且不論，判斷速度很快這點我並不討厭。

「佐藤！不來找身為戰友的我打聲招呼就走，不覺得很見外嗎？」

希嘉八劍的「割草」盧歐娜女士肩膀上扛著她那具象徵性的大戰鐮，宛如在炫耀自己的六塊腹肌似的走來。

她稱我為戰友，應該是指我和她一起打倒闖入驅魔儀式的邪王飛龍那件事吧。

「我從公爵那裡聽說了，你真的不參戰嗎？」

「嗯，是真的。」

盧歐娜女士伸手搭上我的肩膀。

「要不要一起來？這次的對手是怪物中的怪物喔？」

「怪物中的怪物？」

「嗯，這怪物僅憑一己之力，就摧毀了兩支足以攻陷城寨都市的騎士團。」

儘管在王都聽說過叛亂鎮壓軍遭到殲滅一事，但沒想到對手竟然只有一個。

雖然很高興她提供情報，但希望她能別這麼輕易地洩漏軍事機密。

「是上級魔族嗎？」

如果是的話，我就得快點變成勇者無名過去消滅牠了。

「情況還在調查中。不過根據從軍神官與巫女的說法，是魔族的可能性很低。」

盧歐娜女士否定了對方是魔族的說法。

「說到除了魔族之外還能殲滅兩支騎士團的對手——」

「——是龍。我預想中的敵人是龍。」

「成年龍嗎？」

「笨蛋。如果真的是那種怪物，就該請祖雷堡老爺和雷拉斯出馬了。會以人類軍隊為對手大鬧的傢伙應該是下位龍，但絕對值得一戰。」

盧歐娜女士笑容詭異地用舌頭舔了舔嘴唇，表情簡直像個戰鬥狂。幸好沒帶莉薩她們過來，要是讓她們聽到這樣的事一定會想參戰。

「那真是太好了，我會在遙遠的天空下祝您武運昌隆。」

「什麼嘛～你真的不來啊。要是有你幫忙，就能像大型飛龍那時一樣享受戰鬥耶～」

我可不想因為個人原因就跑去跟龍廝殺。

不過，由於被害狀況和襲擊聖留市的下級龍差距很大，所以肯定不是下級龍，而是許德拉之類的亞龍吧。

「就算沒有我，不是還有希嘉八劍候補的大家在嗎？」

「啊～那些傢伙啊？除了傑利爾和包延之外都半斤八兩啦～」

雖然嘴上這麼說，她依舊一句「真沒辦法」就放過了我。

從被摧毀的騎士團規模與被害情況看來，對方的等級大概在四十五到五十級左右。如果等級更高的話，周邊領地應該會有目擊情報才對。

畢竟盧歐娜女士有四十八級，希嘉八劍候補的等級也大多在四十級後半的程度，應該不會被五十級左右的下級龍一面倒地虐殺吧。

我們告別王國軍，朝著南北狹長的列瑟烏伯爵領前進，抵達作為臨時領都的塞伍斯市。

◆

「唔哇～總覺得很像戰爭電影裡面戰敗國的都市呢。」

雖然亞里沙的說法很失禮，但我們造訪的塞伍斯市給人的印象正是如此。

市場商品種類稀少，毫無生氣。治安不佳，扒手和小偷也很多。偶爾在路上見到的行人眼神也都死氣沉沉、缺乏活力，流浪兒童呆坐在巷子裡，據說還有違法的人口販子和擄人犯四處橫行。

雖然有越後屋商會的分店，但目前似乎暫停營業。

據說有很多倒閉的工廠和土地，卻因為當地商會的妨礙沒能收購。

「花點力氣試試看好了？」

難得來到這裡，我決定拜訪正在塞伍斯市城堡中的列瑟烏伯爵。

雖然被仲介敲詐了一筆不小的金額，但只要付錢對方就會迅速展開行動，當天晚上我便得以成功參加領主舉辦的舞會。

「……該怎麼說呢。」

與辛苦的居民完全相反，貴族們的生活極為奢侈。就算拿舞會會場當藉口，這裡和城外簡直是兩個世界。

「哎呀，夫人的寶石該不會就是『天淚之滴』？」

「沒錯。身為德賽伍子爵家的第一夫人，怎麼能沒有這種程度的裝飾品呢。」

「聽說吉斯卿的兒子前去解放領都了？」

「畢竟可不能讓王國軍隨便對待祖先代代相傳的列瑟烏市啊。」

「真是優秀。與之相比，我們的領主大人卻被王都那些老奸巨猾的老狐狸澈底欺騙，以至於沒能分到魔核。」

「那件事實在令人惋惜。不知道我們的礦山和工廠究竟要何時才能再次開工呢。」

「唉呀，沒有魔核供給真是讓人困擾啊。」

「說得沒錯。當我得知那件事的時候，首先想到的是最適合當領主的人果然不是年輕的克爾瑪斯大人，而是老練的吉爾格斯大人才對。」

「這不管怎麼說也太過不敬了。」

「說得也是，我會注意的。」

雖然試著聆聽貴族們的對話，但基本上都是些膚淺的自誇、對自己的權益被停止而感到不滿，或是貶低年輕的領主來自娛。

明明光是魔物這個外患就已經很難應付了，年輕的列瑟烏伯爵卻還得面對許多內憂。

因為蒂法麗莎和妮爾的事，我對前代列瑟烏伯爵有些微詞，不過或許能對身為兒子的他稍施援手。

「潘德拉剛卿，歡迎你從穆諾伯爵領遠道而來！」

看來列瑟烏伯爵以為我是刻意從遙遠的穆諾伯爵領來找他的。

畢竟在王都的沙龍和舞會都沒機會說到話，他會那麼想也是沒辦法的事。

「少主，請至會客室。」

「我知道。」

列瑟烏伯爵在聽完執政官老人的耳語後，便帶領我前往會客室。

看來他似乎有要事想找我談。

在會客室就座後沒多久，少年領主便直接切入正題。

「——您是說投資嗎？」

「沒錯。我的領土正在徵求有志之士出資。」

看來是名為投資的借貸。

「當然，是會有回報的。」

少年領主似乎把我傻眼的沉默當成是在催促有什麼回報。

「我的表姊在之前的魔族騷動中失去未婚夫，陷入深沉的悲傷。假如閣下願意，我可以在茶會上幫你製造與她交流的機會。」

你口中那位傷心不已的小姐，正在輕食區展現她那如酒桶般的身材喔。

「不必了，像我這種年輕小輩無法排解高貴小姐的憂愁。」

「那麼，你想要什麼？」

唉呀，問得真直接。

他似乎不擅於耍心機。

「這就得根據您需要的投資額而定了。」

「什……」

是因為沒想到我會提出反問嗎，少年領主用視線向同席的老執政官尋求幫助。

「金幣五千枚——雖然想這麼說，但我們可不能讓領外的貴族負擔如此龐大的金額，因此您覺得金幣一千枚怎麼樣？」

這是那種在最初講出一個誇張的數字，隨後再提出真正的金額來讓人接受的手法吧。

雖然這個金額以我的個人資產看來沒什麼大不了，但一般而言還是不小的金額。這相當於觀光副大臣一整年的預算，應該也跟亞西念侯爵夫人在拍賣會買下萬靈藥的金額差不多。

「能與金幣千枚的投資相應的回報嗎……」

說起我想在這個看似疲憊不堪的列瑟烏伯爵領得到的東西——還真的有呢。

「雖然是認識的商會拜託我介紹的——」

我提出希望開設孤兒院，以及出讓越後屋商會想要的建築物與倒閉工廠的要求。

「孤兒院？倒閉工廠？」

是覺得我的答案出乎預料嗎？少年領主一臉不解地看向老執政官。

見老執政官點點頭，少年領主輕易地答應了第一件事，但由於後者是底下貴族的所有物，他顯得有些為難。

「少主，您就接受吧。說服就交給老臣。」

「知道了。既然老爺子這麼說，那就交給你了。」

在老執政官的斡旋下，他總算接受了我的要求。

我打算委託越後屋商會來經營孤兒院，並且將建築物和工廠賣給越後屋所得的錢拿來當作孤兒院今後十年的營運費用。

本來打算向他提出列瑟烏伯爵領的邊境釀酒廠出產「列瑟烏血液」的優先販售權，但我在開口之前便打消了這個念頭。

要是處理不當，引來貪婪的貴族強行干涉導致流通受阻可就麻煩了。畢竟那個品牌，是住在賽利維拉迷宮下層的吸血鬼真祖，同時也是轉生者的班特別喜歡的葡萄酒。

「——這麼說來，潘德拉剛子爵。聽說您是個有名的冒險者吧？」

當話題告一段落，簽約結束的時候，老執政官向我拋來這樣的話題。

「據說還在賽利維拉的迷宮打倒了『樓層之主』？」

「是的。也因為那份功績，陛下授與了在下勳章。」

「真是太優秀了。」

聽到我的回答，少年領主迅速發聲稱讚。

接話速度快得就像按照決定好的劇本走一般不自然。

「一切都是多虧夥伴們的協助。」

「這真是太棒了。原來潘德拉剛子爵擁有非常優秀的夥伴啊。」

老執政官刻意補充說。

差不多該切入正題了。

「您知道列瑟烏伯爵的領地邊疆，存在古代孚魯帝國的遺跡嗎？」

「不，在下從未聽說過。」

試著用地圖搜索之後，發現除了荒村和廢礦坑之外，有座遺跡位在距離邊疆半徑十公里內空無一人的深山裡。

從遺跡的寶物與守護者的配置看來，大部分的房間都已被搜索完畢，只剩下最下層的一部分尚未被人探索。

或許是最近無人造訪的緣故，從最近的村子通往遺跡的道路有些已經斷開。

「我們以五百枚金幣的價格，將那裡十年的探索權賣給您。」

「五百枚金幣嗎？還真是便宜呢。那座遺跡該不會已經被探索完畢了吧？」

「這一百年以來沒有任何人進去過。」

「也就是說，那是在一百年以前就被探索完畢的遺跡嗎？」

從附近廢棄村落的地圖情報看來，就算經過那麼長的時間也不奇怪。

「——遺跡肯定存在著隱藏房間。如果是有名的潘德拉剛子爵，肯定能找出來吧？」

「可是，那是一座歷經長久探索，已被判斷為不存在未探索區域的遺跡吧？我可不認為過去的冒險者運氣和實力全都不如我。」

「是這樣嗎？像潘德拉剛卿這種運氣超好的人，應該能夠發現才對吧？」

這句話有點失禮。

或許他也發現了這件事，因此馬上補充說：「當然，您的好運有實力作為基礎。」

「以碰運氣來說，五百枚金幣有點太貴了。更何況，就算在遺跡發現了寶物，優先權還是屬於列瑟烏伯爵的吧？」

而且探索也需要花錢，我這麼牽制著老執政官。

「當然——」

由於老執政官像是要看穿內心想法似的凝視著我，因此我在無表情技能老師的幫助下，擺出一副不感興趣的表情。

「——那些物品無須繳稅。雖然不會附加物品的優先權，但我們領地依然要顧及顏面。因此如果您發現了稀有物品，希望能通知我們一聲。」

畢竟列瑟烏伯爵本人要是不知道自己領地出土的稀有物品，面子會掛不住嘛。

「還真是堅決呢。不過，身為祕銀冒險者的矜持，不允許我花了一大筆錢卻只是參觀遺跡呢。」

「既然如此，中途消滅魔物得到的素材也授予免稅吧。當然，魔核要請您依照行情價賣給我們。」

再要點好處吧。

「附近山上有個廢棄的礦坑，五十年前曾開拓出豐富的資源。也給您那裡二十年的採掘權吧。」

老執政官開出連詐欺師都自嘆弗如的空頭支票。

「無論您在廢棄礦坑挖出多少稀有金屬和寶石，五年內都免稅。您覺得怎麼樣？」

一般而言，要讓廢礦坑能夠重新開墾必須花上好幾年，按照越後屋商會掌櫃的說法，礦山開發只給五年免稅似乎很短。

況且他會開出二十年採掘權，也就是當礦山步入正軌的時候，權利將會回到列瑟烏伯爵手上。

再加上透過地圖搜索，我已經知道長年放置不管的廢礦坑已然成為成千上百的達米哥布林等魔物的棲息地。

「如果開發礦山不是義務的話。」

「那當然。」

於是我們協議好以哪座山當作開發範圍，花費金幣五百枚取得了遺跡和廢礦坑的權利。

另外，他們似乎以為廢棄礦坑完全枯竭了，但其實在離他們挖掘地點更深三倍的地方存在著金礦脈。遺跡的未探索區域也存在著沒人發現的寶物，光是孚魯帝國的金幣就有上千枚，因此肯定穩賺不賠。

於是，我和夥伴們隔天就踏破遺跡的未探索區域，接著又花了幾天從金礦脈取得大量的鑄塊，最終賺到了比花費多出數十倍的金錢，並把這件事記錄下來。

我更加深刻地體會到：主選單和探索全地圖的魔法組合實在太作弊了。

既然列瑟烏伯爵讓我大賺了一筆，我把在廢礦坑打倒達米哥布林取得的千百顆魔核作為交換全都送給了他們。就算是低等級的魔核，應該也能當作魔力爐的燃料派上用場才對。

這麼一來應該能多少解決他們魔核不足的問題吧？

◆

「主人，那裡有人在戰鬥喲！」

「戰爭～？」

當我們接近南北狹長的列瑟烏伯爵領的北邊山路頂端時，波奇發現了遠處的戰場。記得那附近應該是比斯塔爾公爵領。

「似乎在進行要塞攻防戰，我這麼報告道。」

娜娜拿起望遠鏡看著說。

看來是王國軍和叛亂軍的戰鬥。那應該不是占領都市後被全滅的部隊。

進攻方使用了包含魔巨人與投石器在內的各項攻城兵器，要塞方則端出魔力砲應戰。雙方陣營似乎都沒幾名魔法使，進攻方還有利用土魔法使製作的戰壕和城牆來構築陣地的痕跡。另外，要塞方是王國軍。

「戰鬥的地方還真是偏僻呢。」

「那個山頂關卡好像是比斯塔爾公爵領北邊道路的要地喔。」

我將透過地圖掌握的情報告訴亞里沙。

如果不拿下這裡，無論是王國軍還是叛亂軍都必須小心腹背受敵。

「真是誇張的戰鬥呢。」

亞里沙用望遠鏡眺望戰場。她不用空間魔法的「眺望」，大概是不想清晰地看見悽慘的畫面吧。

進攻方的司令官似乎很無能，前線的士兵都被魔力砲轟得七零八落、死傷大半。

……人類間的戰爭實在太慘烈了。

失去觀戰心情的我讓馬匹調頭，打算回到鎮上。

「咦……那是庫沃克的紋章。」

聽到亞里沙這麼說，我不禁回過頭去。

確認地圖情報後，得知進攻方的其中一支步兵部隊是優沃克王國的奴隸兵部隊。

我也拿起望遠鏡看了過去。

他們盾牌上繪製的紋章，應該就是亞里沙的故鄉舊庫沃克王國的紋章吧。或許是優沃克王國的人做的，上面還刻意用黑色顏料畫了個叉。

「我們走吧。」

「不去救他們嗎？」

「死掉的不只有庫沃克的士兵。」

亞里沙看著地面搖了搖頭。

不久之後，叛亂軍那方撤軍，包含奴隸兵在內的優沃克軍也開始後退。

我確認完這件事之後，便讓馬匹調頭，追上先行走一步的亞里沙她們。

◆

「主人，領地邊境的關卡戒備好像很森嚴，我這麼報告道。」

從列瑟烏伯爵領通往卡格斯伯爵領的溪谷中，有一座卡格斯伯爵領的要塞。

如同娜娜說得一樣，要塞裡聚集大量的士兵，對通行商人們的檢查也非常嚴厲。難民似乎全都被趕了回去，導致最近沒有任何人通過。

進入關卡時雖然有些緊張，但多虧了子爵的身分證與觀光副大臣的徽章，我們很順利地通過了關卡。

穿過領地邊境的時候，我久違地使用「探索全地圖」魔法，不過完全沒有發現需要警戒的人物或魔族，感覺能和平地通過這裡。

「肉〜？」

「那是羊先生喲！用來做成**思吉**汗烤肉會很好吃喲！」

越過有關卡的山脈之後，我們來到羊群和睦地吃著草的高原地帶。

「那麼今天午餐就吃羊肉做的成吉思汗烤肉吧。」

「哇〜」「喲！」

我們造訪高原村落向他們買下當季的羊肉，並在風光明媚的地方享用成吉思汗烤肉。

自從見到戰場後，表情就一直顯得有些鬱悶的亞里沙也恢復笑容。大概是美味的料理和清新的風景，治癒了她的憂鬱吧。

我們沿著草原與森林的領地前進，當天傍晚就抵達領都卡格斯市。

「總覺得很懷念喲。」

「耶耶～？」

「這裡的氛圍和聖留市很像呢。」

獸娘們露出懷念故鄉的表情。

等亞里沙和露露的事告一段落之後，接著去一趟聖留市或許也不錯。

「佐藤。」

此時蜜雅拉了拉我的袖子。

我朝她指的方向轉過頭去，發現一名滿臉鬍子的男性正凝視著我們。

「怎麼了？」

亞里沙往那邊回過頭的瞬間——

『這、這不似亞里沙大人嗎！』

男性用充滿口音的大聲喊出亞里沙的名字。

意外的重逢

「我是佐藤。即使到了手機與電子郵件都很普及的現代，也會遇到聯繫不上朋友的狀況。如果跟對方不熟倒還無所謂，但如果是關係很好的朋友會有些擔心呢。」

『……本！是你嗎！』

我們在卡格斯伯爵領的領都遇見了一名叫出亞里沙名字的男性。

看來他們彼此認識。根據ＡＲ顯示，這名鬍子男雖然擁有本．法瑪這個家名，但現在並不具有爵位。

『亞里沙大人，太好了，您還活著。』

『本才是！真虧你還活著！』

亞里沙和本先生淚流滿面，進行了再會的擁抱。

從他們用庫沃克國的語言交談看來，他似乎是亞里沙公主時代認識的人。

「妳認識他嗎？」

「是的，他是亞里沙過去的家臣法瑪士爵大人。」

我試著向身旁滿臉訝異的露露進行確認。

據說，本先生是協助反覆論證亞里沙內政改革的人物，是個堪稱亞里沙得力助手的可靠家臣。

似乎從腐葉土加入農田的方法開始，製作堆肥、養蜂到實行四輪農耕法，中途甚至連本先生的親人也參與其中協助製造新工具或器具，一直支持著亞里沙的改革。

『其他親人也跟你在一起嗎？』

『似啊。多虧亞里沙大人把信交給了小露露，所有人都平安逃脫了。』

『這樣啊，那真是太好了。』

亞里沙面帶微笑拭去眼淚。

『對了！亞里沙大人！我想讓亞里沙大人見一個人！』

『——讓我見一個人？』

『似啊！』

本先生抱起亞里沙衝出去。由於勢頭過於猛烈，導致亞里沙的假髮掉了下來。

他應該不是打算誘拐亞里沙，而是太著急了而已，希望他能稍微冷靜一點。

我們也一起跟在亞里沙和本先生的後面。

『殿下！請問殿下在嗎！』

『怎麼回事，法瑪士爵！明明提醒過很多次，開門前要先敲暗號──』

一臉冷漠的青年在抱怨本先生的途中，發現了他抱著的亞里沙。

『魔、魔女！』

『皮德大人！不准這樣稱呼亞里沙大人！』

對於青年的失言，本先生怒火中燒。

其他人的視線也紛紛朝入口大廳聚集過來，並在見到亞里沙之後眼神變得凶神惡煞。

這麼說來，亞里沙似乎有著「亡國的魔女」和「發瘋公主」之類的稱號。

『給我閉嘴！本，沒想到你竟然膽敢把毀滅國家的魔女帶到復興王國的據點來！你這個蠢貨！』

『毀滅國家的不是亞里沙大人！而是被優沃克煽動的第二王子和大臣！』

希望你們協調好之後再來找亞里沙。

我將表情變得複雜的亞里沙從本先生手上接過來。

『成何體統！這可是在殿下面前啊！』

大廳閣樓的二樓房門打開，裡面走出一名滿臉不悅的老紳士。

他的身後站著看似國中生年紀的豐腴少年。他應該是老紳士所說的「殿下」──也就是亞里沙的哥哥。

依照亞里沙的說法，她的家人除了露露之外都遭到處刑，或是被當成了復活「枯竭迷宮」的祭品，但看來還有其他倖存者。

『艾路斯王兄！』

『——咦？亞里沙？是亞里沙！』

聽到亞里沙呼喚自己的名字，艾路斯推開老紳士衝下樓梯，隨即一把抱住亞里沙享受重逢的喜悅。

『王兄，難道其他王兄也在？』

聽到亞里沙確認起其他家人的安危，艾路斯露出陰沉的表情。

『得救的只有我——多虧了斯塔姆王兄。』

『這樣啊，斯塔姆王兄他……』

用AR顯示確認了一下，艾路斯現在是奴隸身分。

看來他也跟亞里沙與露露一樣受到了「強制」的束縛。

『亞里沙！為了王兄和大家，我們一起攜手復興庫沃克王國吧！』

艾路斯緊緊握住亞里沙的手這麼說。

『『『萬萬不可啊，殿下！』』』

面對艾路斯這唐突的發言，周圍的親信們猛烈反對。

不僅是剛才稱呼亞里沙為「魔女」的失禮青年，老紳士和其他人似乎也持反對意見。態度不同的只有艾路斯和本先生一家的人。

「亞里沙，今天就先找間旅館落腳吧。」

「嗯，就這麼辦。畢竟也給他們一段時間冷靜比較好。」

就算亞里沙再怎麼堅強，被自己故鄉的人拒絕還是會大受打擊吧。

我告訴看起來比較好溝通的老紳士，請他等我們找好旅館落腳之後再派使者過來，然後就離開他們的據點。

雖然有幾個人認為據點遭人告密會有麻煩而堵在我們面前，但由於他們阻擋不了身為祕銀冒險者的我們，在波奇和小玉輕鬆將幾個人扔出去之後，他們便老實讓出路。

「亞里沙，我今天會準備亞里沙最喜歡的食物喔。吃得飽飽的早點睡吧。」

我將流著淚的亞里沙擁入懷中，有些笨拙地盡力安慰她。

「——不是的，主人。我會哭不是因為難過，而是對於雖然只有艾路斯哥哥一個人，但是有除了我和露露以外的家人活下來的事情感到高興。」

亞里沙仰起她那被淚水沾溼的臉龐，面帶笑容地看著我。

「這樣啊……那麼，今天必須為艾路斯活下來的事情慶祝一下才行呢。」

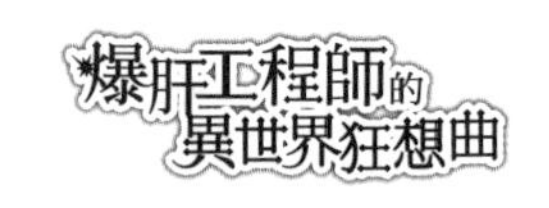

「嗯，謝謝。」

亞里沙將頭倚在我的手臂上。

雖然她很明顯是在逞強，但我仍假裝沒看見。

希望這樣能夠多少治癒亞里沙的悲傷——

◆

「——是誰？」

察覺到開門聲，本來正面對著桌子工作的老紳士轉過身來。

哄亞里沙入睡後，我為了跟艾路斯第五王子的監護人，也就是原庫沃克王國的侯爵談話而造訪這裡。

「晚安。」

因為他用希嘉國語提問，所以我也配合他用希嘉國語打招呼。

「你是和亞里沙大人在一起的人。」

「是的，我是保護了亞里沙的希嘉王國的佐藤．潘德拉剛子爵。」

我隱瞞了自己是穆諾伯爵家臣一事。畢竟感覺在這塊遙遠的土地上，或許還留有那裡是

「受詛咒的領地」的傳聞。

「希嘉王國上級貴族家的人嗎——」

老紳士似乎誤會了我的發言。

「不，家主就是我——或者說是初代潘德拉剛子爵。」

「年紀輕輕就成了家主？」

「是的。因為亞里沙和夥伴們的幫助，前陣子得以晉升。」

老紳士對我的年紀與爵位之間的巨大差異感到十分驚訝。

「您獨自一人來訪，是為了亞里沙大人的事情對吧？」

或許是相信了我說的話，老紳士的用詞變得恭敬。

「是的，正是如此。」

「雖然艾路斯殿下那麼說，但贊同的人只有法瑪士爵一家而已。您想必是打算拜託我說服其他人吧，但那也只是白費力氣。」

原來他產生了這種誤會啊……

「不，那不是我來此的目的。」

聽我這麼否認，老紳士疑惑地皺起眉頭。

「我想要讓亞里沙和露露脫離奴隸身分。」

「……那是不可能的。敢問子爵是否聽過『強制』這個不祥的天賦呢？」

「有，我聽亞里沙說過。」

聽見我的回答，老紳士大大地嘆了口氣。

「強制只有施術者才能解除。對亞里沙大人**他們**施加強制的宮廷魔術師，在庫沃克王國即將滅亡時投靠了優沃克王國，現在該國擔任要職。」

哎呀，似乎能比預期得更快掌握到行蹤呢。

「那名宮廷魔術師就在優沃克王國嗎？」

「詳情我不太清楚。不過，十之八九就待在優沃克王國的城堡裡吧。雖然有優沃克王國支援比斯塔爾公爵領叛亂軍的傳聞，但他應該不會被派去那裡。」

「是這樣嗎？」

正常想來，要是能夠隨便使用強制的話，甚至能在戰場上把比斯塔爾公爵領的軍隊據為己有。

「嗯，雖然是在庫沃克王國時代聽他本人說的，但使用強制似乎需要幾個條件。想在戰場上湊齊那些條件非常困難。」

哎呀，真是出乎意料的情報呢。

這麼一說，要是能無條件地對人施加強制，那名宮廷魔術師本人應該早就成為國王，優沃克王國的勢力也會比現在大上許多才對。

「所謂的條件是？」

對於我的疑問，老紳士先是打量似的看著我，接著將條件說了出來。

「使用強制的條件共有四個。『一百名魔術士的魔力』、『大小與這座宅邸相當的精密魔法陣』、『魔黃杖』，以及『對象的同意』。雖然不清楚這些條件是否全部屬實，但並不是能在戰鬥中對敵軍使用的技能。」

原來如此，面對那名宮廷魔術師時，只要一邊提防「魔法陣」和「法杖」，一邊留意別不小心說出「同意」就行了吧。

「您打算前往優沃克王國嗎？」

當我將注意事項寫在主選單的記事本上時，老紳士這麼對我詢問。

「是的，我想去跟宮廷魔術師打個照面。」

「那個國家有些排外。即使直接上門詢問，對方也未必會告訴您那傢伙的行蹤喔。」

一般而言的確很讓人困擾，但我有地圖搜索，所以沒問題。

「那可就麻煩了呢。」

因為他似乎有話想說，於是我抱著催促的意思這麼說。

「要是您不嫌棄，我可以協助您。」

「您說協助嗎？」

「嗯，我在那個國家有幾名線民。不只是中途的地圖，也能將來往卡格斯市與優沃克王國之間的旅行商人介紹給您。」

「那還真是令人高興呢。」

看來似乎能向旅行商人請教一些途中的觀光景點，以及當地的隱藏名產。

不過，他應該並不光是出於親切才這麼說的吧——

「那麼，我該如何回報您的好意呢？」

面對我直截了當的問題，老紳士略顯輕蔑地揚起嘴角。

「為了達成艾路斯殿下的宏願，些許心意即可——」

——哎呀？

還以為會把「解除艾路斯的強制」當作條件，但那件事他隻字不提，卻要求我拿出復興庫沃克王國的資金和物資。

不過，艾路斯是亞里沙的親人，就算他不拜託我，我也打算解除艾路斯身上的強制。

「那麼，請用這個協助艾路斯殿下的宏願吧。」

我拿出「魔法背包」放在桌子上。

這是在列瑟烏伯爵領的遺跡得到的東西，裡面裝著能塞滿兩個衣櫃的道具。

「在下奉上整個背包，請用這個來復興庫沃克王國。」

裡面有裝著兩千枚金幣的袋子，用魔物素材製成、外表看似正規士兵的武器和防具，以及能在戰鬥中派上用場的各種魔法藥，甚至還附上了在行軍時很方便，用水石製作的「清泉水袋」。

不過，沒準備能進行無差別恐怖襲擊的火杖與爆炸類道具。

「這、這個是……」

老紳士見到內容物之後顯得啞口無言，視線來回不斷地看著我與魔法背包。

「……潘德拉剛卿，您向艾路斯殿下獻出如此高價之物，果真是想讓亞里沙大人恢復王族身分──」

老紳士語帶顫抖地探詢我的真意。雖然這些東西對我而言不算什麼，但是對致力於王國復興而四處奔波的老紳士來說似乎過於刺激。

「正如剛才所說，我沒有擁護亞里沙當女王，在庫沃克王國建立傀儡政權的野心。這些只是送給『亞里沙的哥哥』的禮物罷了。」

雖然我十分歡迎他們將亞里沙當作王族對待，然而要是導致亞里沙失去自由，可就不是我的本意了。

如果可以的話，我希望打造出能讓亞里沙和艾路斯輕鬆見面的環境，但擺出高姿態用鈔票壓人的做法只會留下多餘的禍根，所以我不打算在這裡跟老紳士立下任何約定。

「並沒有其他意思，還請笑納。」

「——感謝子爵的協助。」

老紳士深深低下頭向我道謝。

看來他們在資金周轉方面十分辛苦。老紳士一臉雀躍地寫好給優沃克王國線人的信，並將信件交了給我。

地圖副本與旅行商人的聯絡方式，似乎會另外派人送來我所在的旅館。

拿到信件之後，我便從座位上站起身。

——唉呀，差點忘了。

「最後能再請教一件事嗎？」

「請問是什麼事呢？」

「能告訴我那個宮廷魔術師的名字嗎？」

畢竟只要知道姓名，我就能立刻用地圖搜索找到。

「他叫歐路奇戴。另外他現在都以出賣國家時得到的馬托修這個家名自稱。」

我向提供情報的老紳士道謝後，便離開他們的據點。

◆

『——快點報告。』

『潘德拉剛子爵直接返回了旅館。看他接下來沒有打算外出的動靜，於是我將之後的事交給監視旅館的人回到這裡。』

青年貴族這麼回答老紳士。

我在腦中浮現從影子裡仰望的景象，聆聽起兩人的對話。

因為早就發現這個青年貴族從離開據點後就一直在跟蹤我，所以我讓難以察覺的「潛影蝙蝠」躲進他的影子裡，藉此調查他的企圖。

『閣下，我們應該趁著夜色討伐魔女一行人。』

老紳士並沒有回應青年的發言，只是冷漠地看著他。

為了不讓自己的殺意和怒氣透過潛影蝙蝠傳到青年那裡，我努力保持冷靜。

『要是等那個小鬼擁戴魔女建立新的勢力，那就太遲了。』

青年講出愚蠢至極的事。

雖然我明白他在擔心什麼，但其實不需要打造新的勢力。只要亞里沙有這個打算，我立刻就能復興庫沃克王國。

『我知道你的擔心，但不准發動襲擊。』

『——這是為什麼！』

『當然是因為我們會全滅啊。』

說這句話的人並不是老紳士，而是從一開始就待在房間裡的武者。

根據地圖情報，他的等級是三十八。

『將軍閣下！怎麼連你都說出這麼懦弱的話！』

『懦弱？被一群小鬼打量的傢伙，口氣還真不小啊。』

『那、那只是我大意了而已。』

『還敢講這種話——下次你可是會死喔。』

聽到將軍這麼說，青年當場愣住。

『他們很強，尤其是那個橙鱗族的女孩，我無論向她挑戰幾次都毫無勝算吧。過去我曾與一位希嘉八劍見過面，我認為那女孩擁有與他相提並論的實力。』

——哦哦，真厲害。

明明沒有鑑定技能，卻能看出這麼多東西。

『那、那麼只要抓走那個醜女威脅他們就行了。區區魔女身邊女僕的程度——』

『去了也只會被幹掉。』

『——你在愚弄我們嗎！』

『只是陳述事實罷了。雖然不及橙鱗族女孩，但她也是高手。只要從她跟你們起爭執時的步法看來就知道了。』

我將對不懂露露美貌的青年發出的抱怨留在心底，側耳聆聽他們的對話。

『博沙姆，子爵也一樣嗎？』

『——不清楚。雖然看起來實力不強，但是直覺告訴我——「千萬別對他出手」。』

見老紳士這麼問，將軍有些含糊其辭地回答。

該怎麼說呢，希望你別把我講得像是怪物一樣。

『盧克波卿，不准向潘德拉剛子爵等人出手。那個人能夠幫助艾路斯殿下。當然，亞里沙大人也是。』

見老紳士再三叮嚀，青年只能一臉不滿地答應，接著便離開了房間。

『博沙姆，拜託你別讓他們做出多餘的事。』

『知道了。』

『雖然我不認為他們能搞出什麼名堂，但還是希望能避免惹子爵不高興，導致殿下失去有力的支持者。』

總而言之，似乎不必擔心青年一行人會失控了。

雖然我認為他們能夠控制住青年，但為了睡個好覺，還是讓召喚出來的蝙蝠們負責夜晚的警備吧。

前往優沃克王國

「我是佐藤。當自己的決定將會左右許多人的生活時，壓力之大顯而易見。因此也不難理解，為什麼有人會傾心於可疑的專家或靈能力者了。」

「那個就是國境嗎？」

從老紳士那裡得到情報後，我隨即動身前往優沃克王國。

我一邊用土魔法「石製結構物」與刻印板製作轉移點，一邊趁著夜色在空中飛行。

「簡直就像進入了備戰狀態啊……」

國境要塞裡點著篝火，就算是深夜也有士兵在站哨。

我遠離幹道越過國境線，使用魔法「探索全地圖」取得整個優沃克王國的情報。

從結果看來，國境領地內並不存在「強制」技能的使用者。

地圖搜索也沒有發現老紳士所說的「歐路奇戴．馬托修」這個名字。由於他似乎沒有家族，因此用家族名搜尋也沒有結果，連他的房子都找不到。

「究竟是一同出征了，還是像樞機卿那樣利用道具偽裝起來了呢……」

也有可能是躲在領內的幾個空白地帶——也就是其他地圖中。

在優沃克王國內設置好轉移用的據點後，我前往比斯塔爾公爵領，試著用相同的方式搜索，但果然還是沒能找出那名宮廷魔術師。

雖然很麻煩，不過看來只能採取一般方式進入優沃克王國，打聽他的行蹤了。

我在接近優沃克王國王都的深山追加設置轉移點，用土魔法「製作住宅」打造了半地下的藏身處。採用類似要塞的外觀只是為了應對魔物，並沒有其他意思。

◆

「亞里沙，去優沃克王國太危險了！跟我一起留在這座城裡等待吧。」

「對不起，王兄。」

在前往優沃克王國調查之後的第三天，艾路斯與本先生一行人來到卡格斯市正門為我們送行。

看來艾路斯他們在據點之外，都是用希嘉國語說話。

「亞里沙大人，果然還是讓俺們一起去吧。」

「不可以，本。請你和過去一樣，繼續幫助艾路斯王兄。」

本先生和他的家族原本打算與亞里沙同行，不過在聽見亞里沙的一句「拜託了」之後，最後答應留在艾路斯麾下。

之所以會在第三天才出發，是因為卡格斯女伯爵在得知我們來訪後，邀請包含我在內的所有人前去參加城裡舉辦的晚餐會，而我們應邀參加的緣故。

羊肉料理居然有那麼多樣的菜色令我十分驚訝，尤其是香腸和特產啤酒實在棒極了。雖然我不怎麼喜歡喝啤酒，不過這裡的啤酒讓我覺得相當美味。

「昨天的羊肉料理真是好吃呢。」

「系！」

「如果是以羊先生為對手，波奇每晚都能戰鬥喲！」

「實在非常美味。雖然滋味多樣的香腸也相當出色，不過用羊筋肉做的燉菜口感才是最棒的。」

看來獸娘們對羊肉料理相當著迷。

「大多數餐點的食譜我都已經想到了，我會試著努力重現。」

「是的，露露。還想再吃一次羊肉燉菜，我這麼告知道。」

「奶油馬鈴薯。」

聽露露這麼說，娜娜和蜜雅馬上提出要求，其他孩子也紛紛仿效她們說出自己想吃的料理。不知為何波奇提出了沒出現在昨天餐會上的漢堡排。

「主人，讓你久等了。」

「道別好了嗎？」

「嗯，畢竟又不是今生的永別，之後再來見他們就行了。」

於是我對表情略顯開朗的亞里沙點點頭，一行人離開卡格斯市。

◆

「哎呀～還讓你請我大吃一頓，真是不好意思啊～」

「哪裡，該道謝的人是我，很高興能聽到這麼多其他國家的事情。」

我們在為了午休所選的路邊廣場上，與剛從優沃克王國返回的旅行商人一起共進午餐。

「那麼再見啦，你們要小心點喔～優沃克王國最近有點不太安寧～」

為人和善的旅行商人揮著手離開。

「得到了不錯的情報呢。」

「是啊，光是知道那邊並未和希嘉王國公開宣戰就不錯了。」

雖然優沃克王國支援了比斯塔爾公爵領的叛亂，但那是以協助擊退冒充希嘉王國軍的盜賊這個名義，表面上並未與希嘉王國對立。正因為如此，他們這些希嘉王國的旅行商人才依然能一如往常地跨越國境做生意。

雖然老紳士介紹的旅行商人也提過這件事，不過他們前往優沃克王國，是在優沃克王國軍參戰之前，所以現在能得到即時情報實在大有幫助。

我們直到抵達國境為止都搭乘馬車享受旅程，接著再用轉移前往設置在優沃克王國內的轉移點抄近路。

「——要塞？」

「主人，這個要塞就是目的地嗎，我這麼詢問道。」

最早發現藏身處的蜜雅和娜娜這麼提問，我見狀點了點頭。

「我打算把這個藏身處當作調查優沃克王國的據點。」

「藏身處？你說這個？」

亞里沙的眼神就像在說：這怎麼看都是座要塞吧。

「畢竟這附近有魔物徘徊嘛，只是為了安全起見。」

「獵物～？」

「波奇想狩獵喲！」

「你們兩個，首先要確認好『藏身處』才行喔。」

「系。」

「好喲。」

大家在莉薩的催促下一起朝藏身處走去。

雖然小玉和波奇進屋時不知為何擺出探險隊的動作，不過放心吧，裡面既沒有陷阱也沒有魔物。她們該不會把這裡當成鬼屋了吧？

「露露，要走嘍。」

「好的！馬上來。」

露露抬頭看著用樹葉與樹枝偽裝過的瞭望臺，而我呼喚著她。

身為優秀的狙擊手，露露肯定很在意能當狙擊點的瞭望臺吧。

我們進入要塞，在擁有良好採光玻璃天花板的大廳休息。

「明天再去優沃克王國的王都嗎？」

「不，我稍微休息一下就過去。」

「——就過去？你打算自己去嗎？」

聽到亞里沙的發言，夥伴們擔心地看著我。

「不是，我打算帶兩個人擔任隨侍一起同行。」

雖然在選人時起了些爭執，但最終決定由莉薩和娜娜這兩個第一印象不容小覷的人作為同行者。

亞里沙和露露因為事情跟自己有關而打算同行，不過兩人要是被優沃克王國的人發現身分的話會很不妙，因此我決定讓她們留下來看家。

◆

「氣氛真是凝重呢。」

「是的，莉薩。就像戰爭時的沉重氣氛，我這麼告知道。」

見到在優沃克王國的王都正門進行的嚴厲檢查，莉薩和娜娜將外套的兜帽拉得更低，同時小聲地說。

差不多該輪到我們了。

『——接下來，那邊的幾位。』

此時士兵傳喚我們。

優沃克王國的語言與庫沃克國語只有方言程度的差異，因此能正常聽懂。雖然也很像希嘉國語，不過還是和庫沃克國語較為接近。

>獲得技能「優沃克國語」。

雖然覺得不需要分配技能點，但是既然要謁見國王，總覺得用庫沃克王國的口音說話不太好，於是我將技能點分配給優沃克國語使其有效化。

『出示你的身分證。』

我將迷宮都市賽利維拉的冒險者證交給有點囂張的士兵。

『是迷宮都市的人——』

『應該是聽了迷宮的傳聞才跑來的吧。比起那個，有這種銀色的冒險者證嗎？』

一旁的士兵也看了過來。

『喂！霍普！你之前在迷宮都市當過冒險者吧，看過這玩意兒嗎？』

『哦～真罕見的冒險者證耶。上面的確有冒險者公會的刻印，畢竟也存在有錢人和貴族專用的黃金證，應該比那個差一點吧。』

看來他似乎不知道祕銀證的存在。

『有錢人用的嗎？原來如此，他身上的劍看起來很昂貴，穿的衣服也很高級。』

『每個人的通行稅是三枚銀幣。記得把那個亞人手上的長槍套上槍套，用繩子綁緊。你跟那位美女也一樣，要是敢在王都內持刀傷人，就會立刻被打入牢房，給我好好記住。』

士兵們在收下銀幣之後，便讓我們通過。

『——歡迎來到旅館「榮華山丘」！』

我們來到優沃克王國王都最高級的旅館，這是旅行商人們告訴我的旅館。

打扮極其光鮮亮麗的旅館經理似乎是個臉上掛著笑容，私底下卻會對客人品頭論足的人。即使在辦理登記手續時，他也不停地用宛如蛇一般的目光打量著我們的服裝與飾品。

如果光是這樣還無所謂，他在見到莉薩撐起外套的尾巴之後說出『……是有尾巴的啊』這句歧視亞人的發言令我十分在意。雖然從旅行商人那兒取得的情報上並沒有提到，但這個國家似乎也存在對亞人的歧視。

雖然這件事讓我有些猶豫，但最後還是決定照舊請娜娜和莉薩擔任使者。

這是為了利用昂貴貢品取得謁見國王的機會。由於表面上優沃克王國並未和希嘉王國進入戰爭狀態，因此我以希嘉王國的貴族身分請求謁見，也順便利用了觀光副大臣的地位。

花了大約兩天時間，總算按照計畫成功進入王城。接下來只剩下在王城中找出宮廷魔術師的行蹤了。

在旅館等待的期間，我透過召喚的潛影蝙蝠和空間魔法展開調查，卻沒有取得什麼有用的情報。只得到了王妃和騎士團長出軌，以及幾名大臣濫用職權做壞事之類的醜聞。

而後——

「主人，有很多魔巨人，我這麼報告道。」

「雖然外觀有些不同，但這和鼬人們使用的載人型魔巨人一樣呢。」

走進城門後，眼前有大約一百名騎士以及三十臺載人魔巨人如同儀隊般列著隊伍，同時四座城牆塔的頂端各有一名俯瞰著我們的飛龍騎士。

飛龍騎士搭乘的飛龍是藉由螺絲支配，跟之前的載人魔巨人一樣都是鼬帝國的兵器，似乎是經由比斯塔爾公爵領的叛亂軍得手的。

「真是盛大的歡迎啊。」

指揮官在發現我們之後吹起喇叭，魔巨人隨即發出金屬的摩擦聲紛紛拔出劍來，用劍組成華麗的拱門。

——哦哦，真是賞心悅目呢。

令人意外地，優沃克王國的國王似乎很歡迎我們。要是能錄下來就好了，總之就先把這美妙的景象拍下來吧。

「真是幼稚的威嚇呢。」

「是的，莉薩。這樣的戰力不足以威脅我們，我這麼評價道。」

……原來這不是盛大歡迎的節目演出嗎?算了,反正我看得挺開心的。

我輕咳一聲轉換心情,以合乎希嘉王國貴族舉止優雅地走過劍拱門。

盡頭是全副武裝的騎士團長,那個與王妃出軌的人。

「感謝您的隆重歡迎。」

我發自內心地向他道謝。

「老夫是騎士團長霍爾亨·米德納克伯爵。在此歡迎希嘉王國的觀光副大臣潘德拉剛子爵來訪。」

出軌騎士團長低著頭歡迎我。

雖然順風耳技能聽見他小聲地說出「這種小鬼竟然是副大臣?」這種話,但我能理解他的心情,所以聽過就算了。

對方伸出右手,於是我也伸手握了回去。

力氣還挺大的,不愧是剛力技能的持有者。

「唔、唔唔唔唔。」

經過時間稍嫌長的握手之後,騎士團長面紅耳赤地發出呻吟。

我明明只是用和他差不多的力氣回握,難道弄痛他了嗎?

「那、那麼老夫來帶路,請跟我來。」

騎士團長宛如甩手般結束握手，隨即轉身朝城內走去。

總而言之，反正友好的問候也結束了，我們便跟了上去。剛才迎接我們的騎士們也一同跟在後方。他們是護衛嗎？

「——似乎還打算繼續威嚇，但殺氣變弱了。」

看來是我搞錯了。

「是的，莉薩。主人，可以讓他們見識一下真正的威迫嗎，我這麼提問道。」

還是別這麼做吧。

我對娜娜搖了搖頭。

在騎士團長的帶領下，我們一邊欣賞與希嘉王國不一樣的建築風格與美術品一邊前進。

女僕和文官的衣服似乎也和希嘉王國的有些許不同。或許是布料的質地不佳，或是穿搭和動作不夠專業，總覺得看起來有點俗氣。

隨後我們抵達謁見大廳，並依照騎士團長的指示低著頭等待國王。

『艾爾迪克大王國正統繼承人，優沃克王國國王，烏沙路沙基斯十七世陛下駕到～』

國王伴隨有著獨特節奏嗓音的宣告登場，因此我低頭悄悄看了過去。

坐在由奴隸抬著的轎子上進入大廳的國王，臉色宛如生病一般異常憔悴。原本還懷疑是不是吃了奇怪的藥，但他身上除了酒精依賴症之外沒有其他異常。

雖然是之後才知道的，艾爾迪克大王國似乎是指很久以前，包含這個國家在內的中央小國群仍是統一大國時的名字。

『希嘉王國觀光副大臣潘德拉剛子爵，抬起頭來。』

從正面看來，國王的表情就像發燒一樣，唯獨目光依然炯炯有神。

『唔嗯，還真年輕呢。你究竟是搜刮了沙珈帝國的返老還童藥呢，還是混了妖精族之血的人族呢──』

要是妖精族和人族之間能夠留下子嗣的話我會很開心，但是很遺憾，波爾艾南之森的高等精靈心愛的雅潔小姐已經說過這是絕對不可能的。

『──又或者只是讓一名普通的年輕人擔任架空職位，好過來愚弄朕。』

『事情並不是陛下所想得那樣。』

我從戴在禮服胸前的勳章中，挑出最為罕見的希嘉王國退龍勳章，以及感覺最出名的祕銀勳章取下，隨即為了讓國王看清楚而高高舉起。後者是成為祕銀冒險者時，與祕銀證一同取得的勳章。

國王身後的紋章官似乎見過這些勳章，只見他立刻和上司大臣說起悄悄話，並將這件事告訴國王。

『──退龍勳章？你擊退過龍嗎！』

『只是協助了沙珈帝國的勇者隼人大人而已。』

雖然實際上擊退過，但主張獨力擊退不太有說服力，於是我便利用了勇者隼人的名聲。

可是，國王絲毫不理會我的謙遜之詞。

『這樣啊，擊退了龍嗎！把龍那種東西！』

國王搖搖晃晃地從王座上站起身，親信在他即將跌倒之際扶住了他。

『潘德拉剛！朕賜你伯爵之位！來當朕的家臣！』

不知國王是對龍著迷還是有心理陰影，只見他一臉拚命地試圖說服我。

『只要讓**龍**以及能擊退龍的騎士臣服，就能平定分裂成小國的艾爾迪克地區，朕也就有可能登上艾爾迪克大王的寶座！不，肯定能成為大王！沒錯，就是大王！朕正是能成為大王之人！』

就像吸食了某種危險的藥物一樣，總覺得有點可怕。

『陛下，請靜下心來。』

『繆黛嗎……朕要成為大王——』

『當然，陛下一定能成為大王。』

一位臉上蒙著面紗，名叫繆黛的巨乳美女跑到國王的身旁說出某種類似咒文的話。

——噫，她居然是個精神魔法使。

那張面紗是高性能的認知妨礙系魔法道具，因此很難透過鑑定確認情報，不過根據AR顯示，她是名為「幻桃園」的組織成員。

從她的技能分配看來，感覺像是某個地方的間諜或罪犯。透過搜尋現有地圖之後發現，希嘉王國的王都及多個領都都存在這個組織的成員，不過沒有跟她一樣的精神魔法使。為了安全起見，還是先給她加上標誌。

之後再寫信給迷宮都市的波布提瑪前伯爵和王都的宰相，向他們請教關於「幻桃園」這個組織的事吧。用召喚信鴿呼喚信鴿來送信也不錯呢。

正當我想著這些事的時候，國王因為身體不適離開了大廳。

『艾爾迪克大王國正統繼承人，優沃克王國國王，烏沙路沙基斯十七世陛下退朝～』

『潘德拉剛！明天也過來王城！約好了喔！』

就算快要從逐漸離開的轎子上摔下來，國王依然大聲呼喊。

「潘德拉剛卿，雖然陛下這麼說，但陛下的性格變幻無常，或許到了明天就會改變主意，請別過於期待。」

騎士團長這麼叮嚀。

不過我也沒有任職的打算，所以無所謂。

比起這件事——

「我想跟宮廷魔術師歐路奇戴大人見面，想請您代為轉達。」

我決定切入此行的目的，也就是調查歐路奇戴的去向。

他應該不在王城裡，但由於這件事可能是機密事項，因此我試著請他替我傳話。

「歐路奇戴？潘德拉剛卿與馬托修很熟嗎？」

騎士團長一臉厭惡地反問。

「不是的，我並未見過歐路奇戴大人，只是想將朋友的留言與法杖交給他而已。」

我藉助詐術技能說出事先想好的設定，並從謁見前寄放的行李中拿出用山樹枝製作的高性能長杖給騎士團長看。

長杖頂端鑲了內含藍晶和光石的大水晶，偽裝得很有神祕感。

雖然不如亞里沙和蜜雅使用的法杖，不過性能也比希嘉三十三杖下位的紅帶們用的法杖出色。

「好優秀的法杖……」

謁見大廳裡的宮廷魔術師們就像受到法杖吸引似的湊了過來。

「就由我負責把這個交給馬托修大人吧。」

「不，交給我吧。」

總覺得莫名地受歡迎，看來法杖的外觀也很重要。

「馬托修大人不在王城裡嗎？」

「他因為對繆黛大人拋媚眼而被貶職了。」

「像他那種無能魔術士就適合待在廢墟城堡。」

「喂！不是嚴格交代過那是機密事項嗎！」

看來歐路奇戴被貶到了某個有「廢墟城堡」的地方。

這麼說來亞里沙曾經提過，魔族破壞了王城和城下町，連她所在的離宮也被焚燒殆盡，那麼很有可能是在說舊庫沃克王國的王都。

就直接問問看吧。

「難不成是在庫沃克王國的王都嗎？」

聽到我這麼問，有幾名不擅掩飾的人明顯露出把「糟糕」寫在臉上的表情。

「雖然很抱歉，但這是機密情報。雖然可以幫你傳話，但不能再說下去了。」

「這樣啊……那就麻煩您了。就說『我已經達成約定，你也該兌現承諾了』。」

繼續追問下去只會遭致懷疑，於是我裝出接受的態度，留下能任意解釋的留言，並將法杖交給眼前的宮廷魔術師。

長杖本來就是為了這個目的準備的幌子，就算被他拿走也沒問題。

我帶著從宮廷魔術師身上得到的情報離開王城。

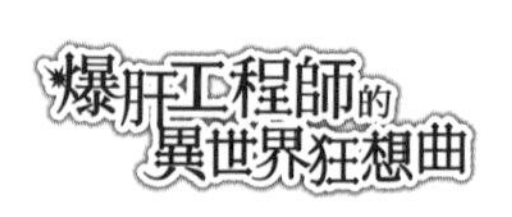

當天晚上，我在測試影魔法「影鏡」時順便聯絡了王都的小光。

因為能夠面對面講話，小光與雅潔小姐，以及拉庫恩島的蕾伊與優妮亞都給出比空間魔法「遠話」更高的評價。

「——幻桃園。」

「嗯，有個正在用精神魔法控制優沃克王國國王的人。」

「依然存在呢，那個組織。」

小光語帶厭惡地說。

本來打算拜託她去詢問宰相才會提起這個話題，看來她也認識這個組織。

「妳知道嗎？」

「我之前不是說過嗎？孚魯帝國有個使用『影鏡』的團體。」

這麼說來好像曾經提到過。

「有個叫做繆黛的不死身魔女，攏絡了孚魯帝國的有力人士引發各式各樣的事件。那傢伙也很擅長精神魔法，或許是那傢伙的魔法書在那個組織流傳下來了。」

「讓優沃克王神智不清的傢伙也叫做繆黛喔。」

「唔噫，該不會是將魔法書連同名字一起繼承了吧？雖然我不覺得那傢伙本人還活著，但還是小心點比較好。」

「說得也是，我會注意。」

畢竟有能夠返老還童的魔法藥以及長壽種族，就連小光本人也利用魔術版的冷凍睡眠艙活到現在，因此不是完全沒有可能。

「那些人似乎也把魔爪伸到了希嘉王國，麻煩妳把這件事告訴國王和宰相。」

我這麼說完，便將透過地圖發現的「幻桃園」成員及潛伏地點告訴小光。

這樣一來希嘉王國那邊應該就沒問題了吧。

正如騎士團長預言得一樣，國王並未再傳喚我。

大概是精神魔法使繆黛用了某種手段讓國王忘了我吧。

雖然有點在意她暗地操控這個國家的事，不過現在還是找出歐路奇戴的下落比較重要。

這個國家的危機就讓這個國家的人自己努力就夠了吧。

雖然有點多管閒事，但我還是透過空間魔法「物質轉送」將幾封寫著「魔女繆黛正在用精神魔法操控國王」的匿名信送給騎士團長與幾名宮廷魔術師，希望不會適得其反。

◆

「這裡就是舊庫沃克王都嗎……」

為了追尋宮廷魔術師歐路奇戴的行蹤，我獨自來到舊庫沃克王國的王都，也就是現庫沃克市進行偵查。

由於舊庫沃克王國是一個獨立地圖，因此我再度使用了「探索全地圖」魔法，但歐路奇戴不在庫沃克市內。

「……還真是荒涼耶。」

我試著用空間魔法「眺望」進行調查，這裡整體治安很差，而且隨處都能見到流浪漢。巷子裡都是排泄物和垃圾，其中還包含腐爛的屍體。看來舊庫沃克王國的居民大多被當成奴隸一般對待。

衛兵們也毫無職業操守，會露骨地提出賄賂的要求。

只有優沃克王國的士兵看起來比較有地位。

為了追尋歐路奇戴的下落，我前往有不少那類士兵的酒館。

「好像又出現了想溜進迷宮的笨蛋耶。」

一走進酒館，耳邊就傳來士兵們喧鬧的說話聲。

我消除氣息在吧臺角落就座，向經過的濃妝女服務生隨便點了杯酒，然後仔細聆聽士兵們的對話。

「又來了啊，真是些學不乖的傢伙。明明都公告過好多次迷宮被封鎖，只有我們優沃克王國的士兵才能進入。」

「不是啦，這次好像是優沃克的貴族大人。」

「真的假的。如果真的是貴族大人，就快點參軍去當那個惹人厭魔術士的護衛啊。」

「馬托修那個混蛋，自從跟將軍吵架之後，就一直待在迷宮深處哪。」

忽然就得到了歐路奇戴被貶職後到了哪裡的情報。

他似乎在被封鎖的迷宮裡策劃著什麼。

「我說的不是他，而是那個半年前來繼任的混球。」

「那傢伙也從一個月前就沒再回來過了。」

「那真是太好了，最好再也不要離開迷宮深處。」

「難怪沒有向我們地面部隊要求交接班。」

「所以將軍的跟班才能專心提升自己的等級啊～」

迷宮中似乎還有軍隊，但只要同時使用隱形斗篷和天驅，我應該能在不被發現的情況下輕鬆潛入。

「話說回來，你聽過那個傳聞嗎？」

「傳聞？是指徘徊的亡靈嗎？」

「就是那個！被滅族的王族亡靈！」

「那個亡靈是庫沃克的王族嗎？」

「好像是這樣喔。畢竟是拿王族當作活祭品才讓迷宮復活的嘛。」

「難不成是為了找出背叛自己的奸臣才會徘徊？」

「真是些蠢貨啊。」

「你是指亡靈嗎？」

「兩邊都是啦。無論是那些卑鄙的背叛者，還是對背叛者已經全部被烏沙路沙基斯陛下處刑的事一無所知，卻還在徘徊的亡靈都一樣。」

唔嗯，看來陷害亞里沙的奸臣已經不在世上了。

雖然依照亞里沙的個性應該不會開口說要尋仇，但我還是想讓背叛她的人向她道歉。不過，既然人已經死了，那麼做什麼都於事無補。

「——是這裡嗎？」

因為已經打聽到必要的情報，所以我轉移到庫沃克王國人民聚集的郊區酒館。

聽到亡靈的話題後，為了讓亞里沙和露露能去掃個墓，我打算來這裡向本地人打聽墓地的位置。

「歡迎光臨！啤酒一杯需要一枚優沃克銅幣，要先付款。不能用庫沃克銅幣喔！」

剛走進酒館，一名穿著十分暴露的女服務生立刻這麼說。雖然她的打扮很像妓女，但長相卻十分稚嫩，年紀大概跟露露差不多。

「有葡萄酒或蜂蜜酒嗎？」

「客人您是外國人嗎？用水稀釋的葡萄酒一杯是一枚半銀幣，沒有蜂蜜酒喔。」

「給我一杯葡萄酒，剩下的隨便給我來點下酒菜。」

我並未表明自己來自哪個國家，並拿出堆積在儲倉的沙珈帝國銀幣付了錢。

沙珈帝國的銀幣很大，至少會比優沃克王國的半銀幣更有價值才對。

「店長，點餐！葡萄酒和下酒菜拼盤！」

女服務生咬了咬銀幣確認是真貨之後，隨即將其塞進胸口跑進廚房。

「可惡，優沃克王國的那些混蛋。」

「就是說啊。用那麼低的薪水拚命使喚我們！」

「你們那裡會發薪水已經很好了，我們這兒可是打算分文不給蒙混過去耶。」

我擺出等待葡萄酒和下酒菜的模樣傾聽起醉客們的對話，突然就聽到抱怨的聲音。

對此表示贊同的人很多，果然舊庫沃克王國的人都累積了不少怨氣。

「畢竟就算去跟衛兵陳情，也只會挨罵或者被毆打，只能忍氣吞聲。」

「真懷念庫沃克王國的時候啊。」

「喂，說個祕密——聽說庫沃克王家的倖存者好像在希嘉王國。」

雖然我一瞬間以為是指亞里沙和露露，但正常想來應該是在說艾路斯吧。

「喂！那是真的嗎！」

「嗯，是真的。其中一位王子正在召集部下，似乎正在策劃從優沃克王國的傢伙手中奪回國家。」

還在想怎麼會知道得這麼詳細，他似乎就是老紳士提過的艾路斯的部下。

雖然不知道名字，但他應該是為了在當地募集反抗組織成員而被派遣過來的人。

「真不愧是王子。要是那個魔女還活著，真希望她能向王子看齊。」

「喂！不該用魔女稱呼吧！隱祕公主不也是努力想讓我們的生活變好嗎！」

「你是指『富國的隱祕公主』？那個叫『肥料』的東西會產生魔物，我家的田地還因此腐爛，真是糟透了。」

「公主殿下只是被優沃克王國的爪牙利用了而已！」

有些人怨恨亞里沙，也有人出面維護她。

「哼！有著不祥紫髮的傢伙能幹什麼啊！她可是個把超級醜女當作侍女，興趣十分糟糕的傢伙耶？」

女服務生朝低聲訴苦的醉客們大聲說。

不祥的紫髮應該就是指亞里沙，那麼後者肯定是指露露吧。雖然最近很容易忘記，但當地的人都覺得露露長得很醜。因為這名女服務生看起來不像在王城中工作過，是露露在鎮上生活時的熟人嗎？

雖然聽他們說亞里沙和露露的壞話心境有些複雜，不過現在重要的是收集情報。

「好了、好了，各位。今天我請客，大家隨便喝，藉此紓發平日累積的怨氣吧。」

我出錢請客，讓女服務生鬧僵的場面緩和下來。

要是他們因為掃興回去的話，我就收集不到情報了。

「小哥，你是生面孔呢。」

「初次見面，我是旅行商人亞金多。」

剛才發現的艾路斯間諜前來打探我的來歷，於是我報出假名，同時把老紳士交給我的聯絡用木牌悄悄露了出來。

「哦，你是旅行商人啊！有什麼能賺錢的事嗎？作為代價，我也會把自己知道的事告訴你喔。」

「那真是太好了。」

見到木牌之後，他似乎察覺到我跟艾路斯有關。

「——你們知道國王陛下和他的親信被埋葬在哪裡嗎？」

間諜先是偏過頭去，接著大聲地向醉客們詢問：「有誰知道嗎？」然而酒館裡的人似乎都不清楚。

「我知道！」

剛才那個說亞里沙和露露壞話的女服務生插嘴道。

「在哪裡？」

「嗯～該怎麼辦才好呢～」

女服務生挺起她那單薄的胸部，笨拙地誘惑著我。

「要是今晚用三枚銀幣買下我的話，我會在床上告訴你。」

看來這家酒館的女服務生也兼職當妓女。

就算是為了收集情報，我也不想和未成年的孩子上床。

「不好意思，只要情報就夠了。」

「被甩了呀，呵呵。不如咱來當你的對象吧？」

「吵死了！醉漢就滾去喝酒！」

女服務生向醉客大聲怒吼。

「——只要情報的話，要金幣一枚喔！」

看來我掃了她的興。

雖然她打算敲竹槓，但這點錢對我而言只算是誤差。

「成交。」

我把金幣放在桌子上。

接著抓住女孩打算直接拿走金幣的手，然後告誡她說「先說情報」。

畢竟她給我一種會拿了錢就跑的感覺。

「嘖！墓地就在王城後面的荒廢丘陵上。只有那附近寸草不生，我想應該很快就能找到才對。」

女服務生咂嘴一聲後，語帶不滿地將情報告訴我。

於是我向她道謝，把金幣遞給她。

「真虧妳知道呢。」

「聽說那裡也有我老爸過世弟弟老婆的墳墓。明明都那麼窮了，卻因為以前受過照顧，還是拿出僅剩的一點錢去向優沃克的士兵打聽。」

女服務生回答醉客的問題。

少女往廚房裡面走去，嘴上仍喃喃自語地說：「明明有那筆錢就不用挨餓了。」

接著我前往剛才的士兵酒館，確認到被處刑的國王夫妻及重臣都被埋葬在舊庫沃克王國的王城後方，貼身伺候王族的侍女和書童似乎也被葬在同一塊墓地裡。

那麼，就去確認地點吧。

都市中心有個稍微隆起的小山丘，舊庫沃克王國的王城就建在那裡。

「這附近依然維持著廢墟的狀態嗎……」

王城周邊的貴族區因為魔族引發的大火而被燒燬，不知道是爆炸還是什麼原因，到處散落著瓦礫。

位於中間的舊庫沃克王國王城大半都變得焦黑崩塌，這應該就是亞里沙所說的魔族襲擊的痕跡吧。

天守閣附近尤其特別嚴重，宛如被導彈擊中般缺了一塊，其中一座尖塔還被打碎陷進了地面。

——唔噫。

尖塔的頂端大概是有幽禁貴人的房間，從碎石的縫隙能窺見房間的其中一面牆壁寫滿了凌亂的文字，可以感覺出被關在裡面的人發瘋到何等程度。

我默默祈禱被囚禁的人能夠安息，然後離開了現場。

「是這裡嗎……」

如同女服務生所述，我馬上就知道地點了。

在只有稀疏雜草生長的荒廢丘陵角落有個寸草不生的地方。看起來只是泥土稍微隆起，上面連墓碑都沒有，感覺上就是挖個洞埋起來而已。

在把亞里沙她們帶過來之前，至少先準備個墓碑吧。

我從儲倉裡拿出堅硬的隕石，用土魔法「石製結構物」製作墓碑。或許因為是流星雨的隕石，用石製結構物魔法加工起來有些困難。

總而言之，反正也知道地點了，我便為了將夥伴帶來而使用歸還轉移。

◆

「這裡就是墓地……」

「真過分呢。無論城堡還是貴族街，都一直維持著被魔族燒燬的樣子。」

我帶著夥伴們回到墳墓這裡。

還以為亞里沙和露露會突然哭出來，但她們只是帶著嚴肅的表情站在墳前。

「亞里沙。」

「謝謝妳，蜜雅。」

亞里沙接過蜜雅遞出的花束，將之供奉在墓前。

「露露，香給妳。」

「感謝妳，莉薩小姐。」

莉薩將點燃的香交給露露。

香和念珠都是依照亞里沙的要求製作的。

「墓前參拜要雙手合十祈禱逝者安息，我這麼告知道。」

「系。」

「是喲。」

在娜娜的教導下，小玉和波奇帶著乖巧的表情雙手合十。我也在香爐點上沉香，跟大家一同祈禱故人安息。

眾人祈禱完後，亞里沙和露露依然雙手合十閉著眼。

她們一定有很多事要向故人傾訴吧。

「——久等了。」

「讓大家久等了。」

結束祈禱的亞里沙和露露的眼角帶有些許淚光。

「已經可以了嗎？」

「嗯，已經祈禱夠了。」

「我也和母親道別了。」

我取出手帕替她們拭去眼淚。

「謝謝你，主人——話說回來，這裡還真是煞風景呢。」

亞里沙環視墓地。

糟糕，除了墓碑之外，要是記得在周圍種點花就好了。

「主人，可以借我樹靈珠嗎？」

「可以啊，需要花的種子嗎？」

「哈哈哈，真是瞞不過主人呢。」

大家一起在墓地四周撒下種子。

「露露，一起來吧。」

「嗯。」

亞里沙舉起樹靈珠對露露說。

於是露露把手放在亞里沙拿著的樹靈珠上。

「把力量借給我們吧，樹靈珠。讓父王、母后、王兄們和莉莉的墓地——」

兩人一同伸出握住樹靈珠的手。

「「——布滿盛開的花朵。」」

從兩人手中流出的魔力透過樹靈珠擴散到整個大地。

「花～？」

「好漂亮喲。」

種子開始萌芽，綻放出色彩繽紛的花朵。

那都是一些彷彿寄宿著兩人對故人溫柔思念的可愛花朵。

「佐藤。」

蜜雅拉了拉我的袖子。

花叢中站著一名身體半透明的年輕男子。

他是昭和時代的少女漫畫中常見的黑色長髮美男子。與那輕佻隨興的容貌相反，他的表情看起來有些憂鬱。

以亞里沙和露露的父親來說有點年輕，是她們的哥哥嗎？

「……尼斯納克先生。」

露露小聲地說。

「尼斯納克！」

與露露相反，亞里沙在見到被稱為尼斯納克的男人之後怒氣沖沖地大喊。

此時尼斯納克與亞里沙她們之間出現一道看似空間魔法「隔絕壁」的透明牆壁。

緊接著，又出現了幾顆像是在包圍他的火球。

「背叛我們、出賣王國的你，竟然還敢不知羞恥地出現在我們面前！」

看來他就是害亞里沙他們變成奴隸的元凶，也就是那位奸臣。

露露小聲地告訴我：「尼斯納克先生是和本先生他們一起協助亞里沙進行改革的人。」

「說點話來聽聽啊？」

就算挨了亞里沙的罵，尼斯納克依舊一言不發，只是專心地注視著亞里沙。

「還是說變成幽靈之後連話都沒辦法說了？」

亞里沙讓浮在空中的火球慢慢接近尼斯納克。

受到魔法火焰焚燒，終於發現火球的尼斯納克總算開口說：

『——看來魔族幹得不錯呢。』

他那獨特的嗓音迴蕩在花園裡。

「幹得不錯？聽你的說法，難不成燒燬離宮和王城的魔族是你指使的？」

面對亞里沙帶刺的話語，尼斯納克點點頭。

『亞里沙大人，拜託您。請您去拯救陛下他們的靈魂。』

「你這叛徒在說什麼鬼話。」

聽見尼斯納克的請求，亞里沙皺起眉頭。

『我不會要求您原諒我，就算永遠被罪孽之火焚燒也無所謂。』

「真是不錯的覺悟呢。我會把你連同魂魄都燒個精光。」

飄浮在尼斯納克周圍的火球變得更加猛烈。

『如果亞里沙大人這麼決定，我會欣然接受。但是，在那之前我有件事必須告訴您。』

亞里沙眼神冷漠地抬了抬下頷，催促他繼續說下去。

『陛下等人的靈魂被用來復活迷宮，他們的靈魂至今被囚禁在迷宮核中飽受痛苦，請您去拯救陛下他們的靈魂吧。』

「意思是要我去迷宮的最深處破壞迷宮核？你知道自己說的話有多強人所難嗎？」

『那當然——不過，我認為如果是亞里沙大人背後的各位，就有辦法做到。』

尼斯納克看著我和莉薩。

此時亞里沙背對尼斯納克，用眼神向我詢問，於是我朝他點了點頭。

「我明白了，但可別誤會了！我才不是受你所託才這麼做，只是不能放任父王他們繼續這樣下去而已。」

亞里沙的手一揮，解除飄浮在尼斯納克周圍的火球。

「主人，聖碑借我一下。」

看來她不想讓叛徒尼斯納克被火魔法燃燒殆盡，而是希望通過聖碑令他成佛。

「這樣好嗎？」

「嗯，死人就該成佛嘛。」

真像亞里沙會說的話。

我從儲倉中拿出聖碑遞給亞里沙。

「謝了，主人。」

聖碑呼應亞里沙的魔力發出藍光。

『請您等一下，亞里沙大人。』

尼斯納克制止了她。

『我是個罪人。像我這種忤逆您，還引發國家滅亡契機的人，應該被束縛在現世繼續受苦才對。』

「——你是認真的？」

『是的。』

亞里沙和尼斯納克凝視著彼此。

「……這樣啊。」

亞里沙隨口回答後就走出墓地。

「這樣沒關係嗎？」

「沒關係。」

亞里沙語氣僵硬地回答我的問題。

「那傢伙總是那麼頑固……」

我的順風耳技能聽見亞里沙不成聲的呢喃。

「你們曾經是同伴呢。」

「——嗯。他不像本他們一樣幫我驗證實驗，而是一直在替我獲取預算、四處說服貴族，以及協助確保實驗場地。」

「是個優秀的人呢。」

「嗯。不過他對他人的惡意有些遲鈍，因為過度追求理想，上了蠢貨們的當，因此背叛了我，還引發國家滅亡的契機。」

據說尼斯納克為了調解亞里沙與疏遠她的第二王妃派系和設法保護既得權益的大臣們，以及因迷信而嫌棄她紫色頭髮的人們而來回奔波。

雖然亞里沙並未詳細說明，但似乎是優沃克王國的間諜利用了他的善意，讓內政改革接連失敗，最後導致亞里沙的負面傳聞廣為流傳。

不過光是那樣也只能說是「失敗」，還稱不上「背叛」。我想尼斯納克應該做了某種程度的事吧。

「那傢伙的事——就別再提了吧。」

亞里沙像是與過去告別似的搖搖頭。

「主人，還有各位。可以陪我跑一趟迷宮嗎？」

聽見亞里沙見外的請求，我粗魯地摸了摸亞里沙的頭髮並回答：「當然可以。」

當然，大家也都異口同聲地答應了她。

幕間：前哨戰

「訓練真是精良。雖然背叛了領主，但真不愧是原公爵領的軍隊啊。」

「是啊，裝備也能夠匹敵王國軍。若沒有英傑劍和英傑槍，要討伐對方的騎士就得費一番工夫吧。」

先遣部隊的指揮官和副官正在評論遭遇戰的叛亂軍。

「讓第一批叛亂鎮壓部隊全軍覆沒的都市就在這前面嗎……真希望能快點解決並返回王都啊。」

「王都那邊有什麼在意的事嗎？」

「我出嫁的女兒快要生孩子了……」

真希望不用來戰場，而是留在王都和家人一同慶祝外孫誕生——指揮官這麼說道。

「報告——！北邊山路上發現了所屬不明的三十人集團！」

「以敵人的增援看來有點少啊。」

「沒有發現比斯塔爾公爵領的旗幟。」

「——是加入叛亂軍的傭兵團嗎？這可不能放著不管。派出五十名馬瓦茲卿的後備軍去處理。」

接到指揮官的命令，五十名士兵前去迎擊。

「……訓練程度低劣，只比民兵好一點的程度嗎？」

指揮官用望遠鏡確認北方展開的戰鬥，隨即失去興趣，把注意力轉回正面的戰場上。

緊接著，北方戰場上響起巨大的吶喊聲。

「閣下！看那邊！」

在副官的催促下，指揮官再次拿起望遠鏡往北方戰場一看。

接著發現數名戰士身穿模仿龍或惡魔外型的沒品味鎧甲，在王國軍的隊伍中橫衝直撞。

他們以看似使用了身體強化的驚人臂力揮舞著大劍，每次揮劍都有好幾名士兵倒下。

「那群傭兵之中有著名的騎士嗎？」

「大概是沒落的冒險者吧。不過，他們還真不走運。迎擊部隊包含馬瓦茲卿在內有六名騎士，他們很快就會被收拾掉吧。」

迎擊部隊的騎士們衝向那些沒品味鎧甲群，一口氣逆轉了局勢。

「真不愧是得到陛下贈與『英傑劍』的馬瓦茲卿——」

副官的話說到一半就停了下來。

以馬瓦茲卿為首，擁有「英傑劍」的騎士們無論是砍下沒品味鎧甲戰士的手，還是打碎他們的劍，對方仍舊毫不猶豫地攻過來。

猝不及防的騎士們相繼被沒品味鎧甲戰士所擊敗。

「那些傢伙到底是怎麼回事？」

「是屍藥嗎……」

「屍藥沒有那種程度的力量——難不成是裝了魔人心臟！」

指揮官回想起在王都的比斯塔爾公爵府襲擊事件中，襲擊者們身上植入的禁忌裝備。

「報告！西北方的山丘上再次出現增援！也確認了從魔的身影。」

況且這次的增援中似乎還有超過十名穿著沒品味鎧甲的人。

「螺絲使用者嗎……」

「這下可麻煩了。」

「嗯，有點不妙啊。雖然不是贏不了，但是友軍會進一步受到打擊。」

指揮官在短暫的猶豫後立刻做出決定。

「不能在這裡折損兵力，撤退吧。」

雖然先遣隊迅速開始撤退，然而為時已晚。

叛亂軍騎士們坐在從魔蛇龍上，已經擺好架式堵住了退路，其數量總共有二十人。

「前有惡魔後有龍嗎……準備突破！騎士們上前！弓兵放箭，協助騎士推進！」

指揮官做好損兵折將的覺悟，下令部隊中實力最強的騎士們排除強敵蛇龍。

「——真強悍。」

「是啊，對於普通的騎士來說算是難纏的強敵。」

雖然手持英傑劍的三十級騎士能夠輕鬆解決，但是那種人在先遣部隊中並不多。

再加上叛亂軍騎士們利用蛇龍會飛的特性，試圖拖延戰鬥時間。

這麼下去沒品味鎧甲會與叛亂軍本隊匯合，追上殿後的部隊。

眼前毫無辦法的困境，讓指揮官感到一陣胃痛。

就在這時，救世主出現了。

「呀哈哈啊啊啊啊啊啊啊啊啊啊啊啊啊！」

帶著紅光的大鐮刀一閃，將蛇龍連同騎在上面的叛亂軍騎士一起劈成兩半。

身穿白色鎧甲的戰士高聲大笑著屠殺蛇龍和騎士。

「……希嘉八劍。」

「手持大鐮的女性——不會錯的！那是『割草』盧歐娜大人！」

副官興奮地指著盧歐娜這位出乎意料的援軍。

「跟上盧歐娜大人！」

「——『風刃』是也！」

隨後現身的戰士們也追上盧歐娜接連討伐了蛇龍和叛亂軍騎士。

他們無一不是能讓擁有「英傑劍」的馬瓦茲卿相形見拙的高手。其中身穿紅色鎧甲、手持冰劍的騎士，以及渾身纏繞著風、一襲輕裝鎧甲的劍士尤為出色。

「什麼嘛？這不是有一群穿著帥氣鎧甲的傢伙嗎！」

盧歐娜在擊退蛇龍部隊之後，發現追上先遣軍殿後部隊的沒品味鎧甲戰士們。而屠殺殿軍士兵，連趕來支援的騎士也一併擊敗的他們在察覺到盧歐娜的視線後，彷彿感到害怕般地開始後退。

「要上了喔喔喔喔喔喔喔！」

盧歐娜朝沒品味鎧甲衝去。

「盧歐娜大人！那些傢伙是不死身！請務必小心！」

「喔！——死極斷頭臺！」

紅光劃出弧線，將沒品味鎧甲連同戰士一刀兩斷。

「什麼嘛，根本不夠看。你們聽好了！別輸給這些傢伙嘍！」

「「「是！」」」

追上盧歐娜的希嘉八劍候補們也紛紛用冰之魔劍或纏繞著風的魔刀將沒品味鎧甲群砍倒

在地。

「好、好厲害……」

「不虧是守護王國的希嘉八劍——」

就連被視為不死身的沒品味鎧甲戰士們，面對希嘉八劍及其候補們壓倒性的戰鬥力，也變得如同雜兵一樣。

「——我們也跟上盧歐娜大人！雜兵由我們處理！別讓他們被流箭射中！」

先遣部隊在指揮官的指示下重整態勢。

在與叛亂軍展開衝突後不久，騎著軍馬的聖騎士們隨即抵達戰場，形勢已完全逆轉。

「這樣一來，初戰就是我們王國軍的勝利了呢。」

「嗯，看來叛亂軍的指揮官也決定撤退了。」

叛亂軍後方疑似指揮官的人物吹響大笛的聲音傳了過來。

「不過，盧歐娜大人似乎不打算放過他們呢。」

盧歐娜將穿著沒品味鎧甲的士兵盡數打倒後，便朝著叛亂軍騎士的所在方向衝去。

——GYAOOOOOSZ。

此時東北方的山丘對面傳來咆哮。

「是敵人的伏兵嗎？」

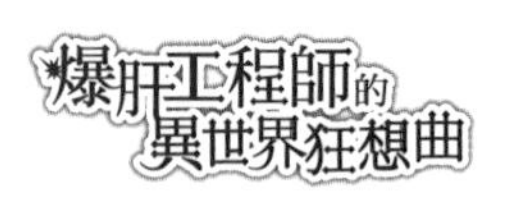

「說不定是那個讓第一批叛亂鎮壓部隊全滅的傢伙。」

盧歐娜他們中斷與叛亂軍騎士之間的戰鬥，消失到山丘的另一端。

——GYAOOOOOSZ。

魔物的咆哮響起，山丘對面冒出疑似為盧歐娜他們使用必殺技的紅光。

「只要有希嘉八劍的盧歐娜大人在，就算叛亂軍使役許德拉也是穩操勝券。」

副官像是在說服自己似的這麼說。

——GYAOOOOOOSZ。

山丘對面火焰衝天而起，盧歐娜他們渾身冒著黑煙飛了出來。

「盧、盧歐娜大人！」

副官驚訝地叫了出來。

即使身上滿是燒傷，盧歐娜他們依然立刻站起身，各自拿好武器仰望山丘。

「為、為什麼在這種地方——」

從山丘對面冒出的身影，令指揮官的聲音為之顫抖。

爬蟲類的面容與伸展的蝙蝠翅膀，那是——

「——龍。」

曾經有過這樣的傳聞。

可是幾乎沒有人真的相信。

要說為什麼，那是因為龍基本上只會出現在卓越的強者面前。

「還真的有嗎……」

龍——雖然正確而言是下級龍，但情況並沒有任何好轉。

沒有人有心思在意那隻龍戴著看起來有點滑稽的圓帽，以及牠手上抓著身穿華麗服裝男人的事。

「全軍撤退！以最快速度撤離！」

指揮官無視在一旁發著抖的副官，做出能最大限度保全兵力的指示。

——GYAOOOOOSZ。

龍在他們身後的山丘上展開翅膀，嘴裡的火焰如同舌頭般翻湧。

「火炎吐息——糟了！龍之吐息要來了！」

從龍口中吐出的火焰直逼騎馬全力逃跑的指揮官身後。

「米賽娜，我可能沒辦法擁抱妳的孩子了……」

指揮官感受著能讓人燒焦的灼熱空氣，同時女兒和妻子的身影如同走馬燈一般閃過他的腦海。

「喝啊啊啊！逆轉，死極斷頭臺！」

伴隨著盧歐娜的吶喊，指揮官身後灼燒的火焰往天上偏移。

她的必殺技似乎拉起了龍正在吐出火焰的頭部。

「由我來爭取時間吧。」

「我來幫忙。」

「在下也來。」

身穿紅色鎧甲、手持冰之魔劍的劍士「紅色貴公子」傑利爾，以及握著纏繞著風的魔刀的「風刃」包延來到剛揮完大鐮的盧歐娜身旁並肩而立。

龍先是威嚇性地張開翅膀注視著盧歐娜一行人，但就在手中那個身穿華麗服飾的男人喊出某句話後，便以驚人的跳躍力飛上空中，隨即乘風消失在山丘的另一端。

戰場上已經不見叛亂軍的蹤影，僅留下無數沉默的屍體暴露於荒野。

「是放過我們了嗎……」

「嗯，多虧了盧歐娜大人，我們才能撿回一條命。」

「話說回來……龍竟然在協助叛亂軍？而且好像還帶著馴服師……」

龍看起來就像在幫助叛亂軍撤退，並且依照身穿華麗服裝的男人下的指示撤退一樣。

不過，「那種事真的辦得到嗎？」的常識正在影響指揮官做出判斷。

「這已經超出前線指揮官的判斷範圍，接下來就交給將軍大人和比斯塔爾公爵吧。」

指揮官決定不去思考這超越常識的難題，選擇優先完成自己的職責。

「軍官去確認自己的部隊！並去回收倖存者，準備和本隊匯合！」

感謝著能撿回一條命的幸運，指揮官高聲大喊。

活祭品迷宮

「我是佐藤。雖然瘋狂科學家總會理所當然地登場在以前的故事中，但由於最近很少見到，總感覺有點美中不足。不過，現實中絕對不會想見到這種人就是了呢。」

「戒備森嚴，我這麼告知道。」

「畢竟這裡就像是優沃克王國的練兵場啊。」

見到迷宮前的多層柵欄和在戰壕間來回巡邏的士兵們，娜娜和莉薩這麼評價。

「主人，要怎麼進去呢？」

「強行突破？」

「不會用那種危險的手段啦。」

實際上那是最容易進去的方法，但我不太想這麼做。

「我先潛入之後再來接大家。」

「小玉也一起去～？」

「哦哦，忍者小玉要發揮本領了嗎！」

擔任隊伍斥候的小玉具備讓人無法察覺的技能，所以帶她去應該沒問題吧。

波奇看起來也想同行，不過在聽到亞里沙說「武士的職責就是在後方做好準備喔」之後，便決定留下。

「那麼，穿上這個就出發吧。」

「忍忍～」

我將隱形斗篷披在換好粉紅色忍者服的小玉身上。當然，我自己也是。

「現在開始就靠手勢交流。」

「系。」

我離開夥伴們，在陰影之間穿梭奔馳。

不久之後，我們來到守衛的士兵之間沒有任何遮蔽物的地方。

「啟動隱形斗篷吧。這裡開始小玉走前面，我會好好跟在後面，放心吧。」

「系。」

我們對隱形斗篷注入魔力進入光學迷彩狀態，躡手躡腳不發出聲音地穿過警備的士兵們之間。因為我能看到變透明的人，所以毫不猶豫地跟在小玉後面。

雖然有點擔心會不會遇到擁有魔力感知系技能的人，但由於迷宮前擺放著正在運作的魔力爐，所以像隱形斗篷這麼微弱的魔力應該不會被發現才對。

話說回來，設置在陣地的魔力砲和火砲都是朝向迷宮外面，實在很令人在意。

他們似乎不是在警戒闖出迷宮的魔物，而是外部的襲擊。

——唉呀。

小玉已經在迷宮入口前面等待我的指示，於是我一個滑步來到小玉身旁。

迷宮入口加裝了一扇鐵製的門，平時似乎都是關著的。

我等到士兵進出時，抱著小玉用天驅穿過他們的頭頂進入迷宮中。

這裡比起賽利維拉迷宮，感覺更像公都地下的遺跡，有一股霉臭味。

我們離開設有火把的通道，確認周圍沒有其他人的氣息後脫下隱形斗篷。

「辛苦了，成功潛入嘍。」

「Mission complete～」

小玉轉來轉去跳起舞。

看完她開心的舞蹈，我用探索全地圖獲取迷宮的情報。

——咦？

依照我所擁有的資料，這個迷宮應該叫做「小鬼迷宮」才對，可是顯示在地圖上的名字

卻是「活祭品迷宮」。或許是因為用庫沃克王國的王族當作活祭品復活的緣故，導致名字改

變了吧。

我繼續瀏覽其他情報。

雖然不知道迷宮的「迷宮核」與「迷宮之主」的所在地，但是在中層附近和最下層都有通往其他地圖的通道跟大門，因此迷宮之主肯定就在裡面。而迷宮核應該就在其中一個空白地帶之中才對。

要是中層的其他地圖就是此行的目的地——擁有「強制」技能的宮廷魔術師歐路奇戴・馬托修的據點——就能開心地省下不少功夫……

「去迎接～？」

「說得也是。該去帶大家過來了。」

我設置完刻印板之後，便用歸還轉移往返轉移點與夥伴們的所在地，把她們帶了過來。

「那麼，目標是迷宮中層區域的地下二十層、二十四層，以及最下面的第五十層。」

「既然提到分層，也就是說這個迷宮是正統的樓層型迷宮嘍？」

我向亞里沙點了點頭。

因為聖留市的迷宮以及迷宮都市賽利維拉的迷宮都不是樓層型，所以不太清楚這樣算不算正統。硬要說的話，公都地下的廢墟應該算是樓層型吧？

「我認為宮廷魔術師歐路奇戴就躲在中層區域的其中一層。首要目標是抓住那傢伙，讓他解除亞里沙和露露的強制。」

雖然因為怕大家擔心所以沒有講出來，其實讓我被施加強制，藉此取得強制技能也是其中一個方法。

「另一個目標就是潛到最下層打敗迷宮之主，將束縛亞里沙與露露親兄弟靈魂的迷宮核破壞掉。」

這邊只要破壞就好，因此比較簡單。

「這個迷宮的敵人大多是達米哥布林、達米歐克、達米巨魔之類的雙足步行魔物。每種魔物也都存在類似影小鬼的衍生類型，切記不要大意。」

除此之外，也有史萊姆和老鼠這類的生物以及奇美拉。

「迷宮裡也存在拿魔物來訓練的優沃克王國軍。雖然我會儘量選擇不會碰到他們的路線，不過有些地方無法完全避開，屆時記得躲起來迴避他們。」

夥伴們表情充滿幹勁地回應我的提醒。

「走吧。我和波奇打頭陣，中間則由娜娜和露露一前一後來保護蜜雅和亞里沙，殿後就交給莉薩和小玉了。」

由於道路狹窄，因此我們採取變形二列縱隊的方式前進。

一走進迷宮，我們馬上就遇到達米哥布林。

——GGWOOOOOOOZB。

「太慢了！喲！」

波奇鑽過達米哥布林．格鬥家揮出的勾拳下方躲開攻擊，隨即由下往上砍向格鬥家毫無防備的身體。

——GGWOOOOOOZB。

——GGWOOOOOOOOZB。

這次是達米哥布林．劍士和達米哥布林．盜賊跳了過來。

「嘿呀～喲。」

波奇一腳把盜賊踢到空中，把牠當成應付劍士揮劍的坦克。

接著收回的腳往地面一蹬，用發動魔刃的魔劍同時將兩隻哥布林一刀兩斷。

「達米的人打起來不過癮喲。」

「波奇，不要大意了。」

莉薩告誡大意的波奇。

「是喲。波奇的心『常宅戰場』喲。」

她大概是想說「常在戰場」吧。

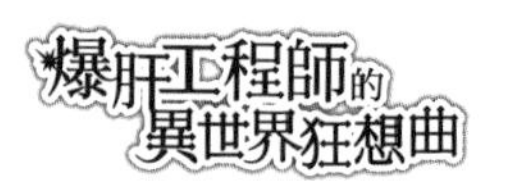

「這次是又肥又大～？」

「又肥又大指的是歐克吧。」

「姆，討厭豬鼻子。」

「是的，蜜雅。達米歐克的視線很下流，我這麼告知道。」

達米歐克從陰暗的角落大搖大擺地走過來。

與在公都和王都地下見到的妖精族歐克不同，這裡的達米歐克外觀就和電腦角色扮演遊戲中登場的豬臉半獸人一模一樣。

「先發制人，水煮豬肉之術！」

亞里沙發出的火魔法「火焰噴射」讓達米歐克全身燒了起來。

當然，世上並沒有亞里沙所說的「水煮豬肉之術」，單純是她趁勢順口編的吧。

「火遁之術～？」

小玉用火遁之術將悄悄接近她背後的影小鬼燒個精光。

這不是魔法，而是利用了火石粉末的忍術。

「哥布林和歐克的數量很多呢。」

「是的，露露。一旦看見一隻，就會接連出現三十隻左右，我這麼告知道。」

露露一邊說，一邊用兩把手槍不斷射穿達米哥布林和達米歐克的額頭。

娜娜則是用盾擊將露露來不及射擊的敵人打飛。

「佐藤。」

小型的希爾芙飄浮在蜜雅身旁。

「發現士兵。」

蜜雅指著其中一條通道。

她似乎把戰鬥的事交給其他人，自己透過分裂的希爾芙前去調查各路的前方。

令人困擾的是，士兵所在的通道是向下走的必經之路，因此結束戰鬥後，我便帶著大家一同前往那附近偵查。

「——是那裡嗎？」

優沃克軍的士兵們正在眼前的大廣場和魔物戰鬥。

對手是十五級左右的達米歐克集團。

他們似乎採用讓身穿破爛鎧甲的持盾士兵們承受達米歐克的攻擊，而穿著正式鎧甲的士兵們則在後方用長槍攻擊達米歐克的戰鬥方式。

『坦克隊，不准後退！』

後方的指揮官對因為達米歐克的強勁攻擊感到畏懼的盾兵們大喊。

真是過分的稱呼。

『都說了，不准後退啊！』

身後的長槍兵一腳將依舊不斷後退的盾兵踢飛出去。

『呀哈哈，那蠢貨的頭被歐克重重地敲了一下。』

『死了沒啊？』

『不，好像還活著。庫沃垃圾還真頑強啊。』

『你們幾個！少說廢話！』

長槍兵們嘲笑著盾兵的慘狀。

看來盾兵在部隊似乎很沒有地位。

「那是……」

「……庫沃克王國的紋章。」

我察覺到亞里沙的喃喃自語而回過頭去。

那些被稱作坦克隊的盾兵，似乎是舊庫沃克王國的奴隸兵。

後面的長槍兵則是優沃克軍的正規軍。

『時候差不多了……魔法隊，最後一擊！』

詠唱完畢的魔法使們使用「火球」和「石筍」等魔法攻擊達米歐克。

火魔法使與炎魔法使最多，接著是土魔法使。雖然也有風魔法使和水魔法使，但是人數並不多。另外好像沒有使用冰雷光暗這四系魔法的人。

「……好過分。」

魔法使們釋放的魔法將抵禦達米歐克猛攻的盾兵也捲了進去。

這裡的魔法使似乎水準很低。雖然幸好沒人喪命，不過仍舊出現許多燒傷和骨折的人。

『喂喂喂，不是刻意把他們捲進去的吧？』

『魔法使們的性格還真差呢。』

長槍兵們指著不斷在地面翻滾，試圖撲滅身上火焰的盾兵大笑。

就算是原本敵國的奴隸兵，這種待遇也太過分了。

「主人，沒見過的大型雙足步行類魔物正在接近，我這麼報告道。」

「似乎不是小巨人。不僅頭上有角，外型就跟放大版的達米哥布林一樣醜陋。」

我追著娜娜與莉薩視線看去。

「那是達米巨魔。」

是一隻等級三十，身高三點五公尺的龐大魔物。手上的巨大棍棒似乎是牠的拿手武器。

——ＬＵＯＯＯＲＧＡＡＡＡ。

達米巨魔渾厚的咆哮聲響徹整座廣場。

『隊長！巨魔來了！』

『這種地方竟然有巨魔？』

『本該在五層底下的魔物為什麼會在這裡？』

『是被魔法的爆炸聲吸引過來的嗎？』

『別慌張！從第一小隊開始按順序撤退。斥候丟煙霧彈！盾兵殿後！要是巨魔追上來的話就想辦法拖住牠。這是「命令」！』

優沃克王國的士兵開始撤退。

看來他們打算把滿是傷員的奴隸兵當作棄子。

「主人，求求您。請幫助那些人。」

露露眼眶泛淚地請求。

她的聲音讓低垂著頭、臉色蒼白的亞里沙抬起臉。

「沒問題，交給我吧。」

我撫摸露露和亞里沙的頭，用力點了點頭。

◆

「主人，該怎麼做？」

或許是覺得要是不快點插手，盾兵就會出現犧牲者，因此亞里沙一臉焦慮地問著我。

雖說已經有過半的優沃克士兵逃離充滿白色煙幕的廣場，但還有不少優沃克軍的眼線。

「當然是這麼做啦。」

——LUOOORGAAAA。

我用腹語術技能模仿達米巨魔的聲音，再用光魔法「幻影」映照出一大群巨魔。

湊巧的是，達米巨魔也因為幻影的出現而吃驚地停下腳步，一臉困惑地看了過來。

「波奇也來幫忙喲。」

「小玉也幫忙～？」

我將為了配合腳步聲引發振動的大錘交給小玉和波奇。雖然是娛樂用的武器，看樣子在意想不到的地方發揮了功用。

『又出現了新的巨魔！數量在十隻以上！』

『快逃啊啊啊啊！要被吃掉了！』

原本整齊撤退的優沃克軍在看到這群幻影之後開始四處逃竄。

『盾兵們！就算只剩一個人也要死守這裡！』

指揮官大聲喊出殘酷無情的命令，接著便消失在通道另一端。

我從儲倉中拿出幾顆巨大的岩石，並用時常展開的術理魔法「理力之手」扔了出去，擋住他們離去的通道。這樣就成功隔開了。

『可惡！巨魔扔的石頭把退路封死了！』

『不管怎樣，在那個混蛋隊長的命令下，我們也逃不了。』

『唉，既然都是死的話，我寧願為國家或家人戰鬥而死，也不想被巨魔吃掉啊。』

舊庫沃克王國的奴隸兵們說出悲壯的話語。

感覺再這樣下去他們可能會發起捨命攻擊，還是先把達米巨魔的注意力引過來吧。

——LUOOORGAAAAA。

我在用腹語術發出的達米巨魔咆哮聲中，加上了「嘲諷」技能。

「亞里沙，來記大的火魔法打倒達米巨魔。」

「我知道了！——豪火柱！」

火柱從達米巨魔的腳下噴湧而出。

達米巨魔試圖逃離火焰範圍，我便發動新魔法「鐵筍」，現場製作出牢獄把牠關起來。

『有能夠使用魔法的巨魔在！』

『是在自相殘殺嗎？』

『趁現在逃——唔啊啊啊啊啊！』

打算做出逃跑指示的奴隸兵當場蹲了下來。

看來是因為違反命令，結果被隸屬項圈勒住了。

——糟糕。

「我會讓他們昏倒，幫我在不被通道對面的士兵發現的情況下送他們到後面去。」

我將小型巨魔的幻影覆蓋在身上，用縮地衝到他們的中間。

『是小型巨魔嗎！』

『可惡，速度好快！』

我藉由綁架技能讓奴隸兵們接連昏了過去。

小玉和波奇做出嘴巴拉上拉鍊的動作，用擔架把奴隸兵抬到後方。娜娜和莉薩把奴隸兵夾在腋下，瘦弱的露露也揹起奴隸協助搬運。

亞里沙將送到後方的士兵們進行檢傷分類——也就是依照傷者的受傷程度排出先後順序，再讓蜜雅依照順序使用恢復魔法進行治療。

那麼，把傷兵交給大家就行了吧。

由於有士兵打算從阻塞的通道對面探出頭來，於是我朝通道上方發射火魔法「小火彈」。只見對面傳來士兵們的慘叫，以及指揮官動搖的聲音。

畢竟岩石的上半部在小火彈的影響下融化了，這麼一來他們應該暫時不會做出什麼多餘的事情吧。

我一邊替忙碌的小玉和波奇偽裝戰鬥的聲音，一邊試圖用腹語術表演出奴隸兵向達米巨魔挑起絕望的戰鬥，最終遭到全滅的感覺。

『不要吃！不要吃我——呀啊啊啊啊啊啊啊！』

——ＬＵＯＯＯＲＧＡＡＡＡ。

『竟敢把我的同伴吃掉！去死吧啊啊啊啊啊啊啊啊！』

——ＬＵＯＯＯＲＧＡＡＡＡ。

『唔啊啊啊啊啊啊啊啊啊啊啊啊啊啊啊啊啊！』

或許是演得太投入了，夥伴紛紛瞪大眼睛看著我。

……這讓人有些難為情，希望妳們別那樣看我。

之後我們幫奴隸兵們換上乾淨的衣服，並用死去的達米巨魔的牙齒和爪子撕裂他們沾滿血跡的鎧甲與衣服，並適當地扔在地上。因為這個房間有很多歐克的屍體，因此我用風魔法加以破壞，將肉塊和骨片散落各地。

這樣應該就能偽裝成奴隸兵已經死光了吧。

都借助偽造與贗品技能努力一番了，就算優沃克軍刻意用鑑定技能調查，也沒那麼容易被看穿才對。

◆

「……你是誰？」

『我是勇者無名大人的隨從，名叫庫羅，是受艾路斯殿下所託來拯救你們的。』

我變成庫羅的模樣，與恢復意識的奴隸兵們見面。

「勇者大人的隨從！」

「這、這裡是？」

奴隸兵們環顧起四周。

這裡是位於大沙漠的都市核房間。

我用單位配置將他們帶來這裡。雖然受到愛操心的亞里沙反對，不過最後還是以裝備她那能夠防止「魂器」受傷的祕寶「魂殼花環」作為條件，好不容易才讓她妥協。

「這裡是為了替你們解除奴隸契約所準備的地方。」

「真、真的嗎！你真的願意解除我們的奴隸身分嗎？」

「那當然。稍後會暫時將你們任命為名譽士爵，之後再剝奪爵位。」

或許是我的說明不夠充分，奴隸兵們一臉疑惑地看著彼此。

「這、這麼做有什麼意義嗎？」

「在最初授予你們爵位的時候，奴隸狀態就會被強制解除。要是用這個方法，就算沒有你們的主人，也就是優沃克軍的人同意也沒問題。」

見他們其中一人作為代表發問，我便將理由說出來。

由於他們都同意了，我就依序反覆進行著授予爵位、強制解除奴隸契約，再剝奪其爵位的作業，不斷協助他們脫離奴隸身分。

>獲得稱號「解放者」。

>獲得稱號「解僱者」。

莫名其妙地獲得了稱號，後者應該是因為剝奪爵位才得到的吧。

隨後我用「理力之手」抓住不再是奴隸的他們，用單位配置一一移動到卡格斯市附近的據點。

「艾路斯殿下就在那座都市裡，接下來就靠你們自己吧。」

這麼說完之後，我便將充足的入城稅，以及能與艾路斯取得聯繫的信交給他們。

因為穿著日常服裝可能會在入口處遭到懷疑，於是我用魔法「骨頭加工」迅速做出鎧甲和武器，也將裝有滯銷乾糧的背包一起交給他們。前者裝備的性能刻意限制在跟正規軍士兵差不多的程度，所以應該沒問題才對。

◆

「我回來了。我已經把他們送到艾路斯所在的都市了。」

「主人，謝謝你。」

「非常感謝你，主人。」

一回到迷宮，亞里沙和露露就一臉擔心地跑了過來，於是我將奴隸兵後來發生的事告訴她們。

「主人，已經完成巨魔們撤退的偽裝了，我這麼報告道。」

「謝謝，真是出色的偽裝呢。」

「嗯，完美。」

娜娜進行報告，蜜雅則是抬頭挺胸。

我拜託夥伴們偽裝巨魔們撤退的痕跡，沒想到完成度出乎我意料地完美，足跡與攻擊痕跡非常具有真實感。

「是蜜雅派出精靈前往下層將真正的巨魔引過來的喔。」

原來如此。我就說怎麼這麼有真實感，原來是用了真貨啊。

「主人，要回收貫穿巨魔屍體的鐵棘嗎，我這麼詢問道。」

娜娜說的應該是「鐵筍」在地面產生的幾根圓錐槍吧。

「雖然可以用我的魔法融化——咦，是鍍鐵？」

仔細一看，雖然稱作鐵筍，但是只有表面是鐵，本體依然是石頭。

鐵筍恐怕是聚集土中的鐵砂，藉由在石筍表面鍍一層鐵提升穿透力的魔法吧。

雖然回收的量應該不多，不過既然難得娜娜這麼提議，所以我用精煉魔法「金屬融解」和「金屬抽出」回收鍍在上面的鐵。

見到那一幕的波奇肚子咕嚕咕嚕地叫了起來。

「畢竟不能在這裡用餐，我們稍微去下面一點的樓層吃午餐吧。」

我將肉乾塞進波奇與小玉嘴裡，這麼向夥伴們提議。

我將亞里沙借我的「魂殼花環」還給她，並往下走了五層之後才開始享用午餐。因為這座迷宮沒有能取得肉的獵物，獸娘們看起來有些失望，於是午餐我便做了大量的肉類料理。

吃完便當恢復心情之後，我們便以中層的空白地帶為目標，繼續在達米巨魔變得常見的迷宮中前進。

「主人，出現了手臂變成大砲的達米巨魔，我這麼報告道。」

「另一邊則是擁有複眼的達米歐克，以及有好幾顆頭的達米哥布林在徘徊的樣子。」

來到目標的中層第一層時，娜娜和莉薩發現了奇妙的魔物。

「奇美拉。」

「是被歐路奇戴改造的嗎？」

「總覺得好可憐。」

優沃克王國為了增強軍力，似乎正在進行魔物的品種改良。

原以為AR顯示能夠表示奇美拉製作者的名字，然而備註欄卻沒有類似的情報。

「發現門～？」

此時前去偵查空白地帶的小玉回來了。

我們在小玉的帶路下前往門的所在地。

「紅色銹痕。」

「沒有好好保養，我這麼失望道。」

就如同蜜雅和娜娜說得一樣，分隔空白地帶和迷宮的鐵門上滿是銹痕。

「沒有陷阱喔～？」

我的發現陷阱技能也和小玉得出相同的結論，沒有找到陷阱的痕跡。

「小玉想試著開鎖嗎？」

「系。」

小玉用身上的全套工具嘗試開鎖。

「開了～」

「很了不起喔，小玉。」

「喵嘿嘿～」

我稱讚成功開鎖的小玉。

慎重起見，為了避免身分暴露，我變裝成庫羅的樣子，同時讓夥伴們也穿上全覆式的黃金鎧。

看來從門對面的走廊開始就屬於其他地圖的範疇。我藉由施展探索全地圖的魔法，得知裡面共有一名魔法使與呈睡眠狀態的數十隻奇美拉，以及十具左右可供魔法使使喚的魔巨人和活動人偶。

「主人，情況怎麼樣？」

「雖然有魔法使，但不是會使用強制的人。」

比起這個，問題在於奇美拉——的素材。

「緊急情況～？」

「沒錯喲！」

「主人，有敵人來襲，我這麼報告道。」

我關閉ＡＲ顯示的選單畫面。

在走廊前方的前衛成員腳下，散落著手部化為劍或盾牌的戰鬥用魔巨人殘骸。

「主人！請過來一下！」

在走廊對面巡視的莉薩呼喚我。

「……這是什麼？」

「唔嗯。」

眼前是超過十支調整人造人娜娜時使用的長條狀玻璃管，橙色的液體中浸泡著正在製造中的奇美拉。

「把人和魔物縫合在一起……」

露露啞口無言。

我把露露擁入懷裡，小聲地對她說「別看比較好」。

莉薩遮住波奇和小玉的眼睛，娜娜則矇住蜜雅的眼睛轉過身去。

「素材是庫沃克王國的騎士。」

亞里沙流著眼淚緊咬下唇。

『你們是什麼人人人人人人人人人人人人！』

一名穿著長袍的魔法使從房間深處走出來。

根據ＡＲ顯示，他的名字叫「貝多加」，不是我們在找的宮廷魔術師歐路奇戴。

『你們是來偷我的研究素材的吧啊啊啊啊！』

「憤怒的第一噴射拳──────！」

亞里沙發動無詠唱空間魔法痛扁用奇怪方式說話的貝多加。

『噗哇啊啊啊啊啊！』

貝多加的臉部凹陷，噴出鼻血滾回房間裡面。

大概是透過壓縮空間發射衝擊波，來發出非殺傷性的對人壓制系魔法吧。

縱然亞里沙怒不可遏，依然記得不要殺死對方。

就算這種時候也能用這種似曾相識的詞彙開玩笑，或許是亞里沙獨有的發洩方式吧。

『你、你竟敢打我的臉臉臉臉臉臉臉臉臉臉臉臉！』

「誰管你有沒有被老爸打過！討伐的第二爆裂拳────────────────────！」

亞里沙再度發出衝擊波痛扁摀著鼻子大叫的貝多加。

「收尾的第三衝擊────」

「亞里沙，到此為止。」

總覺得再繼續下去他會被殺掉，於是我打斷亞里沙的魔法。

『呼、呼要撒我！』

或許是衝擊波的風暴讓他屈服了，貝多加腫著臉頰、流著鼻血跪在地上求饒。

「這樣很難聽懂他說的話耶——」

我鎖定貝多加的嘴部使用治癒魔法，將以前調配失敗的苦澀液體澆在他頭上作為掩飾。

「能說話了嗎？」

『去死吧啊啊啊啊啊啊啊啊啊！』

貝多加並沒有回答我的問題，而是拿出藏在懷裡的短杖指著亞里沙。那似乎是類似手槍的火杖。

然而那把短杖沒有噴出火焰，而是連同貝多加的手一起被粉碎了。是露露的先制攻擊。

『唔啊啊啊啊，我的手啊啊啊啊啊！』

『敢抵抗就會沒命。』

我朝著貝多加施展威迫技能。

試著壓抑在對方勉強不會暈倒的程度。

『噫噫噫噫噫噫。饒、饒、饒命啊啊啊啊啊！』

嚇破膽的貝多加臉色發青地求饒。

『回答我的問題。』

『回、回答問題的話，就會放過我嗎啊啊啊？』

『只要你誠實回答，我發誓**我和夥伴們不會殺了你**。』

『知、知道啦啊啊。什麼都可以，儘管問吧啊啊啊。』

貝多加的臉上流下各種液體，拚命地點頭。

『第一個問題，這些奇美拉能恢復成原本的人類嗎？』

『怎麼可能恢復復復復，就好比草莓醬不能恢復成草莓一樣呀啊啊。』

貝多加表情僵硬，既哭又笑地說。

『用萬靈藥也不行？』

『粗製濫造的奇美拉姑且不論論論，但那對我這些用精靈技術打造的融合裝置製作的完美奇美拉是無效的的的的。』

——精靈的技術？

確認過玻璃筒裝置之後，發現製造者的名字顯示為「冬夜」。

這不是精靈的名字，或者該說製作這個裝置的人很有可能是轉生者。

我把這個名字記錄在需要特別注意的人物名單中避免忘記。

『也就是說，沒有復原的方法？』

『正是如此此此。不過如果是「賢者之塔」的那些怪人人人，或是鼬帝國的傢伙使用的禁忌之術術術，或許有辦法復原也說不定喔喔喔？』

雖然這可能是他隨口亂編的，但畢竟是亞里沙特地問出來的情報，還是先記下來吧。

『下一個問題，為什麼要把他們變成奇美拉？』

『雖然抱歉歉，但這是國王陛下的勒令令令。藉由植入龍的因子創造出最強「龍人」打造無敵軍團團團，以此作為復興艾爾迪克大王國的基石啊啊啊啊。』

罪魁禍首是那個國王嗎……

『那麼，龍的因子是什麼？』

『因為得到少量的龍血血血，所以把他們跟亞龍許德拉或蛇龍融合在一起起起。畢竟我的技術可是王國第一啊啊啊啊。』

如同這傢伙所說，被做成奇美拉的人都具有爬蟲類的特徵。

原來龍的因子是指龍血跟亞龍的部位啊。

『……喂，你們打算怎麼控制那麼強的龍人？』

『用針針針。利用植入腦內的「死命針」操縱縱縱縱。無論是擅長忍受拷問的人人，還是提倡高潔的臭騎士都一樣樣，沒有人能忍受來自無法鍛鍊的腦部傳來的疼痛痛痛痛。』

貝多加擺出一副瘋狂扭曲的下流表情回答亞里沙的提問。

這與其說是奇幻，更像是科幻系的裝置。或許這也和奇美拉融合裝置一樣，是來自轉生者的技術。

我搜索地圖，發現變成奇美拉的人們腦中與房間深處的金庫裡有個叫「死命針」的道具，於是我試著用「理力之手」加以回收，結果成功了。

『如果這樣依然無法控制的話？』

『屆時就會用埋在心臟的魔導炸彈把他們炸得粉身碎骨骨骨骨骨。』

貝多加得意洋洋地哈哈大笑。

「……不准笑————！生氣的終結彩虹拳！」

亞里沙用空間魔法發出衝擊波打飛貝多加。

這記宛如上勾拳的衝擊波，讓貝多加劃出如同彩虹般的弧線飛出去。

軌跡就像拳擊漫畫的終結技一樣漂亮。

「亞里沙，我已經把他們身體裡的針和炸彈拿出來了，放心吧。」

「謝謝你，主人。」

我抱起亞里沙，在她耳邊小聲地說。

接著用「理力之手」把打算趁機逃走的貝多加抓住，拖到我們面前。

『下一個問題，宮廷魔術師歐路奇戴．馬托修在哪裡？』

『歐、歐路奇戴戴戴戴？如果是指陰險的混蛋前任魔術士士士，就在下面四層的研究室裡喔喔喔。』

我們尋找的歐路奇戴，似乎在第二十四層的空白地帶。

『最後的問題，歐路奇戴在那裡做什麼？』

『你問那個背叛者在做什麼麼麼麼？』

貝多加怒火中燒地瞪著沒有任何人的地方說。

似乎是因為回想起歐路奇戴的事而發火了。

『他明明接受了陛下的勒令令令，卻對製作奇美拉兵這個重要的研究感到厭倦倦倦，把這個工作丟給我我我，只專注地顧著做自己的研究究究。』

『他自己的研究是什麼？』

『那個蠢貨的研究究究？印象中好像是說說說，尋找不受制約使用自己技能的方法吧啊啊啊？我也不太清楚楚楚楚。』

能自由使用強制的研究嗎……

要是那個研究成功的話，可就有點麻煩了。

『我已經回答全部問題了了了，你會按照約定定定，饒我一命吧啊啊啊？』

『在那之前，先把變成奇美拉的人都放了。』

『嗄嗄嗄嗄嗄？你說放了了了？』

『你不願意？』

亞里沙接二連三朝貝多加身邊發出威嚇的衝擊波。

『我、我這就放放放放放。』

貝多加操作起控制臺，將玻璃筒裡面的液體排出，筒子的本體逐漸向上開啟。

「還真聽話呢。」

亞里沙一臉疑惑地看著貝多加。

『……我不是在作惡夢吧。』

『難道又想讓我們去殺庫沃克王國的同伴嗎？』

『這次說不定是要讓我們自相殘殺。』

被做成奇美拉的騎士們從筒子底部站起身，說出悲嘆和想不開的話語。

他們的聲音夾雜大量摩擦聲和濁音導致有點難懂，所以我自行在腦內補正。

『你們幾個個個個！這次的敵人是那些小鬼鬼鬼！給我全殺了了了了了！』

貝多加語氣尖銳地指著我們大喊。

『這次居然是小孩嗎……』

『乾脆和那個魔術士同歸於盡……』

受到奇美拉騎士注目的貝多加語氣焦急地說：『看、看不到這東西嗎啊啊啊！』並從懷裡拿出看似裝有按鈕跟拉桿的握柄狀物體。

『……唔，是針嗎？』

『殺掉那傢伙，心臟的炸彈會連累那些孩子的。』

『快逃！我不想殺你們！拜託快點逃走！』

其中一名奇美拉騎士帶著下定決心的表情要我們快點逃走。

他們似乎打算等我們逃到安全範圍之後，抱著自殺的決心攻擊貝多加。

此時一直悄悄後退的貝多加衝進最深處的個人房間。

『尼們幾個個個！忘記了嗎啊啊啊！這裡可是有要塞級的魔力障壁啊啊啊啊啊！』

他說話的同時用障壁封住入口。

『可惡，貝多加那混蛋。』

『唯獨逃跑的速度很快。』

奇美拉騎士們失望地說。

『夠啦啊啊啊，動作快快，殺光那些傢伙伙伙伙伙！』

『可惡，快逃啊！我們無法違抗那傢伙的針！』

『——沒那個必要！』

亞里沙對煩惱的奇美拉騎士們這麼說。

『令你們痛苦不堪的針和炸彈都已經全部拆掉了！』

『——真、真的嗎？』

『真是愚蠢的虛張聲勢勢勢勢！接受死命針的斷罪吧啊啊啊啊啊啊！』

貝多加按下按鈕。

雖然奇美拉騎士們為了忍耐劇痛而繃緊全身，但由於針已經被拔掉了，因此沒有發生任何事。

『唔喔喔喔喔喔喔喔喔喔！』

『我們自由啦啊啊啊啊！』

察覺到這件事的奇美拉騎士們發出歡呼。

『沒錯，你們自由了。**想做什麼都是自由的**——大家，我們走吧。』

亞里沙朝研究室的出口走去。

奇美拉騎士在我們身後用尖銳的爪子與尾巴將玻璃筒和魔法裝置盡數破壞，隨即開始拚命地攻擊保護著貝多加的防禦障壁。

接著亞里沙瞬間回頭一看。

她視線前方的防禦障壁頓時出現了巨大的龜裂。

應該是用空間魔法稍微協助了他們的復仇吧。

由於背後傳來防禦障壁破碎的聲音以及貝多加的慘叫聲，因此為了遮住那些聽了會讓人作惡夢的聲音，我在入口展開反間諜用的風魔法「密談空間」。

「主人，要把那些人丟在這裡嗎？」

「畢竟冷靜下來也需要點時間，處理完我們的事情之後再來接他們吧。」

莉薩看起來有點擔心，所以我替亞里沙這麼對她說。

畢竟只要用地圖搜索，我就能立刻知道他們的所在地，而且從AR顯示的情報看來，奇美拉化的他們就算面對達米巨魔應該也不會輕易落敗。

◆

「——沒人在？」

我們往下走了四層，來到第二十四層空白地帶中的研究設施，但這裡並沒有我們追尋的宮廷魔術師歐路奇戴的身影。

雖然這裡也跟上層的研究室一樣存在製作奇美拉的設施，但這裡只有空的玻璃筒，沒有任何人在。

「佐藤！」

「主人，發現線索，我這麼報告道！」

前去調查裡面房間的蜜雅和娜娜呼喚我。

「喵！」

「那邊中大獎了喲！」

跟我一起調查研究室的小玉和波奇看起來有點不甘心。

途中我們與亞里沙和露露會合，一起朝裡面走進去。

「研究紀錄。」

「這是日記，我這麼主張道。」

「兩者。」

蜜雅和娜娜將用繩子加封的文件遞給我。

我隨即快速翻頁挑出重點瀏覽。

「似乎在日記中間夾雜了研究紀錄，最後一頁有歐路奇戴的署名。」

「內容寫了什麼？」

在亞里沙的催促下，我將與這裡進行的研究相關的部分唸出來。

『黃衣魔術師大人贈與的「龍血」是非常出色的素材。就算只使用隱者大人留下的魔法裝置，奇美拉的完成度也有十分驚人的提升。我會活用黃衣大人的教導，這次一定要實現我的願望。』

又是「黃衣魔術師」啊……畢竟這傢伙也曾提供技術給賽利維拉迷宮的迷賊，似乎在各地做些多餘的事。有點擔心他會不會也在這裡做出跟迷宮下層的轉生者們一起製造過的「太古根魂」。

『真礙事，那些運送物資過來的騎士又多管閒事地給我添麻煩。明明已經說過沒時間可以浪費在龍人那種多餘的研究上了……』

歐路奇戴和優沃克王國的人關係似乎不太好。

『有個同事也被貶到了這裡。雖然腦筋有點不正常，但是對研究非常熱心且能力十足。總算設法引起他對研究的興趣，能把這無趣的龍人研究推給那傢伙了。我就在下面四層建好的新研究所裡進行自己的研究吧。』

原來目前為止的內容都是在二十層的研究室發生的事嗎？

『把素材換成魔法使果然比較好的樣子。契合度上是女性優於男性，而年輕人又比老人更為適合。』

雖然我沒有唸出來，但上面寫著目前的犧牲者已經超過了二十人。

『用魔法使當作素材的奇美拉完成了。』

紀錄寫著是將心臟與龍血及魔核融合為一體。

這段過程似乎又出現了十人以上的犧牲者，做的事還真是沒人性。

『只要使用這些傢伙，就能隨時使用強制。』

……真的假的。

『我已經沒有繼續服從優沃克王的理由了。只要搭配從不祥的魔女身上複製的力量，就算是神或惡魔也不足為懼。這次我一定要得到究極的力量。』

文件至此告一段落。

——「從不祥的魔女身上複製的力量」嗎……

我的腦中閃過用精神魔法控制優沃克王的女人繆黛的身影。

要是他能同時使用強制和精神魔法，總覺得不會發生什麼好事。

我將文件闔了起來。

「就這些？沒有寫他的行蹤相關的事嗎？」

「我反覆看了，但沒有寫關於他去向的線索。」

能任意使用強制的魔法使太危險了。

如果可以，我想儘早做好對策。

「那份文件能交給我嗎？我想調查看看上面有沒有暗號。」

我將文件交給亞里沙，朝著迷宮最下層這個最後的目標前進。

◆

「這前面就是迷宮之主所在的地方嗎？」
「嗯，看來是這樣。」
我對露露的提問點了點頭。
我們在迷宮大開無雙，當天就來到最下層。
這裡是最後的空白地帶，要是有迷宮之主的話，也只會在這前面了吧。
「這麼說來，很順利的就到這裡了呢。」
「一點都不過癮，我這麼失望道。」
「嗯。」
娜娜和蜜雅對亞里沙說的話表示贊同。
目前為止的戰鬥都是以各種類達米巨魔為主，以及擁有再生能力的迷宮・達米洞穴巨人以及巨大的地下城・獨眼巨人之類的人型魔物。
「沒肉～？」

「牛的人也都是不能吃的種類喲。」

雖然也出現了將牛人族醜化的迷宮．米諾陶洛斯，可是我們對於食用雙腳步行生物有點抗拒，所以只回收了魔核就扔掉了。

「妳們兩個，獵物在迷宮外狩獵就行了。」

聽莉薩這麼安撫，小玉和波奇也接受了。

由於優沃克王國和舊庫沃克王國四周都被魔物領域所包圍，狩獵地點要多少有多少。只有兩國相連的狹小區域才是安全地帶，因此道路和關口都設置在那裡。

「忍忍～」

忍者小玉在調查最下層的門。

「有陷阱～？」

「知道種類嗎？」

「喵～魔法系～？」

小玉似乎無法分辨出魔法系陷阱的種類。

「是吸收系的嗎？蜜雅和露露看得出來嗎？」

「我用術理魔法透視了一下，可是看不懂裡面的結構。」

「姆，吞食精靈。」

亞里沙、露露與蜜雅相互說出自己的見解。

「——正確答案是？」

亞里沙轉頭仰望著我。

「似乎是強制轉移。吸收結構是為了回收發動轉移時的魔力。能夠吞食精靈也是組成吸收結構的魔物能力。」

雖說是魔物，其實也就只是埋入裝置中、和變形蟲差不多簡單的傢伙。

「要是隨便轉移導致陷入『在石頭裡面』之類的狀況就不好了。要抄捷徑嗎？」

亞里沙指著門旁邊的牆壁說。

她的意思應該是在牆上開洞，打造一條安全的通道吧。

我用天驅站在牆上，對腳下的牆壁使用「陷阱」魔法。

「好硬啊……」

雖然遭遇到些許抵抗，但我使用平常五倍左右的魔力後就打通了。

陷阱的對面傳來貫穿的觸感。

「好像已經打通了。我去調查看看，大家就在這裡稍微等一下。」

畢竟迷宮之主有可能是復活迷宮的優沃克王國相關人士，行蹤不明的歐路奇戴也許就躲在裡面。雖然歐路奇戴應該不是迷宮之主，但為了安全起見，還是先變身為勇者無名吧。

「小心點！不可以亂來喔。」

「我知道，不要緊的。」

我對愛操心的亞里沙這麼回答，然後進入牆上打穿的洞。

看來洞穴的終點就是其他地圖的邊界。

『——我應該感謝這盛大的歡迎嗎？』

我用「自在盾」防禦飛過來的砲彈，從橫洞降落到略微變低的牆壁另一側。

或許是因為我採取強硬手段的緣故，牆壁對面聚集了十幾個手持同樣黃色法杖的魔術士以及有火砲手臂的魔巨人。

魔術士們身穿袖子能夠遮住手腕的漆黑長袍，兜帽也拉低到遮住了整張臉。

『『『《黃昏啊，降臨吧》。』』』

魔術士們齊聲詠唱，他們的法杖前端隨即發出黃色的光芒。

是在做某種增幅準備嗎？

『『『入侵者啊！』』』

唯有一個人裝備著豪華的法杖和長袍站在魔術士們的正中央。

『『『服從於我！』』』

魔術士們再度齊聲詠唱。

雖然他們的合音非常整齊，但他們似乎不擅長接話。

雖然拿著豪華法杖的人並不是目標迷宮之主，不過他是我來到這裡的目標人物——歐路奇戴。

『■啟動。』

他們的面前出現巨大的魔法陣。

——不妙。

『■同調。』

我瞬間猶豫究竟該對魔法陣使用術理魔法「魔法破壞」，還是讓位於中央的歐路奇戴無力化，最後選擇了後者。

只要無力化歐路奇戴，用來輔助強制發動的魔法陣應該也會變得毫無意義。

『■發動。』

魔法陣的光芒猛烈增強，從下方照亮用掌擊打飛歐路奇戴的我。

歐路奇戴失去意識飛到牆邊，從掀起的兜帽可以看到他禿頭上面的黃色頭冠也跟著飛了出去。

『■』

歐路奇戴的情報透過AR顯示出現在我眼前。

等級是三十級，職業：無職——是因為放棄職務被解僱了嗎？

『■』

種族：人造人。

製作者：——歐路奇戴．馬托修！

『■』

——糟了。

同樣的法杖，同樣的服裝，相似的背影——本人究竟是哪一個？

我環顧他們被AR顯示出來的名字。

所有人的名字都是歐路奇戴．馬托修。

『強——』

既然這樣，那就把所有人都轟飛吧！

不，不行。不殺死而將人轟飛的魔法，都需要零點幾秒的時間發動。「臭氣空間」的威力又很難調整。

對了！技能！只要找出擁有強制技能的那個人——

我往四周看了一遍。

——找到了！

『制。』

我用縮地衝到那個男人面前，強制技能也在同一時間發動。

「順風耳」技能聽見男人嘴裡接下來的發動句。

＞無法抵抗「強制」。「」被支配了。

＞獲得技能「強制」。

＞獲得技能「強制耐性」。

當我一掌打向男人心窩的瞬間，視線的角落出現了這樣的紀錄。

與此同時，宛如紅色蜘蛛網般出現的圖案蓋住ＡＲ顯示，我的意識開始模糊。

『跪下，吾的僕人啊。』

一身漆黑——更正，身穿漆黑長袍之人——不對，是**我偉大的主人**。

『是的，吾主。』

我遵從主人的命令跪在地上。

ＡＲ顯示在主人身旁顯示出各種情報。

雖然有點在意出現在視線角落的紅色蜘蛛網，但並不會妨礙我閱讀情報。

稱號有「支配者」、「迷宮之主」、「奇美拉大師」、「優沃克王國宮廷魔術師」、「反叛者」和「庫沃克王國宮廷魔術師」這六個。同時也具備「強制」、「契約」、「命名」、「詠唱中斷耐性」、「暗魔法」、「死靈魔法」與「鑑定」等技能。

主人擁有的法杖叫做「虛偽的魔黃杖」，好像是能讓填充好的主動技能只需要詠唱發動句就能發動三次的祕寶。

最後填充的是「不屈不撓」——令人驚訝地，是亞里沙的固有技能。效果是無論等級和對手相差多少，魔法和攻擊都有一成機率不被抵抗成功生效。

不虧是吾主，是能吸引強運的天命之人。

『請儘管吩咐。』

我在偉大的主人面前，焦急地等待下一道命令。

鎮魂

「我是佐藤。當關係親密的朋友因意外去世時，就算是幽靈也會想再見對方一面。雖然現實中應該見不到幽靈，這種願望無法實現，不過如果是在異世界的話——」

『看不到名字啊？是妨礙認知的道具嗎，真礙事——這是命令，報上你的名字。』

偉大的主人歐路奇戴大人向我下達第一個命令。

雖然不清楚黑頭巾底下究竟隱藏著什麼樣的尊容，但肯定與偉大之人相符，是充滿威嚴的面容吧。

雖然有些在意視線角落不斷閃爍的紅色蜘蛛網殘影，不過現在還是以服從偉大主人的命令為優先。

在說出名字之前，我將附帶認知阻礙功能，妨礙主人的變裝套裝脫下。

『我的名字叫做無——』

自我介紹到一半，我想起這是假名而停了下來。

必須操作交流欄把名字改回佐藤才行。

但不知道為何交流欄被鎖定，無法變更——這是為什麼呢？

『哼，等級是**直逼那位大人**的八十九級。沒想到竟然能抵抗蘊含被詛咒的魔女之力的「強制」啊……』

由於我欲言又止，似乎讓我偉大的主人產生了誤解。

他意外地是個冒失的傢伙——不，是位謹慎的人。

當我打消腦中浮現的傲慢想法，為了立即訂正主人的誤解而準備開口時，不巧主人還在繼續說話，我不敢打斷主人。

於是我靜靜地等待主人把話說完。

『吾再次命令你！服從於吾，說出你的名字吧！■■■強制。』

他用三流的演技——不對，神聖的姿勢發動強力的技能。

雖然紀錄中出現了技能被抵抗的訊息，但為了偉大主人的名譽，還是保密吧。

好了，差不多可以說出名字了。

『我的名字是佐——』

「「「主人！」」」

亞里沙她們的聲音掩蓋我打算說出名字的話語。

不知為何視線角落的紅色蜘蛛網狀的殘影變得更深。
『是你的手下嗎？』
『您說得沒錯。』
雖然自我介紹到一半，但還是該優先回答偉大主人的問題。
『雖然用妨礙認知隱藏身分，不過畢竟能來到這裡，那麼她們一定具備了與外表不符的實力吧？』
『主人的慧眼，我深感佩服。』
『——哦？』
『正如主人明察，那些孩子擁有討伐賽利維拉迷宮的「樓層之主」程度的實力。』
我向偉大的主人炫耀起自己的夥伴們。
「……佐藤？」
「您、您怎麼了，主人？」
「亞里沙，主人的樣子有點奇怪。」
「應該是被那個男人做了什麼，我這麼推測道。」
夥伴們不知為何表情一臉擔心。
雖然想去她們的身邊，但我現在正在和偉大的主人交談。趕緊結束——不對，等主人把話說完之後，我再去向她們說明吧。

『從她們的外表看來，應該能夠不起眼地潛入敵國。就讓她們在被敵兵討伐前，盡可能地展開破壞工作吧。』

——被敵兵討伐前？是打算讓我家孩子當棄子嗎？

我透過高到沒地方用的精神值壓抑住內心浮現的傲慢想法，同時為了不讓偉大的主人感到不快，使用「無表情」技能。

從剛剛開始，在視線角落不斷閃爍的紅色蜘蛛網狀的殘影就變得越來越強烈，令我非常不快。

『那些人比你強嗎？』

當我正想甩掉那令人不快的殘影時，耳邊傳來偉大主人的聲音。

我停下多餘的動作，回答偉大的主人。

『不。』

『你一個人抓得住那些人嗎？』

『沒問題。』

只要一併使用單位配置，應該就能毫髮無傷地抓住她們。

『把她們抓起來，棄子不嫌多。』

——棄子？

蜘蛛網狀的殘影變得越來越紅，在我的視野一角不斷閃爍。

『遵命。』

雖然殘影很令人不快，但現在還是優先完成主人下達的命令。

我轉頭看著亞里沙她們。

「這是我偉大主人的命令。」

「等、等等，主人！快醒過來啊！」

「亞里沙，主人會不會也被強制束縛住了？」

「是的，露露。那個可能性很高，我這麼告知道。」

「哇哇哇哇～」

「不、不好了喲！」

「沒錯喔！佐藤落入敵人手中，情況非常非常不妙，是緊要關頭喔？再這樣下去可是比魔王集體復活更危險，堪稱世界存亡的危機喔。是真的喔？」

夥伴們吵鬧起來，蜜雅還罕見地說起長篇大論。

「這是至今從未有過的絕望狀況，我這麼告知道。」

娜娜好像誤解了什麼。

「必須設法讓主人恢復正常。」

沒想到會有被亞里沙懷疑我不正常的一天。

「怎麼做～？」

「只要往他腦袋敲一拳，一定就能治好。」

就像昭和時代顯像管電視機的處理方式。

「居、居然要打主人……」

「這是為了讓主人恢復正常喔。」

「波、波奇會加油喲。」

「我會使出主人教導的一切，將我的長槍傳達過去。」

嗯，感覺很痛，希望她別這麼做。

「佐藤……」

雖然因為變濃的紅色蜘蛛網殘影礙事導致看不清楚，但蜜雅和其他孩子都一副快要哭出來的表情。

「大家，做好覺悟了吧？」

「「「是。」」」

大家回應亞里沙的問題，擺出戰鬥架勢與我對峙。

『讓這些愚蠢的小丫頭認清自己的分量。就算手腳少個兩三隻，我也會把她們做成奇美拉復活，放心擊潰她們吧！將醜陋魔物的部位裝在美麗女孩身上也不失為一種樂趣。』

偉大的主人殘暴地──說出的話，讓我的怒火遲遲無法平息──不，像我這種凡人是無法理解偉大主人的想法──應該說沒資格理解。

莉薩表情悲壯地衝了過來。

雖然一同衝過來的娜娜面無表情，但是長期一起生活的我能夠感覺到她的悲傷。跟在她們後面的波奇和小玉也是。

雖然紅色蜘蛛網狀的殘影讓我看不清楚，但我有不少技能。

只是視野有點不良，還不到無法戰鬥的地步。

於是我用縮地衝到娜娜的眼前。

「──堡壘防禦。」

我從儲倉拿出聖劍，破壞出現在娜娜面前的裝載型防禦障壁。

雖然堡壘防禦很堅固，但依舊被勇者隼人親自傳授的「閃光螺旋刺」給破壞。還是別滿足於這個魔法裝置，儘早完成黃金鎧用的「城堡模式」和「移動堡壘」吧。

為了不讓必殺技傷害到娜娜和其他孩子，我控制了揮劍的方向。

「——螺旋槍擊！」

面對莉薩迅速發動的必殺技，我同樣使出螺旋槍擊來迎擊，將其架開。

「魔刃突貫喲！」

隱藏在莉薩背後的波奇向我放出突擊系的必殺技。

因為用劍抵擋會有點危險，於是我用縮地閃過，並推了波奇的側面一把，讓她和莉薩一同跌倒。

「魔刃雙牙～？」

小玉宛如在地面爬行般接近，朝我的死角使出必殺技；但對於現在無須仰賴視力的我來說不存在死角。

我看準小玉雙劍重疊的時機將聖劍用力向下一揮，讓小玉失去平衡後抓住她的腰帶扔向娜娜。

「瞄準——射擊。」

溫柔的露露瞄準我的劍射出子彈，我用指尖放出魔刃砲將其彈開。

「——隔絕壁！」

露露被彈開的子彈從預測不到的方向飛了回來，因此我用手掌放出魔力鎧將其抓住。

看來是亞里沙用空間魔法讓子彈產生了彈跳。

「抓、抓住子彈了？」

「子彈對我無效喔。」

「……你也太作弊了。」

只要經過練習，大家應該都能辦得到吧？

「再來一次，用組合技一起上。」

「「「是。」」」

前衛四人重整態勢，再次向我攻來。

看來我過於手下留情。感覺再讓她們持續挑戰的話會增加她們的傷勢。

於是我採用縮地和閃驅吸引她們的注意力，用目視單位配置分別闖進四人的死角，再用掌擊使她們無力化的戰術。

「……好、好強。」

亞里沙的聲音因絕望而顫抖。

——胸口好痛，還是快點結束吧。

我用縮地衝到後衛前方。

下個瞬間，我身處與至今為止不同的空間中。似乎是亞里沙無詠唱地使用了空間魔法「迷宮」。

要離開這個空間必須找出迷宮的出口，或者用蠻力將迷宮連同整個空間破壞掉。

不過，兩種方法對我來說都沒必要，因為結界對我無效。

我踏出一步就來到結界之外，也就是偉大的主人所在的迷宮之主的房間。

「騙人，竟然這麼快就——」

「——魔獸王創造！」

亞里沙的驚訝聲與蜜雅的魔法發動句重疊在一起。

蜜雅發動精靈魔法，疑似精靈貝西摩斯從美麗的魔法陣中現身。

像這樣抬頭仰望，的確給人威風凜凜的感覺。

『居然是高等精靈使用的精靈召喚！喂，你這傢伙！快點把那個排除掉！』

吾主提出了要求。

我用「理力之手」作為輔助，抓住貝西摩斯的巨大身軀用力一扔。

——ＰＵＷＡＯＯＯＷＷＮＮ！！

貝西摩斯胡亂揮舞四肢地飛了出去。

主人的要求是排除所以我才用扔的，但這麼一來總覺得主人會進一步要我殲滅它。要是殲滅貝西摩斯，蜜雅會難過的，於是我用爆裂魔法的爆炸當作掩飾，利用單位配置將其放逐到迷宮外面。

「——隔絕壁！」

出現在亞里沙面前的隔絕壁被我一腳踢碎。

雖然視野因為紅色蜘蛛網狀殘影的關係看不清楚，不過依舊能從縫隙中看見亞里沙她們的臉。

「「……主人。」」

「佐藤。」

亞里沙、露露與蜜雅三人都一臉悲傷地呼喚著我。

紅色殘影隨著「怦通」的聲響變得更深。

「——主人！」

莉薩從旁猛撲而來。

「請不要忘記我們。」

紅色殘影隨著「怦通怦通」的聲響強烈地閃爍。

「不能忘記波奇喲。」

「小玉也是～」

這次輪到波奇和小玉。

殘影閃爍得更加劇烈，不快的感覺進一步提升。

「主人，請回想起我的胸部，我這麼告知道。」

娜娜脫下鎧甲將胸部緊貼著我。

不斷閃爍的紅光彷彿在妨礙我享受柔軟的觸感般折磨著我。

——礙事。

我揮舞手臂，抹去不停閃爍的紅光——

◆

——原來如此。

閃爍的紅光消失的同時，我的意識也恢復清晰。

我快速瀏覽紀錄，理解到自己遭到**歐路奇戴**的強制束縛。

被歐路奇戴支配的我似乎還遵從他的命令，對夥伴們動了手。沒用也該有個限度啊。

剛才宛如紅色蜘蛛網的ＡＲ顯示，好像就是代表中了強制的效果。當效果解除時，或許是腦細胞受損了，頭痛非常嚴重。於是我開啟「痛苦耐性」技能，接著往體力計量表一看，發現已經藉由「自我治療」技能的效果完全恢復了。

『怎麼了！你還在猶豫什麼！還不快把那些女人小鬼統統打倒！』

夥伴們聽到歐路奇戴的發言，更用力地抱住了我。

——唉呀，得快點讓她們安心才行。

「大家，對不起。」

我說完之後，隨即使用目視單位配置離開大家。

「主人……」

亞里沙流著淚呼喚我。

——咦？

難不成她以為我依然受到了操控嗎？

『這就對了！趕快動手！』

那笨蛋還在講廢話。

先處理那邊吧——

我用縮地移動到歐路奇戴的面前。

『什——』

在歐路奇戴施展「強制」之前，我先一步奪走他手中的法杖——魔黃杖。

或許是我用力過猛了，歐路奇戴以彷彿在進行三周半跳的氣勢飛了出去。

＞獲得技能「搶奪」。

＞獲得技能「竊盜」。

＞獲得技能「扒手」。

＞獲得稱號「搶奪犯」。

＞獲得稱號「制勝強盜」。

久違地得到了大量的技能與稱號。

雖然我無論如何都不認為這是偷竊，但由於吐槽稱號系統毫無意義，我便加以無視。

「主人！你恢復正常了啊！」

「讓大家擔心了，抱歉。」

亞里沙她們似乎已經察覺到我的狀態。

『可惡——！僕人們！魔法陣！』

歐路奇戴手下的魔術士們開始詠唱。

「莉薩小姐。」

「了——」

『慢著。』

我用手勢制止因為亞里沙的指示而準備衝出去的莉薩。

隨即做出「撤退」的手勢，讓夥伴們逃到安全區域。

然後我用魔黃杖指著歐路奇戴。

『愚蠢的傢伙！就算你搶走那把法杖也沒用。封印在那把法杖的魔女之力剛才已經用完了。現在那把法杖只不過是個裝飾品！』

歐路奇戴似乎在說些什麼。

當然，我早就透過AR顯示知道了那項情報，我的**目的是其他事**。

我對歐路奇戴的話充耳不聞，操作主選單將技能點數分配給強制耐性與強制技能使其有效化。

與此同時，歐路奇戴手下的魔術士們再次構築起輔助強制的魔法陣。

見我一動也不動，歐路奇戴笑得更加陰險。

『服從於吾！■■■強制。』

歐路奇戴發動了強制。

我注視著朝向歐路奇戴的魔黃杖。

——成功了。

AR顯示出現的情報確實正如**我所想得那樣**。

我緩緩放下指著歐路奇戴的魔黃杖。

『呵哈哈哈哈！蠢貨！你以為有等級差就能夠抵抗嗎！剛才的強制似乎效果不佳，但是反覆使用兩三次之後會比最初的時候更加難以抵抗！』

——原來如此，感謝你的說明。

然而，沒有了存有亞里沙「不屈不撓」的魔黃杖幫助，強制這個技能並沒有方便到能夠顛覆耐性技能以及壓倒性的等級差。

我甚至不用觀看紀錄，就知道強制已被成功抵抗。

『禁止使用強制技能。』

『你在說什麼？』

「《黃昏啊，降臨吧》。」

我無視一臉困惑的歐路奇戴，詠唱魔黃杖的發動句。

『你在做什麼？』

『我封印了你的強制技能。』

『誰會被你的虛張聲勢欺騙啊！』

歐路奇戴對魔術士們發出號令，看來是透過輔助魔法陣再次施展強制。

『雖然有點多管閒事，但還是勸你不要使用那個技能比較好喔。』

『一派胡言！服從於吾！■■■——』

我閉上眼睛。

『——強制。』

歐路奇戴使用了強制。

但他沒有發現，那麼做等於在自己的死刑執行書上簽名。

『呀啊啊啊啊啊啊啊啊啊啊啊啊啊啊啊啊啊啊啊啊！』

刺耳的慘叫聲響徹整個迷宮之主的房間。

我在慘叫聲消失、聽見物體倒地的聲音後再度睜開眼睛，只見歐路奇戴渾身是血地倒在地上。

＞獲得稱號「迷宮之主殺手」。

＞獲得稱號「迷宮攻略者：活祭品迷宮」。

「主人，您沒事吧！」

聽見歐路奇戴慘叫聲的夥伴們再次回到這裡。

看到他悽慘的遺體，大家都啞口無言。

「唔哇，主人真是毫不留情呢。」

「我並沒有出手喔。硬要說的話，算是歐路奇戴自殺吧。」

我將歐路奇戴的「強制」技能儲存在魔黃杖裡，並透過那股力量用強制對那傢伙說出「禁止使用強制技能」加以束縛。

歐路奇戴固執地認為我在虛張聲勢而違反強制的命令，結果導致他失去了性命，這就是整件事情的全貌。

畢竟是自己的法杖，希望他好歹也要記住這項機能啊。

幸運的是，這項機能只要承受過一次技能就能使用三次，因此也能讓亞里沙她們從強制中解放。

當歐路奇戴死亡之後，歐路奇戴手下的魔術士們也同時發出慘叫聲倒了下去。由於透過AR顯示得知他們並未死亡，因此我便放任他們不管。要是有甦醒的跡象再處理吧。

◆

「主人，看上面喲！」

我順著波奇的話往上一看，發現有顆發出紅光、類似半透明寶石一般的東西正逐漸化為實體。

「主人，那是什麼，我這麼提問道。」

「那個是——」

AR顯示讓我知曉那個東西的真面目。

「——那個是迷宮核。」

藍色寶石——迷宮核中央閃爍著無數的黑色光芒。

雖然印象有些不同，但那個結晶體與都市核有些相似。

迷宮核緩緩降落到地面上。

——不可以觸碰那東西。

不成聲的聲音阻止了我不假思索伸出去的手。

「有人在～？」

小玉就像是發呆的貓一樣，我沿著她的視線方向看去，但是那裡沒有任何人在。

注視了一會兒之後，稀疏的人影漸漸有了輪廓。

——亞里沙。

『父王！母后！』

亞里沙對著人影呼喚。

戴著王冠的帥哥以及戴著鳳冠的美女，悄無聲息地來到亞里沙身旁。

數名外表看似少年少女的身影，也跟著亞里沙的父母聚集過來。

『斯塔姆王兄、杜德王兄、亞琉斯王兄和貝里茲王兄，連王姊們都在。』

看似模範生的少年與看似頑皮的少年露出笑容，而剩下的兩位青年則各自朝不同的方向轉過頭去。即使如此，他們似乎也很高興能再次見到亞里沙。

被稱為王姊的少女們或許是自我意識已變得稀薄，只是愣愣地看著亞里沙。

「露露也過去吧。」

「但、但我是庶子。」

「沒問題喔，妳看——」

見露露有些猶豫，國王露出溫柔的笑容朝她點點頭。

我則是推了即使如此依然猶豫的露露一把。

「……陛下。」

聽見露露拘謹的用詞，國王靈魂的表情有點寂寞。

「露露，最後的時刻就用父王來稱呼吧。」

「……這樣好嗎？」

「當然好啊！」

聽到亞里沙的話，一直低著頭的露露注視著國王的臉。

「——父王。」

見露露這麼說，國王露出溫柔的笑容作為回應。

我關閉順風耳技能，與夥伴們一起走到聽不見亞里沙和露露說話的地方。

接著與夥伴們一同守望正在做最後告別的亞里沙她們與國王一家人。

過了不久，亞里沙向我招手，於是我走到她們身邊。

「已經結束了嗎？」

「嗯，已經可以了。」

「我也跟父王道別了。」

臉上還留有淚痕的亞里沙和露露點了點頭。

「我想和露露一起解放父王他們，可以嗎？」

我點頭同意由她們來破壞迷宮核的要求。

露露從妖精背包中拿出輝焰槍瞄準迷宮核，與亞里沙兩人一起注入魔力。

以防萬一，我用拳頭破壞了迷宮核的防禦障壁，並使用術理魔法「魔力搶奪」事先奪走迷宮核的魔力。

『永別了，父王、母后、王兄，以及王姊們。』

『永別了，父王。』

亞里沙和露露扣下輝焰槍的扳機。

失去防禦能力的迷宮核發出清脆的聲響破裂開來。

清澈的光芒不知從何處傾瀉而下，沐浴在光芒之下的幽靈表情紛紛變得安詳。

首先沒有確切自我的公主姊姊們消失，而後被稱作亞琉斯以及貝里茲的青年王子朝亞里沙微微地抬起手之後離開。接著頑皮的年少王子杜德露出一副像是在說「再會了」的表情升天，臉上掛著溫柔表情的斯塔姆王子向亞里沙和露露揮揮手便緊隨其後。

就算聽不見話語，也能清楚知道亞里沙備受他們的愛護。

此時王妃的表情彷彿注意到了什麼，催促露露往後看。

『——媽媽！』

『莉莉！』

受到影響往後看的亞里沙也瞪大眼睛。

那裡站著一名穿著侍女服的黑髮和風美女。

她似乎就是露露的母親。從那半透明的模樣看來，她似乎也是幽靈。

國王的靈魂來到露露的母親——莉莉小姐身邊。我忽然回神環顧四周，王妃的身影已然消失。似乎是為了讓她能跟莉莉小姐道別而先走一步了。

莉莉小姐與露露四目相交。

『我不要緊的。因為有亞里沙和主——佐藤大人，還有大家在。我現在過得非常幸福，請您不必擔心。』

『沒錯！我們每天都跟最愛的人卿卿我我，你們就放心在天國等我們吧！』

聽到露露及亞里沙說的話，莉莉小姐與國王都露出開心的表情。

由於國王和莉莉小姐都看著我，因此我說了句『她們就交給我吧』，同時向他們行貴族之禮。

莉莉小姐深深朝我低下頭，而國王一副像是在說『女兒們就拜託你了』的模樣做出拍著我肩膀的動作。

我點了點頭之後，國王和莉莉小姐便露出滿足的表情離世。

「父王！艾路斯王兄在卡格斯伯爵領的領都！最後去見他一面吧！」

亞里沙對逐漸消失的國王大喊。

「有沒有聽到呢？」

「嗯，我想他一定會去見艾路斯大人。」

露露對亞里沙點點頭。

兩人表情開朗地抹去眼角的淚水。

起義

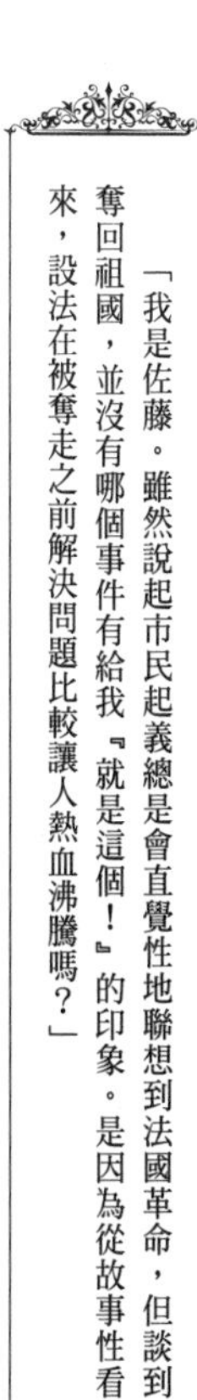

「我是佐藤。雖然說起市民起義總是會直覺性地聯想到法國革命，但談到奪回祖國，並沒有哪個事件有給我『就是這個！』的印象。是因為從故事性看來，設法在被奪走之前解決問題比較讓人熱血沸騰嗎？」

「在搖晃～？」

「地面在咚咚咚咚地震動喲。」

小玉跟波奇打破充滿迷宮之主房間的沉悶氣氛。

在我因為不好的預感打開地圖前，讓人無法站穩的上下震動朝我們襲來。

原以為只是天花板掉下些許沙土和石子，緊接著立刻出現巨大的岩石夾雜其中，支撐迷宮之主房間的柱子也隨之倒塌。

「這有點不妙呢。」

我一邊用「自在盾」和「理力之手」保護身體，一邊將大家聚集起來。

「佐藤。」

「主人，迷宮之主的手下還在這裡，我這麼報告道。」

——唉呀，差點忘了。

雖然不知道原因，但他們在身為迷宮之主的歐路奇戴死亡時也一同倒地不起。

我用理力之手抓住身穿漆黑長袍的魔術士們，將他們與夥伴們一起用「歸還轉移」逃出崩壞的迷宮。

另外，之前在二十層釋放的奇美拉騎士們似乎都已來到地面，並不在迷宮內。或許是奇美拉騎士之中有人很熟悉能離開迷宮的路線吧。

「哇哇，外面也在震動。」

「是的，露露。讓人想起遠洋船，我這麼告知道。」

脫離迷宮之後，我們來到位於王城角落的樹林陰影處。

「王城正在下沉喲！」

「Unbelie～vable～」

位於迷宮正上方的王城，似乎受到崩壞的迷宮牽連而開始崩塌。

但由於王城本來就如同亞里沙所說，在魔族的襲擊下遭到燒燬呈現廢墟狀態，所以並沒有民眾受到牽連。

迷宮入口附近的優沃克王國軍的人則是慌張地去避難了。

「主人，鎮上沒問題吧？」

「我確認過了，不過地層下陷似乎只發生在王城周遭。庫沃克市的人們並未受到太大的損害。」

我一將使用空間魔法「眺望」掌握到的情報說出來，莉薩和其他夥伴們就都露出放心的表情。

「Safe～？」

「**不中幸的大幸**喲。」

波奇想說的是「不幸中的大幸」吧。

「——你把他們也帶出來了呢。」

「雖然我的身分曝光了，但明知會死還拋下他們，我會坐立難安。」

亞里沙一臉陰沉地看著服從歐路奇戴的魔術士們。

雖然現在失去意識，不過他們之前已經知道勇者無名的真實身分就是佐藤。

總之先綁起來避免他們逃跑。為了預防他們使用魔術，我還拜託獸娘們和娜娜拿物品塞住他們的嘴。

「主人，僕人戴著鐵面具，我這麼報告道。」

「——鐵面具？」

經娜娜呼喚，我才知道他們蓋在兜帽下方的頭部戴著橢圓形的鐵面具。而且只有嘴巴露在外面，同時也找不到接合的部分。

因為不清楚脫掉的方式，所以我將鐵面具收進儲倉裡。

「喵！」

「臉看起來很痛喲！」

戴著鐵面具的人幾乎都是年輕男女，他們面具底下的臉都已變得畸形。雖然多數人只有臉的一小部分，但其中也存在超過半張臉都變得畸形的人。另外或許只是偶然，長得越好看，畸形的範圍就越大。

「……太過分了。」

「奇美拉。」

「原來這些人也被那傢伙改造過了啊。」

露露、蜜雅和亞里沙各自說出感想。

這麼說來，在二十四層發現的歐路奇戴研究紀錄中，似乎記錄了這件事。

他們也和二十層的奇美拉騎士一樣被埋入了死命針，因此我也同樣把針收入儲倉。

「身體也有進行過改造手術的痕跡，我如此報告道。」

「看來把魔核嵌在心臟上了呢。」

雖然沒有根據，但構造似乎和「魔人心臟」很像。

他們恐怕是被當成歐路奇戴降低使用強制條件的零件來改造的吧。

「……唔唔。」

此時其中一名奇美拉魔術士發出呻吟，感覺他們快要醒過來了。

我叫夥伴們躲起來，自己則變身成庫羅的模樣。

「這裡是？」

「迷宮外面。」

我回答醒過來的青年奇美拉魔術士。

「外面？——你是誰？」

「我是勇者的隨從庫羅。」

「勇者大人！這麼說來，和歐路奇戴戰鬥的人就是勇者大人嗎？」

——真奇怪。

這名青年似乎不清楚自己戰鬥過的對手是誰。

「你們也看到了吧？」

「……不，我們戴著的鐵面具會阻斷視覺和聽覺。能聽見的只有歐路奇戴的命令——鐵面具不見了？」

青年不停摸著自己的臉。

「歐路奇戴明明說過那面具絕對拿不下來……」

「這是吾主的力量。」

我藉助詐術技能隨口回答。

總而言之，身分似乎沒有曝光。我就不客氣地接受這意料之外的幸運吧。

「你們被歐路奇戴下了什麼命令？」

用AR顯示確認之後，發現這些人和亞里沙她們一樣都是奴隸，於是我試著這麼問。

「只有『服從於吾』。」

這麼一來，就算解除奴隸身分也沒問題吧。

畢竟他們應該服從的對象已經死了，也就沒有解除強制的必要了吧。

當談著這些事情時，其他奇美拉魔術士們也醒了過來。他們似乎早已知曉自己變成了異形的模樣，沒有任何人對這件事感到難過。

「之後有什麼打算——不，接下來打算做什麼？」

「沒打算做什麼。家人也全都被優沃克那些傢伙殺死了。而把我們變成這副模樣的歐路奇戴——」

「死了。」

「那傢伙……死得痛苦嗎？」

「嗯，死狀非常悽慘。」

慘到會讓人作惡夢的程度。

「這樣啊……」

青年們露出陰沉的笑容。

「……說得也是呢。等到報答完你從歐路奇戴手中解救我們的恩情之後——接著就攻進優沃克王國的王城，戰鬥到生命盡頭為止吧。這也是為了幫被殺害的國王陛下和祖國人民報仇雪恨……」

——噫，發動恐怖攻擊可不好，得讓他們改變主意。

「別自暴自棄了。」

「但是，我們能做的只有這種事。」

「如果你們仍對國王抱持忠誠，不如去幫助倖存的王子復興祖國如何？」

所以，拜託別搞什麼恐怖攻擊。

「——倖存的王子？王子殿下倖存下來了嗎！」

青年的表情頓時為之一亮，其他人也一樣。

「他逃亡到鄰國，現在正為了復興祖國展開行動。假如你們希望的話，需要我帶你們過去嗎？」

「「「拜託你了！」」」

看來總算阻止恐怖分子誕生。

由於先行逃離的奇美拉騎士們與駐紮在王城的優沃克軍奮力展開亂戰，最後被逼進貴族街的巷子裡，於是我迅速把他們救了出來。

隨後用跟上次解放奴隸兵相同的方式，將他們連同奇美拉魔術士一起解除奴隸身分，之後再帶他們前往在卡格斯伯爵領邊境打造的藏身處。

畢竟這次跟奴隸兵那時不同，他們那副被奇美拉化的外表，有可能會在城門受到阻攔。

「你們在這裡等著。我會帶兩個人過去，自己決定代表吧。」

奇美拉騎士和奇美拉魔術士各自選出代表之後，我讓他們穿上能遮住身體的厚外套，並帶他們前往。因為從正門進去會有點麻煩，所以我們混在夜色中從上空潛入城內。

◆

「庫羅大人！」

剛抵達艾路斯他們的據點，其中一名原為奴隸兵的傢伙在見到我之後大聲喊道。

「你就是那個叫庫羅的人嗎？感謝你拯救我處於困境中的士兵。」

艾路斯本想從人群後方走到前面來，老紳士卻制止了他。

「——殿下，您不能到前面來。」

「說得沒錯！我們還不清楚這傢伙的身分。」

「你在說什麼！被救出來的人們，不是都說他是勇者大人的隨從嗎！」

艾路斯反駁老紳士和臣子的話。

「是真是假尚不清楚，況且他還冒用了殿下的名字。」

——冒用？

這麼說來，我的確擅自冒用過王子的名字呢。

「那是為了讓士兵們安心吧？」

「嗯，正是如此。」

看來艾路斯還挺明事理的。

「可是，殿下！這傢伙擅自冒用殿下的名字也是不爭的事實！」

「我不認為這種傢伙是勇者大人的隨從！」

「沒錯！必須讓他證明自己的身分！」

「真是些麻煩的傢伙。我沒有必要取信於你們——」

雖然對擅用艾路斯的名字感到抱歉，但是被人這樣指指點點，實在覺得很麻煩。

「你說什麼！」

「終於露出馬腳了！」

聽我這麼說，艾路斯的部分臣子發出怒吼。

「——不過，談話像這樣受到妨礙也很令人厭煩。就讓你們見識一下，吾主交與我的神聖短劍的光輝吧。」

我透過儲倉從懷裡拿出鑄造的聖短劍拔了出來，同時注入魔力。

從劍刃上流出的靜謐藍色光芒，讓人們無法移開視線。

「……神聖的武器。」

「真的是勇者的隨從！」

「也就是說勇者是艾路斯大人的夥伴嗎！」

「不愧是艾路斯大人！」

「庫沃克王國正統的繼承者！」

「艾路斯大人萬歲！」

「「「艾路斯大人萬歲！」」」

本來想讓他們閉嘴，現在反而變得更吵鬧了。

『主人，不好了！』

此時亞里沙的上級空間魔法「無限遠話」傳了過來。

『發生什麼事了？』

『因為覺得城鎮那邊很吵，於是用「眺望」一看，結果——』

庫沃克市似乎到處都發生了戰火。

從地圖情報推測，應該是艾路斯的手下們見到優沃克王國軍因為王城崩塌陷入混亂，認為這是個好機會，連同反抗組織發起了反攻作戰。

『知道了。我會儘快回去，麻煩妳繼續監視情況。』

我用縮地移動到老紳士身邊，悄悄地把這件事告訴他。

「——潛入的那些人竟然！」

「沒錯。雖然他們趁亂發起攻擊取得先機，不過一旦優沃克王國軍穩定下來，馬上就會陷入劣勢。」

我把透過地圖搜索得到的情報告訴老紳士。

「你說什麼！那可不能再拖下去了！各位，聽好了！」

老紳士拍了拍手吸引眾人注意，隨即做出要啟程奪回庫沃克市的宣言。

「明白了，我去聯絡潛伏在各地的士兵們。」

「我去安排糧草。」

「那麼，我去聚集馬匹和貨車。」

接到老紳士的命令，臣子們連忙衝出據點。

「艾路斯大人，請您與我一同去向卡格斯女伯爵大人打聲招呼！」

「嗯、嗯，我知道了。」

「叫庫羅的傢伙，很抱歉我們沒辦法給你多少謝禮。等奪回祖國之後，一定會好好論功行賞。」

「——慢著。」

我抓住打算帶著艾路斯衝出去的老紳士肩膀制止他。

畢竟我此行原本的目的還沒有達成。

「艾路斯王子，請你接受這些傢伙宣示忠誠吧。」

我把奇美拉騎士與奇美拉魔術士的代表介紹給艾路斯。

「——你們是誰？」

「臣是波索男爵家的三男，騎士羅赫。由於外表畸形，請原諒臣戴著兜帽晉見殿下。」

「臣是荷瑪準男爵家的五男，魔術士伊烏林，宣誓效忠陛下。」

「臣將以這把獻給陛下的劍來侍奉殿下。」

「騎士羅赫、魔術士伊烏林。我很高興能得到諸位的忠誠。」

「是，感謝殿下。臣麾下騎士十二名，士兵二十七名，皆為殿下效命。」

「在下等十四名魔術士也會助殿下一臂之力。」

「嗯，謝謝你們！」

艾路斯以符合年齡的方式道謝。

當他們彼此問候時，我把卡格斯女伯爵的徽章交給老紳士。這是卡格斯女伯爵在返還遺物時送給我的謝禮。只要出示這個東西，女伯爵應該會多少給他們一點幫助吧。

「王子，天亮之前把你能夠匯聚的戰力聚集好，我會用吾主的祕術將你們送到庫沃克市。是真是假你就去問被我幫助的那些人吧。」

這麼說完之後，我便反覆使用歸還轉移回到亞里沙她們身邊。

◆

「佐藤。」

「歡回～？」

當我用歸還轉移回來之後，蜜雅與小玉兩人立刻便有了反應。

或許是因為黃金鎧太顯眼，她們換成黑衣和外套的組合，上面還附加妨礙認知的功能。

我也將庫羅的打扮換成和大家一樣的黑色衣裝。

「我回來了。亞里沙呢？」

「亞里沙在塔上面。」

莉薩指向一座傾斜的城內塔說，於是我用天驅移動到那裡。

由於蜜雅和小玉抱了上來，我便帶著她們一同來到塔上。

塔上除了亞里沙和波奇，還有抱著狙擊槍的露露。

「主人，歡迎回來。情況如何？」

「情況挺順利的。艾路斯他們也表示願意配合，之後我會去帶他們過來。」

「——等等！你又想亂來嗎？讓我用固有技能打開傳送門不是比較安全嗎？」

「我會以過去試過的人數為限多次進行傳送，沒問題啦。」

「記得確認過魂殼花環的狀態才行喔？」

「我知道。」

亞里沙真是愛操心。

「那麼，艾路斯王兄他們什麼時候可以過來？」

「天亮之前。」

亞里沙皺起眉頭。

「畢竟事發突然，我認為光是能在黎明前出擊已經算很不錯了喔？」

「這我知道，不過那邊感覺很不妙啊。」

亞里沙將望遠鏡遞給我，並指著反抗軍布陣的地方。

由於城堡周邊都是高地，因此能將城下町一覽無遺。

「優沃克王國軍已經發起進攻了嗎……」

「嗯，反抗軍的人被逼到了那棟建築物附近。再這樣下去他們可能會孤注一擲發起進攻，造成嚴重的損害。」

那可就不妙了。

「有辦法把艾路斯王兄的事告訴反抗軍領袖嗎？」

「我想想——雖然不知道誰是領袖，但我有個認識的傢伙，就把這件事告訴他吧。」

應該事先記住名字才對。由於艾路斯派的間諜數量不多，所以只要用空間魔法「眺望」逐一確認，應該就能找到那個人才對。

「——他們行動了。在紅色屋頂那邊。」

用狙擊鏡監視情況的露露報告急轉直下的狀況。

似乎有部分反抗軍孤注一擲地發起了進攻。

「完全失控了呢，沒有和其他反抗軍進行合作。」

亞里沙語帶遺憾地小聲說。

雖然發動奇襲很不錯，不過優沃克王國軍迅速重整態勢，有組織性地開始擊退反抗軍。

遭受嚴重打擊的反抗軍開始潰敗。

「主人，拜託你了。」

「了解，我去支援反抗軍撤退。」

這裡距離有點遠，因此我們用亞里沙的空間魔法移動到合適的地點。

然後用單位配置將塔下的莉薩和娜娜拉到身邊。

「露露狙擊優沃克王國軍的武器，蜜雅朝敵軍使用水魔法『急膨脹』，亞里沙和我攻擊敵人的騎士和前線指揮官。」

我悄悄對亞里沙說了句「——別殺人喔」，便展開行動。

露露用實彈槍射穿優沃克王國軍士兵的劍與盾。畢竟火杖槍和輝焰槍在夜晚相當顯眼。

「被狙擊了！不是弓箭！有暗殺者或狙擊手在！」

「在哪裡？從哪邊來的？」

優沃克王國軍停下追擊的腳步，躲進障礙物後面。

「你們在做什麼！只要突入敵陣，他們就無法狙擊了！給我拚命往前衝！」

他們的軍官在後方趾高氣揚地命令。

就在這時候，蜜雅的「急膨脹」炸裂。

「唔哇——是魔法攻擊！」

「是水球或水渦刃！快躲進遮蔽處！」

命令部下突擊，反而被蜜雅的魔法轟飛的軍官連忙躲了起來，不安地左顧右盼。

接下來亞里沙朝他的頭部發射壓制用的衝擊波。看到他直接倒地不起，應該是一發就讓他昏了過去。

「蜜雅，剩下幾個地方也拜託妳了。」

「嗯，交給我。」

蜜雅挺起胸膛，再度展開詠唱。

「我乃優沃克王國庫沃克方面軍第三——」

我伸出「理力之手」拿起掉在附近的瓦礫，往正在講述冗長臺詞的騎士下頷一擊使其昏倒。雖然反抗軍衝了出來打算給他致命一擊，不過在抵達之前，騎士的同伴就已經拉著他逃走了。

「主人，我想大顯身手，我這麼告知道。」

「波奇也想用魔刃砲轟一下喲！」

「小玉也想用忍術～？」

娜娜、波奇和小玉三人也想參戰。

莉薩雖然不發一語，但似乎也和她們三人有同樣的想法。

「魔刃砲在晚上太過顯眼——」

話剛說到一半，我發現有一群率領著魔巨人、騎在馬上的騎士從道路另一端趕了過來。

「莉薩、波奇和娜娜三人用魔刃砲破壞魔巨人。為了避免被對方發現，記得一邊移動一邊攻擊喔。」

在我下達指示後，三人隨即展開攻擊。

「小玉呢～？」

沒有接到命令的小玉表情有點悲傷。

「忍者小玉有特別任務。麻煩妳扔小石頭讓馬匹失控，然後用胡椒彈對趕來的騎士降下天罰。」

「系！忍忍～？」

小玉嗖地一聲消失在黑暗中。

「唔喔，馬怎麼了！」

「——唔哈，怎麼回——咳咳——唔噢噢噢噢噢！」

過了不久，騎士們紛紛從站起來的馬上摔落。

不愧是忍者小玉。看來她在馬匹失控的瞬間，將胡椒彈扔到騎士們的臉上。

「狙擊手在哪裡！」

「也遭受到魔法攻擊——唔哈！」

「隊長到底在做什麼！」

在夥伴們的活躍下，優沃克王國軍陷入混亂。

就趁現在——

我很快從跟不上事態快速發展的反抗軍人中，找到見過的那個人。就是那個在酒館見過面的艾路斯的間諜。

我將寫著艾路斯的援軍會在黎明到達的箭書射在他腳下。

隨即見到間諜發現箭書並讀了起來。

「協助我們的是艾路斯大人的先遣部隊！援軍早上就會到！」

間諜將這件事不斷告訴身邊的反抗軍。

多虧暗中行動技能，他們似乎相信了信中的內容。

「他們好像打算死守呢。」

反抗軍開始在建築物的門與窗戶外面堆積起家具和瓦礫，藉此當成簡易的柵欄。

「光是那麼做，要是被放火就完蛋了——」

於是我用土魔法「土壁」圍住反抗軍們的據點。

順便在四周打造瞭望臺。

「真不愧是主人呢。因為莉薩她們擊潰了魔巨人隊，優沃克王國軍似乎也決定暫時撤退重整態勢。」

「這樣子應該能撐到明天早上。」

目前優沃克王國似乎不打算使用都市核的力量。

雖然有可能是他們覺得反抗勢力沒有威脅，不過從庫沃克市周邊的氣候和農作物的情況看來，我認為應該是都市核剩下的魔力不夠。

我們輪流小睡片刻，期間沒有發生任何事，最後山的對面開始逐漸亮了起來。

儘管優沃克王國軍到目前為止都毫無動靜，然而他們似乎打算在天亮的同時發起攻勢，位於行政機關內的軍營逐步進行出擊的準備。

好了，差不多該收尾了。

◆

「我過去迎接他們，這裡交給妳了。」

「嗯，我知道了。要是優沃克王國軍進攻我再聯絡你。」

我換裝成庫羅的樣子。

當我用歸還轉移回到卡格斯伯爵領之後，發現在距離卡格斯市有段距離的地方聚集了大約三百名的武裝人士。

我用閃驅迅速前往他們身邊。

「看來你們已經準備好了。」

「——庫羅閣下！」

「居然從空中現身，勇者的隨從還真華麗。」

雖然有不少人因為我突然出現而嚇了一跳，不過老紳士和將軍兩人只是一臉平淡地抬頭看著我。

「老爺子！你看到了嗎！人在空中飛耶！」

艾路斯興奮不已地拉著老紳士的衣服說。

等恢復和平之後，帶他來一趟飛行旅遊吧。

「三百人左右嗎——」

這種程度的數量，應該只要來回運送幾次就能搞定。

「一個晚上能召集到這個人數已經是極限了。我們也不認為光靠這點人數就能攻下都市，只要我們這次的進攻能幫助城內正在起義的人就夠了。」

看來將軍對我的話有誤解。

「我不是這個意思，而是指這個人數就能送到庫沃克市。」

「送到？用飛空艇嗎？」

「確實也有飛空艇，但這次不用。」

我用理力之手抓住以將軍為首的士兵們。

「不要抵抗，現在就把你們送到庫沃克市。」

「你、你說什麼？」

接著利用單位配置一次運送大約六十人。

「——這、這裡是？」

「曾經是庫沃克市貴族街的地方。」

因為這附近都被燒燬，沒有任何人在，四處都很空曠，因此我用石製結構物的魔法打造了沒有牆壁的神殿風格建築物，當作移動用的據點。

「你們在這裡等著，我去把剩下的人帶過來。」

我對將軍拋下這句話之後便開始反覆運送士兵。為了遵守和亞里沙的約定，我在使用單位配置前先確認了「魂殼花環」，但完全沒有問題。

在反覆運送的途中，我從亞里沙那裡收到優沃克王國軍再次進軍的報告。

不過有我製作的土壁在，應該還能再撐一段時間吧。

「這裡依然到處都是燒焦的痕跡——城堡不見了！」

最後運送過來的艾路斯看著因為地層下陷而崩壞的王城，驚訝地叫了出來。

雖然我原本不想帶艾路斯來到戰場，但基於本人的強烈要求，以及老紳士說這是王國復興的必要條件，於是我才把他帶過來。

雖然老紳士沒有戰鬥能力，但艾路斯身邊有護衛形影不離地跟著，所以應該能保障他的人身安全。

『主人，土壁被破壞了！那些傢伙用了守護都市外圍的大型魔力砲！』

竟然在都市裡發射用來對付軍隊的大型魔力砲，實在有夠亂來。

『亞里沙，再稍微觀望一下。雖然可以稍微進行妨礙，但在艾路斯他們的援軍抵達前禁止直接介入。』

『知道啦。我只會用「隔絕壁」之類的技能阻止他們進軍。』

我向亞里沙下達指示後，將情況轉達給艾路斯。

他立刻下令讓將軍前去支援反抗軍勢力，三百名士兵隨即朝熟悉的故鄉進軍。

「這個給你。好好珍惜自己的生命吧。」

我將越後屋商會的盾手環交給艾路斯，接著轉過身去。

「庫羅大人不打算協助我們奪回王都嗎！」

「我已經幫得夠多了。我們本來就不會干涉人類的爭鬥。」

艾路斯遺憾地低下頭去。

「庫羅大人，感謝您的幫助。」

「這次只是受了那個小丫頭所託才不得已出手相助。假如要道謝，就跟那個狂妄的紫髮女孩說吧。」

「——紫髮？難道是亞里沙！」

我沒有回答艾路斯的問題，而是用歸還轉移回到夥伴們的身邊。

如果這樣能讓艾路斯的部下們減少針對亞里沙的負面情感就再好不過了。

◆

「為什麼都市內部有庫沃克王國的餘孽！」

戰場陷入了混亂。

這是因為得到大型魔力砲支援，進而取得優勢的優沃克軍側面遭到艾路斯他們部隊突擊的緣故。

「那個騎士是怎麼回事！」

「是身體強化嗎？」

「不對，他能用手臂彈開劍，可能是傳聞中的金剛身使用者。」

奇美拉騎士們為了報仇雪恨大開無雙。

被植入許德拉外皮與蛇龍鱗片的手臂，似乎連鋼鐵製的劍都能彈開。

「魔力砲！用魔力砲掃蕩他們！」

「閣下！這是在城市裡啊！」

「囉嗦！反正這附近住的都是庫沃克的傢伙們——」

話還沒說完，大型魔力砲及其附近的前線指揮官便遭到火焰與風暴吞沒。

「是魔法使嗎！」

「對方開始攻擊了！」

優沃克王國軍才剛了解狀況，他們的陣地便遭到如同雨水般的魔法攻擊。

「他們究竟從哪裡找來這麼大量的魔術士啊！」

「快把留在城牆的士兵叫過來！」

「先退兵，請求太守大人支援。」

我的順風耳技能聽見優沃克王國軍的作戰計畫。

艾路斯他們似乎已經與反抗軍陣營會合，能聽見稱讚他與慶祝勝利的歡呼聲。

「要高興就趁現在。只要得到太守大人的幫助，你們不過就是螻蟻。」

存活下來的指揮官嘴上一邊說著不服輸的話一邊撤軍。

看樣子他並非單純的不服輸，劍和鎧甲發出光芒的優沃克王國軍的士兵開始展開反擊。

從指揮官們說的話看來，應該是太守用都市核的力量強化了士兵吧。

都市核的魔力似乎並不充足，後方三成左右的士兵並沒有發出強化的光芒。

「可惡的優沃克兵！我們是不會輸給你們的！」

「這捨棄人類幸福得到的力量，就讓你們好好體會一下吧！」

就算在增幅狀態下，個人戰鬥力似乎還是奇美拉騎士們占上風。

只有高等級的優沃克王國騎士能跟奇美拉騎士打得不相上下。

「唔嗯嗯，不要單打獨鬥！善用數量的優勢包圍他們！」

「你們這群卑鄙的傢伙！」

「贏得了！快去消耗對方的體力！」

看來優沃克王國的指揮官察覺到該如何有效運用比對手多將近四倍的兵力。

『主人，怎麼辦？光靠騷擾撐不下去呀。』

如同亞里沙所說，再這樣下去只會因為兵力差距而被壓制。

『知道了，允許參戰——但是，要注意別受傷嘍。』

『要換成黃金鎧？』

『不必，這次用公開的裝備就夠了。記得不要使用刻上紋章的裝備。』

由於這次也想順便抹消亞里沙的負面評價，所以不穿身為勇者隨從的裝備，而是用公開的裝備參戰。

為了支援大家，我使用空間魔法「眺望」。

『先鋒是波奇喲。』

『衝鋒～？』

『居然趁波奇擺姿勢的時候偷跑，好狡猾喲！』

波奇和小玉的聲音透過亞里沙發動的「戰術輪話」傳了過來。

「有小傢伙來了！」

「好、好強！是傳聞中的矮人嗎！」

「擋、擋下來！誰快來阻止這些傢伙！」

小玉和波奇在戰場上奔馳，不斷攻擊士兵們的腳。

兩人的身影消失之後，路上只留下抱著腳在地面翻滾的士兵們。

一般市民拿著平底鍋或椅子圍毆起這些士兵。雖然在都市核保護下應該不會失去性命，不過市民們為了一吐平時的怨氣，攻擊毫無停止的跡象。這也算是因果報應吧。

「騎士大人！出現了！」

「嘿～嘿～我正是優沃克王國的騎士——」

『黑槍莉薩前來領教！』

帶著紅光現身的莉薩沒等騎士報上名號就衝了上去。

騎士雖然接下莉薩的幾次攻擊，但就算有都市核的強化，依然空虛地被莉薩打倒在地。

如果沒有不殺生的限制，她肯定在最初的一回合就把對方擊倒了吧。

「那個長槍使是誰？竟能不費吹灰之力打敗優沃克王國的騎士。」

「庫沃克王國應該沒有那樣的高手才對。」

「肯定是多虧艾路斯大人的人望吧。趁現在掃蕩剩下的敵人！」

見到莉薩的活躍，庫沃克王國兵的士氣上升。

——嗡。

「什麼？你說什麼？」

「我什麼都沒聽到啊。比起這個，別停下來啊。」

在城牆塔上搬運魔力砲的優沃克王國兵不安地左顧右盼。

——嗡、嗡。

「好像聽到了什麼耶。」

「所以說是什——」

著急的士兵話才說到一半，就受到衝擊波的波狀攻擊。

他們身邊飄浮著半透明的年幼少女——小型的希爾芙。

『希爾芙，破壞魔力砲。』

——嗡。

收到蜜雅指令的小希爾芙將魔力砲捲到天上進行破壞。

『希爾芙，下一個。』

——嗡。

接收了指示的小希爾芙們，開始朝著下一座魔力砲移動。

就這樣，把魔力砲送往前線的搬運計畫，被默默地埋葬在黑暗之中。

「——唉呀？」

地圖上發現了繞過前線、迂迴前進的優沃克王國隱祕部隊。

看來是想襲擊躲藏在後方的非戰鬥人員。應該是打算把他們當成人質，藉此勸說艾路斯他們投降吧。

潛伏在艾路斯大本營附近的娜娜距離最近。

『娜娜，九點鐘方向有敵兵接近，麻煩妳去排除。』

『是的，主人。不會讓他們對幼生體出手，我這麼告知道。』

雖然很可靠，但拜託也好好保護中年人和老年人啊。

我再次確認地圖，發現都市外發生了異變。

『亞里沙，妳帶著露露前往南邊的外牆塔。』

『ＯＫ！』

『——呀！』

代表亞里沙和露露的光點隨即出現在空無一人的外牆塔。

『亞里沙、露露。快看國境要塞的方向。』

『有什麼東西在動。』

『難不成是魔巨人？』

『沒錯。他們似乎把鎮守在與希嘉王國相鄰國界的主要部隊也派了過來。』

『要打倒他們嗎？』

『拜託妳了。』

『露露，距離有點遠，沒問題吧？』

『嗯，區區這點距離——妳看！』

光線槍發出數次光芒後，魔巨人的光點隨即從地圖上消失。

不愧是狙擊手露露，魔法槍用得很熟練呢。

我和亞里沙對露露的高超技巧讚嘆不已。

——吱吱。

腦中傳來蝙蝠的叫聲。

是從潛伏在太守附近的潛影蝙蝠傳來的。我和蝙蝠的意識同步，看到太守在著手準備某種儀式魔法。

『亞里沙，太守似乎打算做些什麼，要我去阻止嗎？』

『那裡交給我，能請主人去處理源頭嗎？』

『嗯，交給我吧。』

我朝著源頭——也就是都市核的房間出發。

由於入口受王城的崩塌牽連被堵了起來，沒有任何士兵在守衛。

我用土魔法「陷阱」挖開通道，用力扯下扭曲的門扉。因為前方有都市核張設的致死性結界，所以我全力施展「魔法破壞」將其消除。雖然覺得應該能不受阻礙地直接通過，但我可沒有刻意讓自己身陷危險的興趣。

『支配上位領域的王啊。這個地區已經被登錄為優沃克市的衛星都市，要是奪取這個地區，將會自動視為對那個都市宣戰，請問可以嗎？』

「無所謂。把這片地區登錄為衛星都市。」

『屬下明白了。王啊，這片地區歸您所有。』

比預料中更簡單地結束了。

原本打算像穆諾伯爵領那樣更換領主，不過要是這麼做的話，艾路斯的「奴隸」身分將會被強制解除。

如果不先解除艾路斯身上的強制，有可能會導致他違反強制，使得艾路斯像歐路奇戴那樣死去。

我向都市核下令，讓其覆蓋並解除優沃克王國軍的都市核增幅。

「我有個問題，要是現在解除衛星都市，會發生什麼事？」

『下一個造訪此地之人將會成為王。』

那就沒問題了。

安全起見，我在入口張設了只有艾路斯能夠通過的結界。

這樣就不會發生誤闖這裡的人當上國王的意外事故了吧。

『──暴虐的衝擊風暴！』

我才剛把意識轉移到潛影蝙蝠身上，就看見亞里沙一邊發出莫名其妙的大喊，一邊釋放對人壓制用的衝擊波蹂躪著優沃克王國軍司令部的太守和將軍。

『要適可而止喔。』

『主人，你那邊怎麼樣了？』

『結束了。接下來只要艾路斯前往都市核房間就能完成繼承。』

『速、速度真快。不過，就是這樣才令人感動、令人崇拜！』

亞里沙用著名漫畫的臺詞開起玩笑。或許，她只是單純地在稱讚我也說不定。

『主人，失去光芒的優沃克王國軍開始節節敗退。』

莉薩透過戰術輪話向我報告。

來自都市核的強化似乎順利解除了。

『這裡是亞里沙，司令部的人也選擇撤退了。雖然太守和將軍打算抗戰到底，但他們一下子就被反抗的部下解決掉了。』

這個世界的人命還是一如往常地不值錢。

『這裡是波奇喲！軍人先生從北門逃走了喲。』

『這裡是小玉～？廣場很熱鬧～？』

波奇和小玉模仿起亞里沙，聽起來很開心的樣子。

『主人，亞里沙的哥哥在廣場發表勝利宣言，我這麼報告道。』

我用目測單位配置移動到能看見廣場的位置，隨即用單位配置將夥伴們帶過來。

雖然覺得單位配置有點用過頭了，但我還是想和大家一起見證這個難得的瞬間。

「我們勝利了！我在此宣布庫沃克王國復國！」

艾路斯在臨時搭建的高臺上大聲宣言。

「「「唔噢噢噢噢噢噢噢噢噢噢噢噢！」」」

「「「艾路斯殿下萬歲！」」」

「「「新國王艾路斯陛下萬歲！」」」

當艾路斯宣布王國復興後，不僅是他的臣下與士兵們，聚集於此的舊庫沃克王國民眾也一同為此慶祝。

「恭喜你，艾路斯王兄。」

「艾路斯大人，恭喜您。」

亞里沙和露露也小聲地為身處人群中心的艾路斯獻上祝福。當然，其他孩子們也一樣。

「「「庫沃克王國榮光永存！」」」

「「「艾路斯陛下榮光永存！」」」

「「唔噢噢噢噢噢噢噢噢噢噢噢！」」

或許是在優沃克王國的支配下飽受壓迫的緣故吧，人們狂熱地支持艾路斯。其中也包含只是在大喊大叫的人，但我並非無法理解這種心情。

不過，對艾路斯和幹部們而言麻煩事現在才開始。即使奪回了國家，依舊有許多事情要做。像是修復因為街道戰而變得一片混亂的城市，以及重新打造能從優沃克王國的反擊或魔物威脅中保護國家的軍事力量，該做的事堆積如山。

「我們走吧，主人。」

「這樣好嗎？」

「嗯，剩下的全部交給艾路斯王兄就行了。比起這個，我有件想做的事——」

亞里沙抬頭看著我，臉上露出一副淘氣孩子般的表情。

戰場的不講理

「我喜歡和強大的傢伙戰鬥。尤其熱愛和毫無顧慮盡情廝殺的敵人一戰。要是能打一場讓人心情澎湃的熱血戰鬥，就算死了也無所謂——希嘉八劍第八席『割草』盧歐娜說。」

「還聚集了真多呢。」

希嘉八劍的盧歐娜眺望著在盆地草原上進行的野外戰場低聲說。

這裡是比斯塔爾公爵領一角的交通要地。現場共有七千五百名王國軍與九千兩百名叛亂軍拉開距離展開對峙。雙方都使用土魔法和魔巨人架設了野戰陣地，現在仍能見到忙碌奔波的傳令兵以及使魔們。

盧歐娜站在野戰陣地內用土魔法打造的簡陋瞭望臺上確認起兩軍的陣形。

「沒想到叛亂軍居然會挑起野戰是也。」

「我也很意外。畢竟仰賴都市或城牆固守陣地才是基本。」

見到叛亂軍不按牌理出牌的戰略，隨侍在盧歐娜身邊的希嘉八劍候補「風刃」包延和

「白矛」凱倫皺起眉頭。

「那是因為我們這邊有公爵大人在。那些傢伙最怕的就是大人進入都市，然後再度掌握公爵領。」

此時走上瞭望臺的紅鎧美男子——「紅色貴公子」傑利爾・莫撒多男爵帶著具有深度的低沉嗓音回答他們的疑問。

「嗨，傑利爾。你回來啦。不用繼續保護公爵了嗎？」

「大人總算答應進入地下司令部了。」

「那就可以放心了呢。」

凱倫將手上的望遠鏡遞給回到這裡的傑利爾。

「就算是傳統，但是要讓連運動都沒好好做過的公爵大人站在最前線，光是想像就讓人背脊發涼。」

「家族歷史悠久的貴族大人還真辛苦是也。」

「別這麼說嘛，這可是自王祖大和時代留下來的傳統，公爵大人願意讓步已經很好了。其中可是不乏會上前線衝鋒的笨——大貴族呢。」

凱倫安慰著一臉傻眼的包延。

「閒聊就到此為止了。來嘍——那些傢伙的救命稻草。」

盧歐娜轉動愛用的大鐮，指向從聳立於叛亂軍後方山脈對面逼近的身影。

「要讓我好好享受一番喔——龍！」

她輕舔大鐮的刀刃，一臉興奮地瞪著下級龍。

那是隻外表奇特的下級龍。牠頭上戴著帽子，右手握著人偶——不，是名穿著華麗服飾的男性。雖然他在盧歐娜等人眼中只是個可憐的犧牲者，不過那名男子的真實身分是優沃克王國的馴服師，同時也是將下級龍編為叛亂軍戰力的重要人物。

由於下級龍行動迅速且專心戰鬥時會忘記命令，身為馴服師的他才會這樣同行。

「叛亂軍的龍來了！」

凱倫朝地面發出下級龍接近的警告，地面上的人們隨即像捅了蜂窩似的起了騷動。

魔力爐發出低鳴，構築出十幾二十層的防禦障壁。

所有的神官和魔法使都以認真的表情詠唱起咒文；騎士們也使用身體強化系的技能；弓兵和砲兵則開始準備遠距離攻擊用的技能。

讓所有人必須拚上一切的身影就在那裡。

所謂的下級龍，就是這麼令人恐懼的對手。

「要上嘍——！」

盧歐娜以宛如箭矢般的氣勢衝了出去。

「魔法兵設法把龍打下來，接下來就讓我們來想辦法。」

「弓兵和砲兵瞄準身體是也！就算貪心想狙擊翅膀，也只會被支撐翅膀的風之魔力捲走，絕對打不中是也！」

傑利爾和包延代替眼裡只有戰鬥的盧歐娜向士兵們大喊。

「各位，我們上！」

凱倫朝在瞭望臺下待命的其他五名希嘉八劍候補說完，隨即衝了出去。

五人中的其中一人停下腳步，拉開深藍色的長弓。

「——盧歐娜大人，響箭就交給我吧！《天弓》！」

射手的魔弓在接收聖句後發揮真正的力量，弓身泛出的紅光包覆響箭。

「翔天之龍啊！接下我『天弓射手』，『越谷』波德溫的『天光彈』吧！」

波德溫將箭射出，驚人的衝擊波與光芒形成數層光圈。

散發紅光的箭帶著音速逼近下級龍。

好快。那已經超越了重力和翅膀能避開的速度。

然而下級龍的眼神沒有絲毫焦急，只見牠在空中一躍就避開了箭。那是隱居在深山的高等級達人所使用，被稱為空步或二段跳躍的技巧。

下級龍戴著的圓帽或許是固定在角上，即使捲起大風也沒有因此而掉落。

反而是被握在下級龍手上的馴獸師脖子可能會因為激烈的高速運動而被折斷。

「「「……■亂流。」」」

風魔法使在下級龍周圍創造出亂流。

「「「……■■■落氣鎚。」」」

緊接著，其他風魔法使們接連使用落氣鎚轟了過去。

那是聖留伯爵領軍十分擅長，用來狩獵飛龍的最佳方式。

「真的假的……」

「不愧是戰鬥生物是也。」

下級龍閃過了如果是飛龍肯定會被擊墜到地面的組合技。

察覺到氣流混亂的下級龍收起翅膀避免受到影響，而見到下級龍降低高度時趁機發出的落氣鎚，也被牠用閃避波德溫的箭時同樣的招數避開。

「話說回來，那個穿著華麗服裝的是誰是也？」

「那個下級龍握在手上的傢伙？不就是龍的午餐嗎？」

「不，之前他也在現場，恐怕是優沃克王國軍的馴服師吧。」

希嘉八劍候補們的推測很正確。

「馴服師？在下可沒聽說還能調教龍是也。」

「恐怕是用了鼬帝國的螺絲。」

凱倫將自己的推測告訴包延。

「螺絲？再怎麼說也不可能吧？據說之前有人打算用七個螺絲支配多翅長蟲，結果失敗了耶。」

「是嗎？假如七個辦不到，那麼會不會是用了三十個左右？」

見傑利爾否定自己的說法，凱倫指向下級龍頭上戴著的帽子。

他似乎主張帽子下面有螺絲。

——GYAOOOOOSZ。

此時在上空盤旋的下級龍發出吼叫。

「牠正在發光，要重新展開防禦障壁嗎？」

「那還真不錯。這就證明牠認為我們是不可小覷的對手是也。」

「哼，有什麼好不錯的，能讓對手大意肯定比較好吧。」

使用大劍的希嘉八劍候補語氣強硬地否定了包延的話。

「真是無聊的傢伙是也。在下可不能接受被戰鬥的對手瞧不起是也。」

當大劍使準備對包延說的話做出回應時，凝視著天空的盧歐娜忽然咂嘴一聲。

「——不妙。」

短暫的低語結束後，盧歐娜衝出去。

她衝刺的方向，正是深吸一口氣並高速下降的下級龍。

「嘖，龍之吐息嗎！」

「不、不好了是也！」

希嘉八劍候補們也趕緊衝了出去。

然而他們奔跑的方向不盡相同。以傑利爾、包延與凱倫為首的人都跟著盧歐娜衝向正前方；弓箭手波德溫停下腳步架起弓；大劍使與雙劍士則為了避開吐息往側面跑去。

「波德溫先生，狙擊馴服師！」

「知道了！」

在下級龍被吸引注意力的期間，波德溫的箭貫穿了馴服師失去意識的額頭。

不過下級龍對此毫不在意。

「龍來了——！」

「魔力爐全開！」

「已經開到最大了！」

「再大一點！就算壞掉也沒關係！用最大功率開啟障壁！」

為了戒備龍之吐息，王國軍司令部盡全力提升陣地的防禦能力。

然而，即使是防衛據點用的魔法裝置，也無法保住整個陣地。

「快逃啊啊啊啊啊啊！」

「所有人快跑！會被吐息吞噬喔！」

兩側的指揮官使喚士兵全速逃跑。

雖然當事人非常拚命，但實在太遲了。龍在他們逃離之前就已經接近，下顎開始冒出紅蓮的火焰。

「完、完蛋啦啦啊啊啊。」

縱然清楚絕對來不及，他們依舊沒有停下腳步做最後的掙扎。

毫無慈悲的熱量聚集在他們上空——

「喔呀啊啊啊啊啊啊啊啊啊啊啊！——反向死極斷頭臺！」

「割草」盧歐娜用空步衝到空中，朝下級龍的下顎舉起大鐮往上一打。

——GYAAAAOOZZ。

火焰伴隨龍的慘叫從嘴裡噴了出來，焚燒著戰場的天空。

雖然有人的頭髮或衣服遭到餘波焚燒，但在地上打滾後便得以熄滅的樣子。

「嘖，再來——三連死極斷頭臺！」

盧歐娜活用離心力和大鐮的重量，以怒濤之勢豪爽地向下級龍發出必殺技。

「第一擊！」

橫掃的死極斷頭臺襲向下級龍的頭顱。

龍用爪子將其擋開，紅白色的火光飛濺四散。

「第二擊！」

仍然飄浮在空中的盧歐娜利用大鐮的慣性扭轉身體，這次從上方揮下大鐮。

下級龍移動長脖子躲開了。

此時下級龍張開雙顎逼近盧歐娜因為用力過猛翻了一圈，變得毫無防備的背部。

「第三擊——！」

在即將被咬住之前，盧歐娜的大鐮趕上了。

盧歐娜的大鐮和下級龍的利牙猛烈碰撞，濺出比一開始更加強烈的火花。

雖說龍牙能夠貫穿一切，不過面對來自側面的激烈撞擊，它似乎無法發揮出百分之百的力量。

瞬間的攻防結束，盧歐娜因為反作用力朝後方飛去。

下級龍在空中倒轉身體，龍的背部就這麼映入盧歐娜的眼簾。

「——危險！」

龍的尾巴以超高速朝盧歐娜甩去。

「——嘖。」

盧歐娜雖然用大鐮當作盾牌免於遭到直擊，可是空步次數用盡的她無法抵抗如此巨大的質量，瞬間被打落地面，在地上劃出深深的溝道。

「連、連希嘉八劍都……」

「果然我們無法對抗龍嗎……」

內心原本懷有一絲希望的王國軍，因為希嘉八劍的敗北而陷入絕望。

——GYAOOOOOSZ。

下級龍發出勝利的咆哮。

「……■氣流消失！」

「……■落重旋鎚！」

此時兩道聲音響起，洋洋得意的下級龍高度驟降。

即使如此，牠依然停在長槍無法觸及的高度。

「……■落雷！」

「……■下降爆流！」

戰場上再度響起兩道聲音。

下級龍遭受落雷痛擊，從上空撒落的冰冷氣流風暴再進一步追擊，總算把下級龍擊落到地面。

「是希嘉三十三杖是也嗎……真驚人的魔法是也。」

「現在可不是悠閒旁觀的時候！牠落地的現在正是反擊的機會！」

「「喔！」」

在傑利爾的訓斥下，希嘉八劍候補們也勇猛地向下級龍發起挑戰。

擁有變幻無常的魔刀、被稱為「風刃」的包延在各種距離下玩弄下級龍；「白矛」凱倫則趁機攻擊下級龍的破綻。其他希嘉八劍候補們也保持各自的距離包圍下級龍。

「不光是爪子和牙齒！也要小心尾巴和翅膀！」

在冒險者團隊「赤龍的咆哮」中擔任領隊的「紅色貴公子」傑利爾指揮著希嘉八劍候補們。他自己也對冰之魔劍「冰樹之牙」注入魔力，渾身纏繞著冰冷的霧氣應戰下級龍。

「——好硬。」

「硬到就算挨了希嘉三十三杖的上級魔法，依然毫髮無傷的程度。」

「別害怕！龍的防禦障壁已經被削弱很多了！」

傑利爾斥責感到膽怯的同伴們。

「——下級龍，等級五十五，技能有『格鬥』和『風魔法』。」

持有鑑定技能的候補將鑑定結果告訴傑利爾。

「——螺旋槍擊！」

「——風刃亂舞！」

雖然凱倫和包延同時發出必殺技，不過下級龍仍然透過牠與外貌不符的速度閃過兩人的攻擊。

接著將疑似在回避時撿到的岩石扔過去。

雖然岩石砸向剛使用技能而無法避開的兩人，但同伴們透過踢技和身體撞擊讓兩人移動到安全範圍。

「痛痛痛……」

「幫大忙了是也。下次還請手下留情一些是也。」

「不要隨便使用技能！龍也在等我們有所消耗！」

傑利爾提醒重新站起來的同伴。

「與其說是等我們有所消耗——」

「——更像是在玩弄咱們是也。」

如果飛過來的岩石不只一顆，而是被捏碎的岩石散彈，他們早就沒命了。

「在盧歐娜大人恢復之前，就由我們來撐住！」

「嗯，包在我們身上。」

傑利爾他們開始充滿絕望地爭取時間。

◆

「——喝啊啊啊啊啊啊啊。」

大劍使被下級龍的尾巴擊中，口吐鮮血在地面上不斷翻滾。軍隊的神官隨即從後方朝他跑了過去。

雖然他們已經打了將近十分鐘，不過下級龍只受了點輕傷，依然帶著神采奕奕的表情戰鬥著。

「快來個人填補空缺！」

「凱倫先生剛才已經被送往後方是也。現在只剩下我們兩人是也。」

或許是因為缺少大劍使讓牠有了餘裕，只見下級龍吸了口氣。

「——糟糕，《冰樹》！」

傑利爾詠唱魔劍「冰樹之牙」的聖句，創造出冰的樹木擋下「龍之吐息」。

「就算只是牽制性的微弱吐息，擋住一次就已經是極限了嗎——」

此時下級龍的頭部推開火焰與冰屑散落的殘渣衝了出來。

巨大的下顎襲向傑利爾。

「──《風刃》！」

包延施放風之刃攻擊下級龍的眼睛，但是被對方的防禦障壁擋住，沒能造成傷害，只讓牠瞬間眨了眨眼。

然而──

「唔喔啦啊啊啊啊啊啊啊啊啊啊啊啊啊啊！」

一道用瞬動衝過去的身影抓住瞬間的破綻。

「──死極斷頭臺！」

大鐮的一擊終於粉碎防禦障壁，甚至還擊碎了障壁之內的鱗片。

──GYAAAAOOZZ。

四周迴蕩著龍的慘叫聲。

牠的側臉上多了一道傷口。

「盧歐娜大人！」

「讓你們久等啦！」

露出笑容的包延身影突然消失。

「——什麼！」

緊接著就連善戰的傑利爾也被從背後出現的下級龍給打飛出去。

「這才是牠的真正實力嗎？」

——GYAOOOOOSZ。

下級龍誇耀著自己的勝利。

看來下級龍到目前為止都沒有使用瞬動與剛腳之類的技能，只是單純享受著和他們之間的戰鬥。

「這傢伙很不妙啊。就算海姆和祖雷堡老爺在場也不一定能贏——」

不僅有等級差，對方還跟己方一樣能熟練地運用技能。

最重要的是，作為生物的基礎能力相差太遠了。

「可是，作為最後一個對手——實在棒極了！」

盧歐娜做好赴死的覺悟挑戰下級龍。

透過善用至今所有的經驗和技術，連同得意招式的死極斷頭臺及其組合技與下級龍正面交鋒。

但是——仍然無法匹敵。

光是要對下級龍造成一道小傷口，盧歐娜身上的鎧甲便因此粉碎，自豪的肌肉也不斷受到重創。

儘管渾身是血，來自後方的支援魔法還是讓她勉強活了下來。

「再一擊。瞬動——死極斷罪旋！」

趁著下級龍吸氣的破綻，盧歐娜抱著同歸於盡的覺悟釋放絕招。

渾身發出紅光的她逼近下級龍，朝向湧出火焰的下顎不斷發出斬擊。

就算皮膚遭到焚燒、血肉化為焦炭，盧歐娜依然沒有停下。

只是專心一意地擠出最後的力量，將自己的刀刃刺向對手。

——GYAAAAOOZZ。

戰場上迴蕩著龍的慘叫聲。

咆哮聲傳入幾乎失去聽覺的雙耳，讓盧歐娜滿足地放開了意識。

◆

「「「盧歐娜大人————————————！」」」

見到盧歐娜被紅蓮火焰包覆的身影，王國軍的軍官和士兵們發出大喊。

「趁現在！全軍突擊！」

叛亂軍帶著如洪水般的氣勢攻向動搖的王國軍。

此時衝在最前方的一個人發現了異狀。

「——那是誰！」

渾身焦黑的盧歐娜身邊，站著一個擁有不祥紫色頭髮的人。

「勇者大人？」

「那是勇者無名大人！」

有人察覺了那個人的真實身分。

——GYAOOOOOOSZ。

彷彿沒聽見下級龍的威嚇聲似的，那個人——勇者無名在盧歐娜的身邊蹲下。

——GYAOOOOOOSZ。

宛如要對無視自己的無禮之徒降下天罰似的，下級龍張開巨大的雙顎咬了過去。

「勇者大人，危險！」

然而勇者無名對周遭的憂慮毫不關心，只是隨口說出一句「吵死了」，反手一拳揍飛下級龍。

他無視掀起塵煙滾出去的龐大身軀，以及無意間停下進軍腳步的叛亂軍，只顧著拿起不知打哪兒來的玻璃瓶並打開蓋子。

「真是亂來呢。」

並將瓶裡的液體——萬靈藥澆在盧歐娜身上。

帶著藍光的液體一碰到盧歐娜的身體，數層魔法陣隨即以她的身體為中心浮現，宛如電腦斷層掃描的光芒般在身體表面反覆移動。

炭化的皮膚瞬間再生，恢復成紅潤且帶有光澤的模樣，就連她身上那些具有象徵性的傷痕也完美地消失無蹤。

由於鎧甲和衣服都被「龍之吐息」燒燬，她的下半身只留下些許木炭般的殘骸。勇者無名將不知從哪兒拿出來的斗篷蓋在盧歐娜身上。

「……唔、唔嗯。」

盧歐娜發出呻吟睜開眼睛。

「勇者大人？」

——GYAOOOOOOSZ。

下級龍發出咆哮。

牠面對破綻百出的對手依然裹足不前，但最終還是下定決心展開攻勢。

下級龍拿出宛如瞬間移動的速度繞到無名背後。

並趁勢轉動身體，將因為離心力變得威力驚人的尾巴掃了過去。

「勇者大人，後面！」

盧歐娜發出警告。

勇者無名不僅隨手接住尾巴攻擊，甚至將下級龍的龐大身軀給扔了出去。

「別擔心。」

「……騙人的吧。」

面對眼前這超脫現實的光景，盧歐娜驚訝到甚至沒發現蓋住身體的斗篷掉了下來。

勇者無名朝下級龍走去。

與像是在散步般毫無防備的勇者無名相反，下級龍全神貫注盯著勇者無名的一舉一動，謹慎地擺好架式。

假如現場有人能夠分辨龍的表情，一定能指出牠的眼神帶有畏懼。

「……勇者大人。」

盧歐娜露出少女般的眼神守望兩者間的戰鬥。

究竟會是怎樣的一戰呢，雙方陣營的人們屏氣凝神地等待著。

此時勇者無名輕輕舉起手。

「趴下！」

接著揮下手臂簡短地下達命令，隨後下級龍便露出肚子躺了下來。

這莫名其妙的發展讓人們看得目瞪口呆。
沒有人知道那是「黑龍之友」稱號帶來的效果。
正當眾人因為吃驚而來不及做出反應時，只有勇者無名理所當然似的接受眼前發生的事情。因為對他來說，這只不過是將曾經在迷宮下層馴服邪龍家族的過程重現而已。
「稍微失禮了。」
勇者無名從露出示好表情的下級龍頭上拿下帽子。
「原來如此，是被螺絲和死命針操縱了嗎？」
他一舉起手，下級龍頭上的螺絲便消失。隨後將取出的桶裝液體——上級魔法藥澆上去之後，下級龍的傷口隨之癒合。雖然從外部看不出來，但牠腦內的死命針也已經不見了。
「這下你就自由了。不要再來有人的地方嘍。」
對龍做出「去吧」的手勢後，下級龍便飛上高空離開了。
「勇者大人不是不會干涉人世間的紛爭嗎！」
叛亂軍的主謀——比斯塔爾公爵的長男圖里葉的叫聲從叛亂軍的陣地傳了過來。
勇者無名用目測單位配置出現在圖里葉面前。
「今天只是有點私事才來的。這是你妹妹託付給我的東西。」
勇者無名將圖里葉最小的妹妹索米葉娜所託付的信遞給他。

「雖然不知道你為什麼想殺父親，但要是一股腦地只想抄捷徑的話，只會讓周圍的人悲傷喔。」

留下這麼一句忠告之後，勇者無名隨即消失無蹤。

接著他現身在優沃克的軍隊中。

「希嘉王國的勇者又怎樣！打算獨自和這裡的軍隊戰鬥嗎！」

優沃克王國軍的指揮官用希嘉國語大喊。

「我可不會做那種麻煩事，而且——」

勇者無名手臂一揮，身穿散發金色光輝鎧甲的騎士們便出現在他的身邊。

「——我不是獨自一人。」

在勇者無名做出指示後，黃金騎士們便接二連三將優沃克王國軍的士兵扔出去。

「小孩子？不，是矮人和矮精靈嗎！居然能讓妖精族服從！」

「不對喔～？」

身穿粉紅色斗篷的黃金騎士——小玉從指揮官身後出現，並用後橋背摔將他扔出去加以排除。

「萬納庫，『展開』。」

一道彷彿被剪成四方形的黑色空間出現在頭盔底下透出紫色頭髮的紅斗篷黃金騎士——亞里沙面前。

「各位！可以了喔！」

「收到了喲！」

黃色斗篷的黃金騎士——波奇不斷抓住附近的奴隸兵扔進黑色空間。

「是庫沃克餘孽指使的嗎！」

重新站起的指揮官大喊。

「火杖兵！把他們連同奴隸一起燒死！」

接收指揮官命令的二十人毫不猶豫地從火杖發射出火彈。

「休想得逞，我這麼告知道。」

白色斗篷的黃金騎士——娜娜架起大盾擋在奴隸兵前面。

「光靠一面大盾怎麼可能擋得住！」

「沒有問題，我這麼告知道。」

出現在她身旁的七面透明盾牌——自在盾各自展開移動，成功擋住了火彈。

「——繼續發射火彈！魔法使！給我全力以赴，把所有攻擊魔法都射過去！」

聽見指揮官如慘叫般下達的命令，火杖使直到魔力用光為止都在不斷射出火彈；魔法使們則追加了「火球」、「火焰暴風」、「刀刃暴風」和「石筍」之類的攻擊魔法。

雖然單純為了擊倒一個人擺出這種大陣仗實在有點誇張，不過——

「……怎麼可能。」

數十層出現在娜娜面前的防禦障壁，從殘暴的魔法攻擊中保護著她以及庇護在其身後的奴隸兵們。

——堡壘防禦。

那是設想與「樓層之主」或上級魔族間戰鬥而創造的。

當然能夠輕鬆應付鄉下軍隊發出的魔法。

「主——勇者大人，回收完畢了。」

「知道了。」

等到將庫沃克出身的奴隸兵盡數回收後，黑色空間瞬間消失。

「打擾啦～」

亞里沙用不合時宜的開朗語氣這麼說完，隨即和出現時一樣悄無聲息地離開現場。

「這……」

叛亂軍司令部的圖里葉宛如呻吟般編織著話語。

「這就是當代勇者嗎……能夠不透過戰鬥馴服無敵的龍，就算身處萬人軍中也能旁若無人地展開行動，在不造成任何犧牲的情況下達成目的。要是有他在，希嘉王國甚至能夠跨越『大亂之世』也說不定。」

「圖里葉大人！」

聽見副官聲音的他，回想起自己早已無法回頭的事。

「我知道。就算是為了死去的人，現在也不可能收手，只能跟父親一決勝負了。」

向全軍下達繼續戰鬥的指令之後，圖里葉再度回到空無一人的帳棚。

「為了人民，不能再拖下去了。」

他緊握鑲有家紋的短劍劍柄。

此時一封信掉在他眼前。

「……索米葉娜。」

圖里葉開始讀起妹妹寄來的信。

「或許我真的做錯了也說不定……」

看完這封希望他也能夠活下來的信，圖里葉流下淚水。

叛亂在當天傍晚結束，圖里葉被希嘉八劍候補傑利爾抓住，帶到比斯塔爾公爵的面前。

他們在那裡說了什麼，並未留下任何紀錄。

不過，所有戰鬥在這場會戰中結束，或許是為了避免內戰發展成泥沼般的困境吧。

公爵領就這麼再次回到比斯塔爾公爵的手中，人們的生活也恢復了正常。

雖然圖里葉在王都接受審判，但並未遭到處刑，而是被發配到位於比斯塔爾公爵領邊境的宅邸度過餘生。

有貴族譴責那種做法太過天真，不過當得知為他求情的人是鎮壓叛亂的主要人物勇者無名後，便不再提出異議。

就這樣，從年底的比斯塔爾公爵暗殺未遂事件開始的比斯塔爾公爵領叛亂就此閉幕。

尾聲

「我是佐藤。挑戰沒經歷過的事情需要勇氣。無論是誰都會害怕失敗，但我認為克服那股恐懼向前踏出一步，就是抓住成功的必要條件。」

「艾路斯王兄。」

「——亞里沙！」

我陪著亞里沙和露露一起前去拜訪身在庫沃克市太守館的艾路斯。

「果然，真的是亞里沙做的呢。」

「您是指什麼事呢？」

面對眼神中帶著確信的艾路斯，亞里沙佯裝不知情。

「昨天晚上父王出現在我的夢中，他將一切都告訴我了。父王說亞里沙解放了被束縛在迷宮的他們。」

看來庫沃克王的靈魂實現了亞里沙的願望。

「這樣啊，真的見面了呢。」

「嗯，都是託亞里沙的福。奪回王都時妳也悄悄幫了忙吧？甚至拜託勇者大人的隨從，協助迷宮裡那些被改造的騎士和魔法使重獲自由，而且還救出被優沃克王國的傢伙們任意使喚的數百名士兵。」

「我只是拜託他們而已，要謝就謝勇者大人吧。」

「可是，我還是想向亞里沙道謝。謝謝妳，亞里沙。」

艾路斯握著亞里沙的手表達謝意。

——差不多可以了吧？

我看著亞里沙點點頭，於是她向艾路斯說出「王兄，來談談我今天來這裡的主題吧」這番話。

「主題？」

「是為了讓王兄當上國王必須做的事喔。」

亞里沙朝我喊了聲「主人」。

「接下來將要解除施加在艾路斯大人你們幾位身上，『到死都會是個奴隸』的強制。」

「能解除嗎！」

我將纏在法杖上的布拿下。

「是的，據說這把法杖封印著宮廷魔術師歐路奇戴的強制。」

「那把法杖可以用強制嗎？但是，就算真的能夠使用，又該怎麼做才能解除我和亞里沙的強制呢？」

「根據歐路奇戴的研究紀錄，當使用強制下達相反命令時，只會留下力量較強的命令，弱的一方將會失效，這次就是要利用這一點。因為在迷宮裡活動的歐路奇戴，應該具備比當初對艾路斯大人施加強制時更強大的力量。」

更何況如果用魔黃杖的人是我，等級提升到最高的「強制」技能應該也會有幫助才對。

要是我會詠唱的話，這件事就不需要這麼拐彎抹角了，但也不能讓艾路斯的登基拖延到我會詠唱為止。

「去那邊排成一列。」

「王兄、露露，過來吧。」

亞里沙挽住艾路斯和露露的手。

「開始嘍。『只要你們願意，隨時都能放棄奴隸身分』——」

首先說出強制的內容。

「《黃昏啊，降臨吧》。」

接著我唸出魔黃杖的發動句。

儲存在法杖內的強制隨之發動，肉眼無法看見的波動包覆住艾路斯、亞里沙與露露。

緊接著匡啷一聲，我的腦中浮現某種物體碎掉的觸感。我透過自己的「強制」技能，得知那是歐路奇戴束縛三人的強制被解除的證據。

「這樣就解除了。」

「真、真的嗎？」

「是的，沒有問題。還有就是，庫羅大人有件事請我轉告艾路斯大人。」

「請說。」

「他說：『王城地下的都市核房間已鎮壓完成，已經布下只有王子才能進入的結界，隨時都可以去繼承。』」

我已經重新將都市核的魔力充滿，應該不會發生「明明當上國王，卻因為魔力不足什麼事都做不到」這種事才對。

「然後是這個。」

「庫沃克王國的王冠？」

「是的。雖然是複製品，但已經盡可能接近真品來製作。這是亞里沙和露露送您的登基賀禮。」

這是我用以國王靈魂戴在身上的王冠造型作為基礎，用鑄塊製造的物品。

儘管鑲嵌的寶石和原版或許有些許不同，但也算是我努力製作的逸品，若有不同的話還請多多擔待。

「這邊是我準備的。」

我把一張紙和幾把鑰匙遞給他。

這是我用「製作住宅」魔法，在庫沃克市外牆附近的空地建造的倉庫群地址以及鑰匙。

「這個是？」

「那裡放有物資和資金，請用來重建王國。」

那裡面有五年份的保存食品，其他物品也夠他們平安度過一兩年，這麼一來艾路斯的王國經營應該不會太困難才對。

「殿下！不好了！王城被——！」

老紳士慌張的聲音從走廊上傳了過來。

來這之前，我事先用土魔法對王城做了應急處理，他應該是發現這件事才來報告的吧。

我製作了約八隻能用來防衛王國的四十級大型魔巨人，希望他們能好好利用。

不過說到底，優沃克王國應該暫時不會發起反攻。

其實被我釋放的那隻下級龍突襲優沃克的王城，面對軍隊和魔巨人大鬧了一場。

國王因為那場騷動的打擊過大而駕崩，現在正圍繞著擁立國王兒子們的出軌騎士團長與王妃，以及大臣和魔女繆黛——名為「幻桃園」的組織派來的精神魔法使展開骨肉相爭。

不僅雙方戰力勢均力敵，魔女繆黛的精神魔法一事也因為我的暗中活動暴露，所以這個平衡應該不會這麼容易被打破，優沃克王國的內亂肯定會持續一陣子。

我還順便用攻擊魔法與土魔法將優沃克王國所有能夠輸送軍隊的道路破壞得一塌糊塗，就算內亂平息，幾年內也攻不過來才對。

「王兄，我們差不多要離開了。」

「咦！妳不跟我一起重建王國嗎？」

「不行啦。要是有我在，國家會一分為二。假如你遇到困難，我隨時都會幫忙。」

亞里沙指定迷宮都市的宅邸當作聯絡地址。

保險起見，我把空間魔法式的緊急聯絡用魔法道具交給艾路斯。

「殿下，原來您在這裡啊！」

在老紳士即將進來之前，我們披上隱形斗篷。

「老爺子！你也快來幫我說服亞里沙！」

「亞里沙大人？亞里沙大人有來這裡嗎？」

「——咦？不見了？」

我將亞里沙和露露抱到身邊，用天驅無聲無息地跳出窗戶。

「……亞里沙。」

雖然艾路斯應該看不見，但他的雙眼偶然地朝亞里沙看了過來。

「我會成為一個好國王，還會把這裡打造得比本來的庫沃克王國更加厲害！所以亞里沙！總有一天一定要回來喔。因為這裡永遠都是妳的故鄉！」

大顆淚珠不斷落在我抱著的亞里沙手臂上。

「……嗯，艾路斯王兄。下次我會帶很多旅行趣聞返鄉的。」

亞里沙伸手擦拭眼淚小聲地說。

「走吧，主人。」

「這樣好嗎？」

「嗯，接下來輪到王兄表現了。」

亞里沙臉上露出如太陽般開朗的笑容這麼說。

我用單位配置帶著兩人回到夥伴們身邊。

◆

「離開王都前，我想去一趟墓地。」

在亞里沙的要求下，我們來到國王等人位在王城後方的墓地。

「……尼斯納克，這是你喜歡的酒。」

亞里沙將蜂蜜酒供奉在墓碑前。

「霧～？」

「剛才明明是好天氣，真不可思議喲。」

如同小玉和波奇所說，霧氣不知不覺濃到讓人甚至無法看清城堡附近。

「有可能是某人搞的鬼，小心一點。」

莉薩發出警告，夥伴們謹慎地看著四周。

「亞里沙，出現了人影，我這麼告知道。」

「瘴氣。」

娜娜和蜜雅指著濃霧的角落。

「尼斯納克先生。」

露露小聲地說。

在迷霧中現身的，是叛徒重臣尼斯納克。

「我們已經破壞迷宮核，解放了父王他們。」

『……亞里沙大人，實在非常感謝您。』

聽亞里沙這麼說，尼斯納克深深地低下頭去。

「另外，艾路斯王兄趕走優沃克那些傢伙，開始重建庫沃克王國了。」

在亞里沙說話的途中，王城滲出清涼的魔力。

「現在的你應該感覺得到吧，是艾路斯王兄掌握了都市核，繼承了王位。」

『艾路斯大人他……沒有比這更讓人高興的事了。非常感謝您，亞里沙大人。』

尼斯納克淚流滿面地沉浸在喜悅之中。

『這樣一來，身為罪人的我就能安心地在現世彷徨到世界末日了。』

「你還是老樣子，總是裝出那種輕佻的態度，在奇怪的地方很頑固呢。」

亞里沙嘆了口氣。

「尼斯納克，雖然很抱歉，但我可沒溫柔到會配合你的自虐傾向。」

『——亞里沙大人？』

「成佛吧，尼斯納克。我原諒你的罪孽。」

『不……我犯下了無可饒恕的罪……』

「廢話少說！我說原諒就是原諒！如果你還是我的家臣，就給我老實低下頭領命！」

『……遵命。』

尼斯納克像是在感受亞里沙笨拙的溫柔似的跪了下來。

亞里沙朝我伸出手說了句「主人」，於是我把聖碑遞給她。

「成佛吧，尼斯納克。」

亞里沙再度說出相同的臺詞，接著向聖碑注入魔力。

聖碑發出的藍色光塔包覆住尼斯納克。

「你的罪已經獲得原諒。所以，等你去了那邊，就別客氣地再次侍奉父王他們吧。」

尼斯納克的身體浮了起來，隨著延伸到天空的光之粒子漸漸變淡、消失而去。

他最後露出笨拙的笑容消失了。

「永別了，尼斯納克。我的忠臣——」

雖然順風耳技能聽見亞里沙無聲的喃喃自語，但我還是假裝什麼都沒聽見，與亞里沙及夥伴們一同仰望升上天空的光之粒子默默祈禱。

◆

「亞里沙大人，請您也帶咱們一起去吧。」

離開庫沃克王國前，我們應亞里沙的要求悄悄跟本一家見了面。

「拜託你，本。請你們去幫助艾路斯王兄。對於想重建國家的艾路斯王兄，你們的力量

不可或缺。」

「可是……」

「本，這是亞里沙大人的『請求』喔。」

本先生的堂兄弟責備起欲言又止的他。

「更何況亞里沙大人是不會拋棄咱們的。」

受到堂兄弟催促的本先生看著亞里沙。

「嗯，等艾路斯王兄的統治穩定下來後，我會再來露個臉。如果遇到麻煩可能會來找你們商量，可以嗎？」

「亞里沙大人，不要這麼見外嘛。」

「似啊！要是亞里沙大人遇到麻煩，就算是在富士山山脈的山頂，咱們也會趕過去！」

本一家似乎相當仰慕亞里沙。

「本，你怎麼想？可以幫艾路斯王兄重建王國嗎？」

「知道了哩。可不能違抗亞里沙大人的『請求』呢。」

我對公主時代的亞里沙究竟做過哪些「請求」很感興趣。

有機會再問問看露露吧。

「那麼，我們出發了。旅途中我會寫信過來，有空記得回信喔。」

尾聲

「當然啦！一定會回信！」

我們在本一家的目送下，從庫沃克市踏上旅程。

面對不斷揮著手的本一家，亞里沙和露露也回頭了數次。

雖然是與忠臣告別，但亞里沙的眼中沒有淚水。

「因為隨時都能和本他們再見面嘛。」

亞里沙這麼說完，轉頭看向前方。

「走吧！要去下一個目的地嘍！」

「系系系～？」

「波奇覺得有好吃的肉的地方比較好喲！」

「姆，蘑菇之國。」

亞里沙精力充沛地發出號令後，夥伴們也活力十足地開始說出下一個目的地。

我逐一翻閱起宰相給我的觀光省資料。

以我們身處的庫沃克王國為首，中央小國群裡存在以家具或是奇特岩石出名的國家等，到處都是觀光景點。或許前往在迷宮都市認識的米提雅公主的諾羅克王國，參觀道地的乳酪製作方式也不錯。

中央小國群周遊完畢之後，前往巴里恩神國和加爾雷恩同盟所在的大陸西方，或者周遊位於大陸西南方沙海中的沙尼亞王國，或是臨近大海、矮精靈們的布萊布洛嘉王國，以及大陸東部的東方小國群、馬其瓦王國與信仰龍的席路加王國等國家也挺有趣的。

當然，造訪大陸北方擴展的沙珈帝國是必須的。雖然我暫時不想回去，但還是想調查勇者召喚陣，尋找能夠回到原本世界的方法。

——對了。

旅行途中也試著蒐集能將奇美拉化的人恢復原狀的情報吧。

雖然可能性很低，但我認為努力幫助艾路斯重建王國的他們，應該要得到能作為普通人和平度過餘生這般報酬。

大概是因為想去的地方實在太多，遲遲無法決定接下來的目的地，就算吃完午餐也討論不出結果。

乾脆再次踏上從聖留伯爵領前往歐尤果克公爵領的旅途，向熟人打過招呼之後再出遠門或許也不錯。

正想著這種事的時候，我看見獸娘們愉快地交談的側臉。

這麼說來，既然莉薩一族遭到鼬帝國毀滅導致整個族群四分五裂，那麼將他們一族的倖存者聚集起來，讓他們跟莉薩的奴隸同伴一起移居到亞人歧視較不嚴重的穆諾伯爵領似乎挺不錯。

「莉——」

正當我準備向莉薩搭話，視野忽然變得一片黑白。

「——怎麼回事？」

聽不見聲音，也感覺不到氣味。

我小心翼翼地環顧四周。

曾幾何時，AR顯示的地圖名變成了「不存在地圖的空間」。

『勇者。』

稚嫩的聲音從我身後傳來。

「妳、妳是——」

我回過頭去，眼前是曾在晝中向我揮手、在我和狗頭魔王戰鬥時出現的神祕小女孩。

不對，雖然外表相同，但稍微有種微弱的稀薄感。

『前往巴里恩神國。』

神祕小女孩任憑接近水藍色的湛藍頭髮隨風搖晃，這麼對我說道。

『幫助當代勇者。』

神祕小女孩說完這句話之後，就化為藍色的光之粒子消失無蹤。

黑白的視野隨即取回色彩，聲音和氣味也恢復了。

「各位，下一個目的地已經決定好嘍。」

雖然不清楚神祕小女孩的意圖，不過既然勇者隼人需要幫助，我當然不會拒絕。

朋友有難就必須去幫忙。

「要去哪裡？」

「巴里恩神國。勇者隼人他們所在的巴里恩神國。」

我爽快地回答代表夥伴們提問的亞里沙。

EX：卡麗娜與潔娜的大冒險

「那種地方有村子嗎，我這麼提問道。」

「與其說是村子，更像是蜂巢，我這麼報告道。」

「沒錯，走過那邊的吊橋就有村子喔。」

抵達迷宮村所在的大空洞之後，與娜娜姊妹們同行的穆諾伯爵家千金卡麗娜的護衛女僕——艾莉娜如此回答。

「冒險者嗎？現在有取水限制，無法讓妳們補給用水喔。」

在吊橋前站哨的男性們一見面就這麼說。

「我們只是受公會所託，送補給物資過來而已。等物資移交之後馬上就會離開，所以不需要補給用水。」

姊妹的長女愛汀作為一行人的代表回答。

「補給嗎，那還真是幫了個大忙。請出示運送物資的木牌，確認完就可以免除妳們的入村稅。」

『卡麗娜大人。』

「好的，拉卡先生——這樣就行了吧？」

在具有智慧的魔法道具拉卡的催促下，卡麗娜出示從胸口拿出的木牌。

雖然男性一副色瞇瞇的表情，依舊在仔細確認木牌之後允許一行人通過。

「迷宮內真的有城鎮，我這麼驚訝道。」

「特麗雅也是！特麗雅也嚇了一跳！」

同行的卡麗娜等人面帶微笑地守望著驚叫出聲的娜娜姊妹們。

她們應該回想起自己第一次造訪這裡時，也做出相似反應的回憶了吧。

「總感覺村裡人們緊張兮兮的呢。」

「剛才有說取水遭到限制，原因就是那個吧？」

見到氣氛與往常不同，艾莉娜和她的同事新人妹小聲地聊起來。

幸運的是，她們並未遇到搭訕或是迷路之類的麻煩事，順利抵達位於村子中央的目的地附近。

「那裡！那裡有一群人圍著，我這麼報告道。」

一群人聚集在房子前面。

他們正七嘴八舌地大聲討論什麼。

「發現！特麗雅發現了潔娜！」

如同三女特麗雅所說，位於討論人群中心的，正是聖留伯爵領的軍人，隸屬於迷宮選拔隊的魔法兵潔娜。

擔任護衛兵，同時也是其摯友的斥候莉莉歐、美女大劍使伊歐娜和大盾使魯鄔也跟她在一起。

「總覺得潔娜好像很困擾，我這麼告知道。」

「大家在這裡等一下，我去確認情況。」

聽六女西絲這麼提醒，愛汀朝人群走去。

「不好意思，請借過一下。」

「搞什麼？外人不要插嘴——盾公主！」

村民原想無情地推開打算擠進人群的愛汀，但見到她的長相後驚訝地叫了出來。

「居然是盾公主！那麼少爺應該也在吧？」

「少爺身邊總是跟著一位精靈女孩吧？那位大人說不定知道村子水源枯竭的原因！」

「盾公主！少爺在哪裡？我們有事要找那位精靈小姐。」

村民們滿臉期待地逼近愛汀。

「——盾公主？」

「拜託妳！村子的水源枯竭了！」

村民們沒有向不知所措的愛汀解釋，只是一味地懇求。

「不准欺負愛汀，我這麼告知道。」

「特麗雅也生氣氣！」

姊妹們擠進愛汀和村民們之間。

「盾、盾公主增加了！」

「臉長得一樣？」

「盾公主有這麼多個嗎？」

「各位，請等一下。她們並不是盾公主——而是娜娜小姐的姊姊們。」

潔娜將正確答案告訴混亂的村民們。

「咦？不是盾公主嗎？明明長得一模一樣耶？」

「我叫維兔，我這麼主張道。」

「沒錯！特麗雅叫特麗雅！」

其他姊妹紛紛仿效自我意識較為強烈的兩人自我介紹後，村長也跟著自報家門。

雖然卡麗娜也打算用同樣的方式自我介紹，但村長沒有注意到她，立刻就切入了正題。

「那麼，少爺在哪裡呢？」

「——少爺？」

「潘德拉剛少爺不在嗎？」

村長問起佐藤的事。

「主人不在，我這麼告知道。」

「主人正在跟娜娜一起周遊列國，我這麼報告道。」

「不、不在？那麼精靈的公主大人——」

「蜜雅也在一起，我這麼告知道。」

「怎麼會……」

「村長，就算沒有少爺和公主在，還有這麼多的盾公主啊。只要請她們和魔法使小姐幫忙，不也能調查枯竭的水源嗎？」

其中一名有力人士向沮喪的村長這麼提議。

「怎麼樣，小姐。如果這些孩子也一起去的話，應該有辦法吧？」

「這個……」

聽了有力人士的話，潔娜顯得欲言又止。

「欸欸欸，妳們跟娜娜一樣厲害嗎？」

「不，莉莉歐。現在的我們就算所有人一起上也贏不了娜娜，我這麼告知道。頂多就是可以打倒戰螳螂的程度，我這麼分析戰力道。」

西絲回答莉莉歐的問題。

「戰螳螂大概有多強呢？」

「跟多森大人實力相近。」

「真厲害～有這等實力肯定沒問題！」

村民們眼神充滿期待地看過來。

「請容我再次提出委託，希望各位協助調查村子水源枯竭的原因。期限是蓄水池的水用光的半個月以內，報酬是金幣三十枚、能在村子補給用水，以及住宿終生免費。」

村長一副「這樣如何？」的表情看著潔娜和愛汀。

潔娜維持困擾的表情不發一語。雖然她自己很想幫忙，但由於她們是因為軍務才留在迷宮都市，似乎不能擅自接受委託。

「卡麗娜大人，怎麼辦？」

「就接受吧！畢竟身為在上位者，他人有難不能放著不管！」

卡麗娜立刻回答了愛汀的提問。

「潔娜！一起加油吧！妳的風魔法是必要的！」

卡麗娜伸出手。

潔娜本想做出回應，卻因為想起軍務而猶豫起來。

「潔娜小姐，假期還有三天喔。」

「說得沒錯，潔娜。」

「一起去吧，潔娜。」

「好！」

受到夥伴們催促，潔娜也接受了委託。

於是卡麗娜一行人、娜娜姊妹與潔娜分隊在此組成了臨時團隊。

◆

「滑溜溜的，我這麼告知道。」

「聽說完全乾涸是在兩天前。」

維兔發起牢騷，潔娜則分享情報。

她們目前身在迷宮村周圍深不見底的大洞底部，沿著位於乾涸沼澤下方的乾涸下水道逆流而上。

當然，由於人類無法通過下水道的寬度，因此潔娜先用風魔法調查，之後再從其他地方來到有水脈的地點。

「等一下，有水的聲音。」

「是的！特麗雅也聽到了！」

即使頭髮和臉被沾溼，仍舊不厭其煩地把臉貼在地面上聽取聲音的斥候莉莉歐與三女特麗雅如此報告。

「往聲音的方向過去吧！」

「是，卡麗娜大人。」

由斥候的兩人打頭陣，卡麗娜和潔娜緊隨其後。

腳下到處都是小石頭和岩石，走起路來相當困難。

「這附近的岩石好像很脆弱呢。」

『嗯，要注意落石。』

拉卡這麼提醒大家。

「這裡的地面被蟲子咬過，我這麼報告道。」

「牆壁也是，我這麼告知道。」

脆弱的岩盤深處到處都開著洞。

「深度無法確定，我這麼報告道。」

好奇心旺盛的維兔將小石頭扔進洞裡，然而無論過了多久都沒有聽見小石頭掉進底部的聲音。

就算將施加了理術「魔燈」的石頭扔進去也無法看見底部。

「潔娜，有辦法用風魔法得知深度嗎？」

卡麗娜將頭探進洞穴的同時提出疑問。

「好像有什麼聲音。莉莉歐，妳知道是什麼嗎，我這麼提問道。」

「——聲音？」

物體碎裂的聲音傳進她專注聆聽的耳中。

「糟糕，潔娜、貴族大人。快退下！」

發現是怎麼回事的莉莉歐發出警告。

可是警告似乎還是晚了一步。

卡麗娜的腳下發生了崩塌。

「呀啊啊啊啊啊啊啊啊啊啊啊啊！」

「「「卡麗娜大人！」」」

潔娜和護衛女僕紛紛看向崩塌的洞穴。

與猶豫不決的護衛女僕不同，潔娜毫不猶豫地追著卡麗娜跳進漆黑的洞裡。

「潔娜！」「潔娜小姐！」「潔娜！」

分隊的夥伴雖然跑了過來，可是潔娜的身影很快就消失在黑暗深處。

伊歐娜和魯鄔在千鈞一髮之際拉住打算跟著跳進去的莉莉歐。

「……■■■■■。」

身處暴風之中的潔娜瞇起眼睛。

此時為了降低空氣阻力，縮起身子墜落的潔娜眼睛捕捉到拉卡發出的藍光。

她追上卡麗娜抱住她的身體，並開始詠唱「降低落下速度」的發動句。

落下速度猛然降低，兩人在直徑三公尺左右的垂直洞窟不斷墜落。

最終兩人可以看見隱隱發著光的洞穴底部。

「不行，速度沒辦法完全煞住。」

「降低落下速度」魔法似乎沒有萬能到能夠抵消兩人份的下墜動能。

「拉卡先生！」

『嗯。』

卡麗娜當機立斷對拉卡下達指示。

在兩人到達底部的同時，拉卡用白鱗狀的防禦障壁連同潔娜一起包覆住。

高大的水柱隨著衝擊掀起。幸虧底部似乎積累了足夠大量的水。

兩人浮上水面，游到充滿發光苔蘚的岸上。

衣服緊貼在變成落湯雞的兩人身上，冰冷的水和汽化熱正不斷奪走她們的體溫。

「您沒事吧，卡麗娜大人？」

「嗯，我沒事。」

潔娜以話語關心打了個可愛噴嚏的卡麗娜。

『卡麗娜大人，拿出佐藤大人給的「炭爐」來取暖會比較好。』

卡麗娜聽從拉卡提出的建議，取出外形類似「炭爐」的取暖用魔法道具，與潔娜兩人一同取暖。

「好暖和呢。」

「是啊。等佐藤回來之後，得向他道謝才行。」

炭爐帶來的溫暖讓兩人漸漸闔上雙眼。

「卡麗娜大人……卡麗娜大人和佐藤先生是在穆諾市相遇的嗎？」

「不是，我是在穆諾領的森林裡遇到佐藤，他幫助了因為迷路而苦惱的我。」

「您是說森林裡嗎？」

「對。為了阻止魔族想要支配領地的企圖，我踏上前往巨人村落尋求幫助的旅程。」

卡麗娜接著提到厭惡穆諾侯爵家的巨人村落居民們，在佐藤的協助下願意相助一事。

「佐藤真的幫了我很多，我還跟他一同迎戰過襲擊城門的大量哥布林。」

「真浪漫呢。」

「……是啊。」

雖然拉卡完全不懂哪裡浪漫，但它並未插嘴兩位女孩的回憶，而是一直保持沉默。

「潔娜是在哪裡和佐藤相遇的呢？」

「我當時被飛龍甩了出去，佐藤先生在危急時刻救了我。」

「潔娜也被佐藤救了呀。跟我一樣呢。」

「是啊，一樣呢。」

潔娜和卡麗娜相視露出微笑。

「聽說莉薩她們是被潔娜所救──」

卡麗娜話說到一半以為聽到風聲而抬頭的瞬間，眼前突然冒出水柱。

『似乎有繩子掉下來了。』

「是莉莉歐她們嗎？」

『從墜落的方式看來，應該是手滑了吧。』

雖然繩子暫時沉入水中，但繩頭還浮在水面上。

「也許能用來返回上面，去回收吧！」
「我去吧。」
卡麗娜制止準備跳進水裡的潔娜，跳上水面將繩子拿回來。
「原來卡麗娜大人可以在水面上行走呀。」
「是在捕捉龍魚時學會的。」
卡麗娜踩在半空中，以證明自己還能在空中行走。
「能用這種方式回到上面去嗎？」
『不可能，魔力會用光。』
「如果跟潔娜的魔法搭配的話，又如何呢？」
『或許能夠延長一倍的距離……』
「沒問題的！只要在攀登途中穿插休息就行了。」
在幹勁十足的潔娜催促下，得到潔娜風魔法助力的卡麗娜藉由障壁打造的立足點跳上十幾公尺高的岩石立足點，潔娜也利用卡麗娜放下來的繩子爬上懸崖。
雖然很快就離開發光苔蘚的照明範圍，不過有佐藤給的照明髮箍照亮四周。
「有能照明的魔法道具真是幫了大忙。」
「是啊，託『清泉水袋』的福也解了渴，必須送點東西向佐藤先生道謝才行呢。」

「是啊，一起去找佐藤喜歡的東西吧。」

「好的！」

兩人透過聊起思念之人的話題，來對抗在黑暗中攀爬的恐懼。

「差不多該去下一個地方了。」

卡麗娜將繩索扛在肩膀上，踩著立足點不斷往上跳。

直到魔力用盡之前不斷反覆，最後在爬了大約兩百公尺之後不得已停了下來。

「是飛行型的魔物呢。」

『裡面似乎有巢穴。』

「解決掉不就好了？看起來也不是很強的樣子。」

「敵人數量很多，最重要的是在這個寸步難行的地方肯定會很難對付。」

『嗯，我同意潔娜大人的意見，還是去調查不遠處的橫洞比較好吧？』

兩人採納拉卡的意見，開始往橫洞移動。

「……■■■氣鎚。」

「喝啊！嘿！」

雖然橫洞裡有魔物，但被潔娜的風魔法與卡麗娜的格鬥技輕易地打倒。

「有岔路呢。」

「這裡有記號，是剛才走過的路呢。」

『嗯，那右邊就是沒走過的路，接下來就去探索那裡吧。』

「我知道了。拉卡先生能記住路線真是幫了大忙。」

「做記號的人是潔娜，而且還走在前面打頭陣，跟你們比起來我還真是……」

「卡麗娜大人不也身先士卒打倒魔物，還不辭辛勞地調查嗎？」

『嗯，只要各自做好自己的事就行了。』

受到潔娜和拉卡的鼓勵，卡麗娜為了與夥伴們會合繼續探索。

◆

「請停下腳步。」

道路前方的廣場上，有一隻巨大的鼴鼠魔物。似乎正在睡覺。

由於道路連接廣場的位置很高，潔娜她們站在能夠向下俯瞰的地點。

「好大一隻。」

『我想牠應該不是「區域之主」或眷屬，但實力不亞於「戰螳螂」。』

「潔娜的魔法能打倒牠嗎？」

「沒辦法。就算是最近學到、威力最大的『刀刃風暴』，我也沒自信能夠切開牠的表皮。姑且不論直接打進嘴裡，想造成致命傷是不可能的。卡麗娜大人呢？」

「我也差不多，雖然有拉卡先生的守護應該能夠一戰，但是肯定沒辦法對牠造成致命打擊呢。」

雖然兩人透過佐藤舉辦的訓練營成功地大幅提升了等級，但面對這種程度的魔物依舊會有生命危險。

「拉卡先生，附近有能夠繞過的路嗎？」

『很遺憾，並沒有。只能回到最初掉落的垂直洞窟，或者——』

「悄悄穿過那隻在睡覺的鼴鼠身邊對吧？」

「走回頭路可不符合我的個性。」

「明白了。那麼我就用風魔法來消除腳步聲吧。」

潔娜和卡麗娜透過採集曼德拉草時用過的靜音魔法消除聲音，兩人悄悄地前進。

幸運的是，鼴鼠似乎睡得很熟。

偷看著牠的卡麗娜的腳下突然崩塌。

「——噫！」

臉色發青的卡麗娜差點失去平衡掉下去，但潔娜立刻伸手撐住她。

「呼。」

「得救了——危險！」

才剛想鬆一口氣，潔娜上方的天花板突然掉下一顆落石。

卡麗娜連忙張開障壁，保護潔娜免於被落石砸傷。

「——啊！」

被障壁彈開的石頭從兩人眼前掉落。

潔娜跳出去一把抓住那顆岩石，這次輪到卡麗娜抓住失去平衡而差點摔下通道的潔娜。

「真是好險。」

「讓人捏了把冷汗呢。」

兩人不禁在通道上坐了下來，看著彼此露出微笑。

但是在兩人視線看不到的地方，相反方向的牆壁突然裂開，演變成巨大的崩塌掉在鼴鼠身上。

——ZMMMMMMOGYU。

舒適睡眠遭到打斷的鼴鼠魔物——黃鼻土龍發出憤怒的咆哮。

雖然潔娜和卡麗娜兩人立刻趴下，但鼴鼠的視線早已發現兩人。

「被發現了。」

「先下手為強！」

得到拉卡超強化的卡麗娜用超乎常人的速度衝下牆壁，向鼴鼠發起怒濤般的連續攻擊。

大概是沒想到對手會主動發起攻擊，鼴鼠只能單方面地防禦。

卡麗娜在空中一踩，閃過鼴鼠迫不得已反擊揮出的爪子，隨即鑽到鼴鼠的下顎下方。

然後——

「卡麗娜——上勾拳————！」

卡麗娜的拳頭打中鼴鼠毫無防備的下顎。她在招式前面加上自己名字的習慣肯定是受到亞里沙或波奇的影響。

或許是腦袋受到衝擊，鼴鼠發出轟然巨響倒了下去。

「成功了！」

『還沒結束，卡麗娜大人！』

鼴鼠高高跳起，急速伸長尾巴瞄準卡麗娜。

「氣牆。」

潔娜預留發動的魔法保護卡麗娜免於受到尾巴攻擊。

但是無法連同鼴鼠高速旋轉身體揮出的爪子也一併擋住。

「呀啊啊啊啊啊啊啊！」

儘管在拉卡的保護下，攻擊並未對卡麗娜奏效，不過她依舊連同防禦障壁一起被打飛撞上牆壁。

脆弱的牆體因為激烈衝擊而崩塌，大量的落石將卡麗娜連同防禦障壁埋了起來。

為了給卡麗娜致命一擊，鼴鼠一步步走近。

「給我看這裡！」

潔娜用插在腰間的火杖燒灼鼴鼠的背部。

鼴鼠停下腳步，像見到蟲子般俯視著潔娜。

隨即以與剛才截然不同的速度衝過去，朝著潔娜揮下爪子。

「……■■噴射風。」

潔娜透過風魔法引發的超加速一口氣避開了逼近眼前的鼴鼠爪子。

但不曾在實戰中使用過的動作讓她著地失敗，潔娜在地面滾了兩三圈才停下來。

潔娜站起來後，眼前是準備咬住她的鼴鼠雙顎。

她連忙往後一跳，在千鈞一髮之際逃脫，斗篷卻被鼴鼠的牙齒跟地面夾住。

「扯、扯不開。」

鼴鼠為了捏碎潔娜而舉起牠那短小的手。

雖然潔娜伸手試圖解開斗篷的別釦，但怎麼想都來不及。

「卡麗娜——飛————————————————踢！」

就在這個時候，卡麗娜衝了進來。

必殺飛踢重擊鼴鼠毫無防備的側頭部，使其揮出的爪子無法觸及潔娜。

「……■■■纏繞氣流。」

脫掉斗篷的潔娜迅速完成詠唱，用風魔法對追趕卡麗娜的鼴鼠前腳進行妨礙。

然而，想阻礙巨大鼴鼠的動作，威力稍嫌不足。

只能勉強讓牠稍微失去平衡。

「■■■……」

卡麗娜邊逃跑邊計算反擊的時機。

為了製造破綻，潔娜詠唱最大威力的風魔法。

「……■刀刃風暴。」

風暴旋渦伴隨著真空刀刃襲向鼴鼠。

血沫橫飛，鼴鼠發出慘叫，可是——

「——沒有效果。」

雖然造成傷害，但真空刀刃只是割開牠的毛皮，對表皮和脂肪造成些許傷痕罷了，肌肉和骨頭毫髮無傷。

「看我的關節技！」

瞄準關節跳過去的卡麗娜也被尾巴掃了出去。

她大概是認為既然連完美命中的拳頭和踢技都沒有效，也沒有其他手段了吧。

即使兩人毫不氣餒地配合著魔法和格鬥技來挑戰鼴鼠，然而不是幾乎被擋住，就是沒能造成多少傷害。

兩人被逼進位於鼴鼠房間角落的裂痕之中。

幸運的是，鼴鼠無法入侵這裡，牠短小的手也伸不進來。

為了恢復失去的魔力和治療傷勢，潔娜和卡麗娜一口氣喝光魔法藥。

「拉卡先生，有沒有什麼辦法？」

『卡麗娜大人的格鬥技和潔娜大人的魔法都無法造成有效傷害，持續造成小傷害的做法在牠的自我恢復技能面前也毫無意義。既然如此，還是逃跑比較好，不過——』

「逃不掉呢。」

『嗯，牠雖然身軀龐大，動作卻很敏捷。我們過來的道路早已被牠摧毀；另一側也有一半埋了起來，在通過前肯定就會被牠追上。』

「不需要逃跑，只要打倒牠就行了。」

「呵呵呵，真符合卡麗娜大人的風格。」

「只要不放棄就不會敗北——這是我朋友說的。」

「真是句好話呢。」

卡麗娜的話鼓舞了潔娜。

那是一句為差點對佐藤死心的卡麗娜打氣的話語，似乎有些諷刺。

兩人再次討論起打倒鼴鼠的方法。想將其打倒，只能將鼴鼠的嘴撐開，再將潔娜的「刃風暴」射進去。

不過，這件事必須非常幸運才能辦到。次要方針則是在同伴們趕過來支援之前堅持到底，若是發現逃跑的時機就毫不猶豫地逃跑，兩人意見就此達成一致。

「這時候要是佐藤在的話……」

「沒問題！莉莉歐她們還有小八子她們一定會來！在那之前我們兩人就抗戰到底吧！」

「嗯，艾莉娜她們也一定會來才對！」

潔娜和卡麗娜相互看著彼此點了點頭。

此時彷彿在嘲笑眼中恢復生氣的人一般，鼴鼠的爪子將裂痕挖了開來。

「……■■■氣鎚。」

潔娜的魔法擊中鼴鼠的鼻尖，並趁牠發出慘叫的破綻鑽過其身體下方。

「阿基里斯腱狩獵！」

卡麗娜在穿過時順便朝鼴鼠的腳跟使出迴旋踢。

——ZMMMMMOGYU。

因疼痛而發出憤怒咆哮的鼴鼠忍不住揮出尾巴攻擊，潔娜和卡麗娜很倒楣地被一起掃了出去。

「呀啊！」

「咕唔唔唔唔！」

雖然拉卡的障壁勉強護住兩人，但她們依舊無法抵消力道而在地上不斷翻滾。

緊接著一道影子出現在兩人的上方。

兩人眼前是鼴鼠使出泰山壓頂的龐大身軀。

如果只有卡麗娜的話應該逃得掉，但她選擇用魔法障壁保護潔娜。卡麗娜已經做好覺悟。她似乎非常清楚，就算能承受衝擊仍然有可能會被壓死。

「「「理槍。」」」

伴隨著耳熟的嗓音，無數透明長槍射向鼴鼠。

卡麗娜抱起潔娜在地面翻滾。

鼴鼠剛好就在身邊落地。

「潔娜——！」「潔娜小姐！」「「「潔娜！」」」

「「卡麗娜大人——！」」「「「卡麗娜！」」」

以大劍使伊歐娜為首，護衛女僕等人紛紛朝鼴鼠的背部砍去。

面對數量上的暴力，鼴鼠發出慘叫。隨後大量的「理槍」如同暴雨般灑向鼴鼠的雙手，將牠的手釘在地上。

「只能趁現在！」

卡麗娜衝進鼴鼠張開的嘴，用盡全身力氣撐開牠的嘴巴。

「潔娜！」

「……■刀刃暴風。」

持續進行詠唱的潔娜跑到卡麗娜身邊，同時發動魔法。

她最大威力的風魔法在毫無防備的鼴鼠口中炸裂開來。

——ZZZZZZMOOOOG。

帶著真空刀刃的暴風旋渦穿過鼴鼠的咽喉，將肺部及其他重要器官破壞殆盡。

就算是鼴鼠也無法承受這種攻擊，頓時失去性命。

拉卡用障壁保護被餘波轟飛的潔娜和卡麗娜，她們毫髮無傷地迎來夥伴們。

◆

「真是吵死人了。」

為再會感到喜悅的少女們面前出現一名男子。

他是個皮膚呈現藍白色，紫髮有如海帶般捲曲的美男子。

「——藍色皮膚？是新的敵人嗎？」

『卡麗娜大人！請別大意！這人不是省油的燈！』

拉卡對迅速站起來的卡麗娜提出警告。

「有智慧的魔法道具？——你是瑪斯提爾嗎！」

『你知道那個名字？難不成你是真祖？是真祖班・海辛格嗎！』

美男子——吸血鬼真祖班用不同的名字稱呼拉卡。

看來瑪斯提爾是拉卡的別名。

「拉卡先生，他是你的熟人嗎？」

『嗯、嗯。他是我前幾代主人發起過無數次挑戰，但未曾取勝過的強者。』

「與那傢伙的戰鬥非常愉快。那位姑娘就是當代的主人嗎——」

班看著卡麗娜說。

「那、那個！」

潔娜看準對話中斷的時機向班搭話。

「我好像看過妳。」

「您那時候從魔物手中救了我，真的非常感謝！」

「喔，是當時的姑娘啊。不必在意，我已經收到謝禮了。」

潔娜以前攻略迷宮時受過重傷，受過「藍人」班的幫助。

「潔娜知道這個藍人嗎，我這麼提問道。」

「是的，他是我的恩人。」

「藍人？原來這位就是冒險者們提過的那個人啊。」

潔娜回答維兔的問題，身為局外人的卡麗娜則透過自己知道的傳聞露出明白的表情。

「可是，莉莉歐妳們為什麼會和班大人在一起？」

「偶然遇到的啦。在告訴他有夥伴迷路之後，他就來幫忙找人了。」

「——因為我很擅長在迷宮找人。」

班害羞地別開視線。

此時落石發出巨響掉在他的面前，一隻蠕蟲從牆壁裡探出頭來。

「果然是壁喰蟲嗎……」

班朝蠕蟲射出手中生成的紅色手裏劍，瞬間將其消滅。

「這種蟲喜歡溼潤的岩石，牠大概就是造成迷宮村水源乾涸的原因。變得破爛不堪的下水道崩塌，導致水掉到了下層。」

「卡麗娜大人腳下會塌陷，或許也是那隻蟲子搞的鬼。」

聽見班的說明，伊歐娜也做了聯想。

「也就是說，只要消滅那些蟲，就能解決下水道崩塌的原因嗎，我這麼提問道。」

「沒錯。」

「特麗雅有殺蟲劑！」

特麗雅舉起手揮來揮去。

「哦？還真是品質相當高的殺蟲劑呢。」

班伸手摸了摸下頷，佩服地說。

這是佐藤按照亞里沙要求製作的特製殺蟲劑。

「只要有了這個，就能解決最麻煩的問題。」

特麗雅在班的指示下點燃殺蟲劑，接著班用血流魔法增強冒出的煙霧。

「妳叫做潔娜吧？用風魔法把這些煙霧灌進牆壁和天花板的洞口。」

「好的！」

當潔娜利用風魔法將煙霧送入蠕蟲的洞穴之後，沒過多久洞口便崩塌，蠕蟲接連不斷地掉了出來。

於是以卡麗娜為首，剩下的成員不留活口地將其殲滅。

「——好像差不多結束了。」

「是的，潔娜。開始回收素材吧，我這麼告知道。」

廣場堆了近五十隻的壁喰蟲屍體，姊妹們取出魔核，並將屍體收進搬運用的妖精背包。

「發現寶箱，我這麼告知道！委託特麗雅開鎖。」

當回收鼴鼠屍體時，小妹維兔發現了寶箱。

「特麗雅會努力！」

特麗雅好不容易打開的寶箱裡裝了大量的貨幣、寶石與古老的裝飾品，其中還發現了一把法杖。

「發現魔法杖！委託菲兒鑑定！」

「……無法鑑定。一定是技能等級不足，我這麼分析道。」

「拿來讓我看看。」

班接過法杖並試著鑑定。

「——這是土操杖。正好，這樣就能修補下水道的牆壁。之後就交給妳們了——」

班這麼說完將法杖交給菲兒後，便化為霧消失了。

潔娜她們在姊妹的帶路下回到下水道，輪流使用土操杖來修復變得脆弱的下水道。

「真是方便的法杖，我這麼評價道。」

「可是，前端的寶石比一開始小了很多，好像不能毫無限制地使用耶？」

如同莉莉歐所說，寶石——土晶珠的直徑已經縮小到了最初的一半。

「畢竟已經不再漏水，這樣應該就不要緊了吧。」

雖然流量很小，但流入洞裡的水終於再次流進下水道。

「不覺得很奇怪嗎？以村子的用水量看來，這也太少了吧？」

「會不會是水路的某個地方堵住了呢？」

聽了護衛女僕艾莉娜的疑問，使用大盾的魯郞回答。

由於這個可能性很高，因此全員決定一起去上流調查。

「果然堵住了，我這麼報告道。」

「一看就知道了啦。」

「特麗雅知道！這塊石頭是關鍵！只要崩解這個，岩石堆就會潰堤，我這麼告知道！」

特麗雅指著其中一塊石頭。

沒有立刻拔出來，是因為她很清楚拔掉會發生什麼事。

但這裡似乎也有不清楚的人。

「維兔來拔掉，我這麼告知道！」

「等等——」

特麗雅還來不及阻止，用理術強化身體的維兔就將關鍵的那顆石頭拔了出來。

下一個瞬間岩石堆潰堤，被擋住的龐大水流和砂土形成急流，吞噬了少女們。

◆

迷宮村乾涸的池塘猛然地噴出水來。

為了調查而點亮的魔法燈照亮那條水柱，向從迷宮村探出頭的人們傳達它的存在。

「是水！」

「水回來了！」

「我們可以不必捨棄故鄉了！」

「都是多虧了魔法使小姐和盾公主們！」

迷宮村的人們發出歡呼，忘我地分享喜悅。

「——水停住了！」

「不對，還有稍微在噴。」

「被東西塞住了。」

村民說得沒錯。

砂土因為承受不住內部壓力崩解，水柱比剛剛更為猛烈地噴了出來。

在水柱前端，能見到少女們包裹在拉卡球狀防禦障壁裡的身影。由於人數眾多，看起來十分擁擠。

「——光球？」

等光球落地、拉卡的障壁解除之後，所有人都平安無事地走了出來。

「不對！是巨乳大姊姊！」

「魔法使小姐和盾公主她們也在！」

迷宮村的人們發出更大的歡呼聲。

潔娜與卡麗娜全身溼答答地看著彼此。

「任務完成了呢，卡麗娜大人。」

「是啊。不放棄的人勝利了。」

潔娜和卡麗娜互相碰拳，不約而同地笑了出來。

共通跨越困難的兩人之間，似乎構築起比以往更加堅固的友誼。

後記

各位好，我是愛七ひろ。

非常感謝各位購買《爆肝工程師的異世界狂想曲》第十九集！包含番外篇的話，本系列終於來到第二十本了！對於願意不斷給予支持的各位讀者，我內心只有滿滿的感謝！今後也請多多支持狂想曲。

因為這次久違地頁數較少，所以我們簡單地講述一下這集的看點吧。

上一集亞里沙和露露把祈願戒指讓給了小光，這一集佐藤為了心地善良的她們，以解除束縛她們的強制為目標展開行動。

本篇以ＷＥＢ版的庫沃克篇作為基礎，加入ＷＥＢ版被略過的比斯塔爾公爵領構築出新的故事。由於幾乎都是全新撰寫的內容，因此我有信心能讓ＷＥＢ版的讀者也能充分享受。

當然，與夥伴們之間的溫馨場面也依然健在，請各位放心！

行數似乎快不夠了，那麼進入慣例的謝詞吧！我想在此向責任編輯Ｉ、責任編輯Ｓ、責任編輯Ａ，以及ｓｈｒｉ老師，還有其他與本書的出版、通路、銷售、宣傳與跨媒體相關的所有人士獻上感謝！

最後是各位讀者。大家願意將本作品閱讀到最後，真的非常感謝！

那麼我們下一集巴里恩神國篇再會吧！

愛七ひろ

異世界悠閒農家 1~8 待續

作者：內藤騎之介　插畫：やすも

獸人族三人組在魔王國學園大顯身手！
火樂的農業生活也漸漸發展中！

新登場的妖精女王與不死鳥使得「大樹村」一如往常地熱鬧。此時在村裡長大的獸人族男孩戈爾、席爾與布隆三人到魔王國首都的貴族學園就讀。帶著不安開始學園生活的三人，又是被高年級糾纏，又是引出貴族們的家長，接二連三引起大風波！

各 **NT$280~300/HK$93~100**

打工吧！魔王大人 1~21（完）

作者：和ヶ原聡司　插畫：029

日本2021年宣布製作第二季電視動畫！
打工魔王的庶民派奇幻故事大結局!!

魔王與勇者一行人前往天界挑戰神明的滅神之戰最後將會如何發展!?勇敢追愛的千穗可否獲得幸福!?優柔寡斷的真奧到底情歸何處!?這群來自異世界的人能否繼續在日本安身立命過著安穩的生活呢!?平民風格的奇幻故事，將迎來感動的結局！

各 **NT$200~300／HK$55~100**

幼女戰記 1~12 待續

作者：カルロ·ゼン　插畫：篠月しのぶ

世界啊，刮目相看吧！膽顫心驚吧！
我——正是萬惡淵藪。

歷經愛國心的潰壞，以及殘酷現實的擁抱，傑圖亞正試圖架構一個成為「世界公敵」的舞台。比起語言、比起理性，單純地帶給世界衝擊。身為連逃奔死亡也做不到的參謀本部負責人，傑圖亞所圖的，是「最好的敗北」……

各 **NT$260~360/HK$78~110**

邊境的老騎士 1~4 待續

作者：支援BIS　插畫：菊石森生　角色原案：笹井一個

美食史詩的奇幻冒險譚第四幕！
老騎士巴爾特抱著赴死的決心迎戰不死怪物──

巴爾特接下指揮由帕魯薩姆、葛立奧拉及蓋涅利亞三國組成的聯合部隊，前往剿滅魔獸群的命令。這或許是個適合他的使命，不過他必須率領的是一群底細未知的聯軍，他們會願意服從巴爾特的指揮嗎？又是否能與強大的魔獸群對抗呢？

各 **NT$240~280/HK$75~93**

86—不存在的戰區— 1~9 待續

作者：安里アサト　插畫：しらび

機動打擊群，派遣作戰的最終階段！
「無法對敵人開槍，即失去士兵之資格。」

犧牲——太過慘重。與「電磁砲艦型」的戰鬥，不只導致賽歐負傷，也讓多名同袍成了海中亡魂。西汀與可蕾娜也因此雙雙失去了平常心。即使如此，作戰仍需繼續。為了追擊「電磁砲艦型」，辛等人前往神祕國度，諾伊勒納爾莎聖教國，然而——

各 **NT$220~260/HK$73~87**

賢者大叔的異世界生活日記 1~10 待續

作者：寿 安清　插畫：ジョンディー

充滿好奇心的瑟雷絲緹娜＆卡洛絲緹
將展開一場勝過大叔的大冒險!?

伊斯特魯魔法學院成績優秀的學生組成的調查團，開始著手調查地下遺跡都市「伊薩・蘭特」。調查團成員瑟雷絲緹娜和卡洛絲緹，碰巧看到作為護衛隨同調查團前來的杏和好色村穿過了可疑的暗門。兩人燃起冒險之心，立刻決定動身跟蹤他們……

各 **NT$220~240/HK$73~80**

國家圖書館出版品預行編目資料

爆肝工程師的異世界狂想曲 / 愛七ひろ作 ; 九十九夜譯 . -- 初版 . -- 臺北市 : 臺灣角川股份有限公司 , 2022.02-

冊 ; 公分 . -- (Kadokawa fantastic novels)

譯自 : デスマーチからはじまる異世界狂想曲

ISBN 978-626-321-209-1(第 19 冊 : 平裝)

861.57 110021307

Kadokawa
Fantastic
Novels

爆肝工程師的異世界狂想曲 19

（原著名：デスマーチからはじまる異世界狂想曲 19）

2022年2月24日 初版第1刷發行

作　者：愛七ひろ
插　畫：shri
譯　者：九十九夜

發行人：岩崎剛人
總編輯：蔡佩芬
編　輯：彭曉凡
美術設計：李思穎
印　務：李明修（主任）、張加恩（主任）、張凱棋

發行所：台灣角川股份有限公司
地　址：104台北市中山區松江路223號3樓
電　話：（02）2515-3000
傳　真：（02）2515-0033
網　址：www.kadokawa.com.tw
劃撥帳戶：台灣角川股份有限公司
劃撥帳號：19487412
法律顧問：有澤法律事務所
製　版：巨茂科技印刷有限公司
ＩＳＢＮ：978-626-321-209-1